痩せたら
かわいくなるのにね?

南綾子

双葉文庫

目次

鬼よりうまいフライドポテト

「土肥《どい》くーん」

俺を呼ぶその声を聞くといつも、大げさでなく全身に鳥肌が立つ。腹をくだしたときのように、冷や汗も吹き出る。無意識のうちに貧乏ゆすりをはじめてしまう。

彼女がくる、やってくる。そのダイナミックな体形に似つかわしくない敏捷な動きで、俺のところまでやってくる。と、隣にかがみこんで勝手に俺の手からマウスを奪った。同時に腕に押し付けられる、肉の感触。というか、胸。そうなんだ。彼女はいつも、俺に仕事を教えるふりをしながら、胸という名の脂肪のかたまりを押し付けてくるのだ。やめてくれ。思わず身を引くと、彼女はこちらをのぞき込み、ふふっと笑った。その顔。とても……個性的な顔だと思う。プレデターにちょっと似ている。

「当たっちゃった？　ごめんね。あたしっていつも近づきすぎちゃうの。距離感をつかむのが苦手な人なんだ。エヘ」

それは普通の女性と比べて体の幅が広すぎることが原因じゃないですかね……と思ったが、もちろんそんな失礼なことは言えなかった。

「土肥くん、何かわからないことある？　今のうちになんでも聞いて？」

「いや……別に」

「ちょっと見せて……うん、この処理、正しくできてる。あ、ちょっと待って。これ、間違えてる！」彼女は急に喜々とした声を出した。「前も教えたと思うけど、この受付の場合……」

話しながら胸を俺の肘に、さらにぐいぐい押し付けてくる。ぴったりした黒いTシャツの首元がだんだん伸びてきて、今や胸の谷間が丸出しになっていた。見たくないのに、なぜだか視線を向けてしまう。胸元の皮膚はやけに浅黒く、老人みたいなシミがたくさん浮いている。

次第に、視界いっぱいにその黒い胸の谷間が広がっていく。どんどん顔に近づいてくる。いや、こっちから近づいていっている。なぜ。なぜ俺は。でも止められない。もうあと少しで鼻先が……ついた。顔が彼女の胸の谷間に完全に埋まってしまった。苦しい。息ができない。さらに彼女が俺の頭をつかんで、強く押し付けてきた。やめてくれ！　離してくれ！　こんなセクハラをうけるために、俺は働いてるんじゃない！

「やめ、やめろ！」

「おい、おい！　恵太《けいた》！」

ハッとして目を覚ます。うつぶせ寝の状態で、顔が枕に埋まっていた。必死で体を横に向けて、ようやく息を吸い込んだ。同居人の憲二《けんじ》が、心配そうな顔でのぞき込んでいた。

「お前……すげえうなされてたぞ」

「死ぬかと思った」

全身、汗でびっしょりだった。視線をあげると、窓からの日差しに目がつぶれそうになった。今日も暑そうだ。

「ていうか、今何時？」

「もう一時だよ。お前、今日親戚のおばさんのところにいくんじゃねえのか」

まずい。完全に寝過ごした。無職になっても毎日昼前には起きていたのに、なぜ今日に限って寝坊なんかしてしまうのか。

飛び起きて、急いでシャワーを浴び、身支度して家を出た。

外は気が遠くなりそうな暑さだった。今が夏のはじめなのか、終わりなのか、七月なのか、八月なのか。一瞬、わからなくなる。それはおそらく、無職病。相手はただの親戚とはいえ、人と会う約束をしたのも随分と久しぶりのことだった。

父方の真知子《まちこ》叔母は十数年前からダイエット教室を経営している。メディアでの宣伝は一切行わず、口コミだけで客を増やし、今では随分と儲かっているようだ。一部では「ダイエットの神様」などと呼ばれていて、最近はエステサロンやネイルサロンなどにも手を広げているらしい。

叔母とは、今まで一度しか会ったことがない。しかも五年ぐらい前の祖父の葬式のときに、かるくあいさつをしただけだ。父方の親族は公務員など堅い職業が多く、その中で叔母はかなり浮いた存在だった。話によると、中学のときから何度も家出しては男のところに転がり込み、高校卒業と同時に失踪、そのままながらく行方不明だったらしい。兄である俺の父親とはとくに折り合いが悪く、俺は彼女の悪口ばかり聞かされて育った。しかし、俺の父親は俺と弟の間で羽賀研二同一人物説がささやかれるほどの稀代のワルで嘘つきなので、男のところうんぬんも全部でたらめかもしれないし、それどころか彼女はとてもいい人なんじゃないかと、俺はずっと心ひそかに思っていた。

その叔母が、一週間前に突然、電話をかけてきた。番号は俺の母親に聞いたという。いい話があるから、一度ダイエット教室のオフィスにこないかということだった。

具体的な内容は聞かされなかった。が、憲二に話すと、「親戚が持ち掛けてくる『いい話』は、だいたい見合い話と相場がきまっている」と言われた。

「無職に見合い話なんかくるかよ」とその場では答えたが、内心、俺はちょっと期待していた。ダイエット教室でダイエットに成功した、スリムで清楚な二十代女性を紹介してくれるのではないか、と。資産家の娘かなにかで、男の年収や職歴を全く気にしないタイプで……。

そんなことをぼやぼやと妄想しながら、都内から電車を乗り継ぎ、一時間ほどかけて横浜駅に着いた。叔母のダイエット教室は、駅から歩いて十分ほどの雑居ビルの中にあった。

八階建てのビルの一階と二階が教室、三階にエステサロンとネイルサロン、四階全体がオフィスになっているようだった。ほかに、別オーナーと思われる美容室やスマホの修理屋などがあり、地下にはうどん屋とパスタ屋が入っている。

入口の案内表示を眺めていると、奥のエレベーターから、体にぴったりフィットしたトレーニングウエア姿の背の高い女性が出てきた。すれ違うとき、全く汗のにおいがしないどころか、甘いフルーツの香りがした。あと、仕組みが全く不明だが、顔面が発光していた。少なくとも俺の目にはそう見えた。さっきの人が見合いの相手だったらどうだろう……と考えてみる。ちょっと美しすぎて、気がひける。少なくとも無職なんて絶対に許してくれなさそうだ。彼女の甘い残り香を吸い込みつつ、エレベーターに乗りこむ。

そしてその後、俺は叔母にあっさりとすっぽかされた。


再び叔母に呼び出されたのは、それから三日後だった。

話は十分足らずで終わった。「いい話」は見合いではなく、仕事の斡旋だった。システム業務担当だったベテラン社員が退職して以来、新しい人を雇っても定着せず頭を悩ませていたところ、親族の誰かから俺のことを耳にして声をかけてきたらしかった。時給は千円。かなり安い。たいして業務量は多くないから、というのがその理由だ。実際、やることはホームページの管理と社内の電子機器関連の保守業務ぐらいのようで、前任者は毎日暇すぎて業務中のほとんどの時間、株と為替の取り引きに熱中していたらしい。

この話だけだったら、引き受けるか微妙なところだった。が、別の特別な業務も提示され、そちらは成功報酬制で成果をあげたらあげた分だけもらえると聞いて、最終的には承諾した。

その特別なミッション。それは、ダイエット教室を途中退会した元会員たちを説得して、再入会させること。

説得に成功した場合、一人当たり五万円の成功報酬がもらえるらしい……だまされていなければの話だが。

つまり一日当たり最低一人を再入会させれば、ざっと毎月百万円近くの収入になる……うまくいけばの話だが。

とにかく、すべてを総合すると、無職かつ居候の身分である俺にとっては、願ってもない話だった。

さっそく、翌日から働きはじめた。四階のオフィスフロアの中で、一番狭い四畳半が俺の仕事部屋になった。職場で個室を与えられるのは、悪くない気分だった。叔母が講演会のために地方へ出張中で、退会者に関する資料を受け取れなかったので、初日は隣の経理室にいる明美さんという教室一のベテラン社員に社内を案内してもらったり、前任者が残した引継ぎデータに目を通したりした。明美さんはおとなしく、ほとんど動かないおばさんだった。とくに午後二時以降は席に座ったまま微動だにしなかった。即身成仏したのかと思った。

そして二日目の今日、出社すると、デスクに退会者についての資料が用意されていた。思っていたより量が多い。今後の効率を考え、まずは一日かけて名簿化するところからはじめた。

俺は順調に仕事をこなした。誰にも邪魔されず、密室で作業できるのは気が楽だった。ところがふいに、動悸息切れがとまらなくなった。

資料の中に、見覚えのある、ありすぎる名前を見つけたのだ。

福田小百合《ふくださゆり》。

同姓同名の別人物でありますように、という願いは、すぐに打ち砕かれた。そこに記されている多くの情報が、俺のしる人物とほぼ一致していた。

年齢四十五歳……一致。西川口在住……一致。身長百六十二センチ、体重八十キロ……俺の見積もりとほぼ一致。ダイエット教室の担当者が記した本人に対する所見「思い込みが激しく、すぐにクレームをつけてくる。嘘つき。若い女性が嫌い。ベテラントレーナー対応案件」……俺の見解と完全一致。

写真はなぜか添付されていないが、間違いない。これは、あの肉じゃが女だ。


彼女と出会ったのは、年があけてすぐの頃だった。

そもそも俺はSEとして新卒で入った会社を、去年、不本意ながら退職した。原因は女性の上司によるセクハラだった。はじめは平気なふりをしていたが、そのうち抑うつ状態になって出社できなくなった。どこかに訴えを起こしたり、あるいは異動を願い出ることもできなくはなかったが、そんな気力も体力もなく、逃げるように辞めてしまった。

それから数か月は失業手当をもらいつつ、親から相続したマンションで気ままに暮らしていた憲二のところに居候になりながら、ぶらぶらしていた。しかし、年があけたのをきっかけに、このままではいけないと心を入れ替えて、リハビリがてら派遣会社に登録した。難しい仕事はやりたくない、と担当者に伝えた。するとすぐに、電話受付の仕事を紹介された。肉じゃが女こと福田小百合は、そのコールセンターのベテラン契約社員だった。

大きな体に厚化粧、真っ赤に染めたロングヘア、胸元を強調した露出の激しい服装。彼女は外見だけでも浮きまくっていたが、その大人げなく身勝手な言動で、コールセンターのオペレーター全員から煙たがられていた。

気分屋で、すぐ怒る。実際に俺がその場を目撃したことはなかったが、噂によるととくに若い女性に厳しく、辞めるまでいじめることもしばしばあるという。しかし、業務知識は豊富で、誰よりも仕事ができる人だったのは間違いない。ここ数年は研修や新人指導係を任されていて、俺の新人研修も彼女が担当だった。

新人の中で、俺はあからさまに気に入られていた。理由はよくわからない。単に一番若い男だからというだけだった気もする。

気づくと、いつもそばにいた。研修中も、昼の社食でも。帰りは偶然を装って会社の前や駅前で待ち伏せされた。

俺はときどき、社内で過呼吸に近い症状に見舞われるようになった。前の職場でセクハラされていたときと、全く同じだった。しかし俺は日に日に自分のメンタルが疲弊していくことを自覚しつつも、そのことをなるべく考えないようにしていた。

自分の不調と真正面から向き合うこと。それはイコール、認めることだからだ。ここでダメだったら、もうどこにいってもダメだ、ということを。

そして迎えた俺の誕生日。派遣されて、二カ月と少しした頃。

仕事は夜八時に終わった。その頃、帰り道に福田小百合につきまとわれるのを回避するため、俺は毎晩、駅までダッシュしていた。その日は朝起きたときから、なんとなくイヤな予感がしていた。だからいつも以上の全力ダッシュで駅へ向かった。

しかし、その先に絶望が待っていた。小百合がいたのだ。タクシー乗り場付近で、ミーアキャットのように首を伸ばして、何かを、いや間違いなく、俺を探していた。

そして、二人の視線がかちあった。その瞬間、彼女は猛然と駆け寄ってきた。

「やだ、奇遇〜。あたしも今、駅に着いたとこ〜」

ふざけるなよ、と思った。でも、走ったせいで息が苦しく、言葉が出なかった。

「ていうかあたしたち、偶然会うの多すぎじゃな〜い？　土肥君ってあたしのストーカー？」

いやだからふざけるなよ、と思った。しかし、やっぱり何も言えなかった。

「あ、そうそう。今日誕生日だよね。よかったらこれ、食べて」

彼女はジップロックのコンテナーが入った紙袋をモジモジと差し出した。とりあえず受け取ると、すぐに「じゃあね！」と言って、逃げるように走り去った。

紙袋の中身は、家に帰ってから確かめた。

コンテナーに入っていたのは手作りの肉じゃがだった。大きな豚肉と大量の白滝が入った、俺好みの肉じゃが。肉の脂が部屋の蛍光灯のあかりをテカテカと照り返していた。台所のごみ箱にコンテナーごと突っ込もうかと思ったが、さすがに罪悪感が勝ってなんとかこらえた。全部、憲二に食べさせることにした。

コンテナーの下には分厚い封筒が入っていた。中から大量の赤毛でも出てきたらと思うと恐ろしくて仕方がなかったが、好奇心もあり、迷った末に開封した。赤毛は一本も入っていなかった。中身はすべて、便箋だった。


恵太君へ。

あなたとはじめて会ったのは、年が明けて間もなくの、指先まで凍るようなとても寒い日のことでした。わたしはその朝、研修室でその日に入社する新人ちゃんたちを迎える準備に精を出しながら、ひそかな、けれど、とても強く、そして熱烈な予感に、大きな胸を震わせていました。

今日、運命の人に出会う気がする。

そのときでした。研修室の扉がひらき、あな

そこまで目を通したところで、トイレに駆け込み、吐いた。

翌日、俺は無断欠勤した。その次の日もさらにその次の日も無断欠勤した。前の職場で体調が急激に悪化したときも、きっかけは上司からラブレターをもらったことだった。派遣会社から、無断欠勤が三回続いたらクビになるといわれていた。だから、俺はクビになった。

そして今、俺はあの手紙と全く同じ、80年代の女児文化を思わせるファンシーな丸文字で記された退会届を見つめている。若干の吐き気を感じる。立ち上がり、窓を開け、深呼吸し

た。

大丈夫。今、目の前にあの女が現れるわけじゃない。俺の居場所を知られているのでもない。だから冷静になれ、落ち着くんだ。自分に言い聞かせる。

これは、ある意味チャンスじゃないか？

彼女は俺に惚れていたのだ。その恋心を利用すれば、再入会させることなど簡単なのではないか。電話して、ちょっと優しい言葉をかけるだけ。それで五万。コスパ最高。

おのれの口座残高を思い出せ、と自分に言い聞かせる。まもなく一万円を切りそうだ。今月末、憲二に支払う生活費三万円を捻出する方法は、ほかにない。

デスクと窓際を何度も行ったり来たりして、逡巡する。やるしかない、やるしかない、とぶつぶつつぶやきながら。何分たったかわからないがようやく心を決め、まずは退会届に記入されている携帯番号に電話してみることにした。震える手でスマホをつかむと番号を入力し、「えいっ」と掛け声をかけながら通話ボタンを押した。まもなく「お客様のご都合により、通話ができなくなっております」というアナウンスが聞こえてきた。

すぐに思い出す。福田小百合は、携帯料金や公共料金の類を常に滞納しているらしい、という噂を。

それから約一時間、デスクに座り込んで考えた。選択肢は二つ。あきらめるか。

あるいは。

駅で待ち伏せをするか。

そう、かつて、彼女が俺に対してやったように。

デスクの上のカレンダーを見る。今日は水曜日。彼女は基本土日休みで、平日はほとんど休まず出社していた。記憶が正しければ、彼女の勤続年数は十年はくだらない。あの年齢の女性の再就職の難しさを考えると、辞めている可能性はかなり低いだろう。

今、午後三時半。会社の最寄り駅は埼玉の川口駅だから、出るにはまだ早い。しかし、時間がくるのを待っていたら、気持ちがくじけてしまいそうな気がした。俺は明美さんに一言あいさつし、オフィスを出た。


各駅の京浜東北線に乗り、川口駅に着いたのは午後五時前だった。

七時まで駅前のコーヒーショップで時間をつぶし、それから西口改札前に移動した。待っている間、いろんなことが脳裏をよぎった。コールセンター時代、仕事を教えるふりして何度も押し付けられた、やわらかな胸の感触。ふと顔をあげると必ず視線が合う恐怖。時間が進むにつれてだんだんと決意が弱まり、彼女が会社を辞めてくれていたらいいのに、いっそ結婚して幸せに暮らしてくれていたらいいのに、とまで願うようになった。そうして気持ちがくじけそうになるたび、スマホの銀行アプリで口座残高を確認した。正確には８７８５円。その四桁が、やるしかない、と俺を奮い立たせた。

果たして、夜九時過ぎ。福田小百合が見覚えのある疲れきった顔つきで、駅前の陸橋を渡ってくる姿が見えた。黒地に骸骨の絵が描かれたTシャツにデニムの短パン、網タイツにロングブーツという相変わらずの派手ないでたち。髪は赤から金色になっている。彼女はこちらにむかって、サバンナの像のようにのっしのっしと歩いてくる。そして、俺の横をまっすぐ素通りした。

目があった気がしたが、慌てた様子もなく逸らされた。意外だった。少なくとも、なんらかの反応はあるかと思っていた。だって彼女は、俺のことが好きだったのだ。あんな手紙までよこしたのに。戸惑っているうちに、どんどんその大きな背中が遠ざかっていく。改札の向こうに消えたら終わりだ。俺は彼女にかけ寄り、体中の勇気をしぼりにしぼって「福田さん」と声をかけた。

彼女はゆっくりと振り返った。そして、まるで生ごみでも見るような目で、俺のつま先から頭のてっぺんまでじろじろと観察した。それから、こう言った。

「え？　今更何？　ストーキング？　勘弁してよ」

動揺した。俺は断じてストーカーではない。誤解を解くため、ここまできた目的を早口で彼女に伝えた。

「つーか」福田小百合は俺をさえぎるように、大きな声を出した。「ダイエットとか、興味ないし」

「……で、でも、以前はうちの教室に入会されてましたよね？」

見たところ、痩せた様子は皆無である。むしろ、前より若干膨らんだ気もする。

「あんたに関係ないでしょ」

「差し支えなければ、その、ダイエットに興味がなくなった、その、理由を……」

ハアとため息をついて、小百合は腕を組む。「別に、男と別れたってだけ。だから痩せる必要なんかなくなったの」

本当か？　男なんかいたのか？　ただ一方的にふられただけじゃないのか？　そんな疑問が脳裏をよぎるが、もちろん口には出せなかった。

「あの、でも、また、そのうちに、異性との出会いとか、あるかもしれないし、そのときに備えて……」

「余計なお世話すぎでしょ」と彼女は眉をつりあげて言った。「何なの？　いきなり現れて『男に好かれるために、あなた、痩せたほうがいいですよ』って言ってるわけ？　失礼すぎでしょ。とにかく、もう二度と現れないで。もしまたあたしの前に現れたら、ストーカーですって警察につきだしてやるから」

ぴしゃりと言って彼女は背を向け、足早に改札の向こうへ消えていった。

俺は茫然と立ち尽くした。失敗した。完全に彼女の言うとおりだった。失礼すぎ、そして余計なお世話すぎ、だ。自分を呪いたかった。

翌日、出社するとすぐ、福田小百合に関するすべての資料をシュレッダーにかけた。何もかもなかったことにすると決めたのだ。

退会者の名簿化はすでに終了している。これから、再入会勧誘の電話をかけていかなければならない。

その日は三十人ぐらいにかけたが、すべて門前払いで終わった。さらに翌日も、その翌日も。そりゃそうだ。決して安くない入会金を、二度も払おうなんて人はそうそういない。しかもその目的は、一度失敗して逃げ出したはずの過酷なダイエット。金をドブに捨てるも同然と思われてもしょうがない。

やみくもに電話をかけながら、俺はふと気づいた。これまでの人生、女性に何かを納得させたり、あるいは説得できたりしたことが、実はほとんどないということに。デートの誘いすら、OKをもらったのは記憶にある限り、たった一度きり。その後の告白のことは……思い出したくない。

結局、誰一人として再入会させられぬまま、盆休みに突入してしまった。

休み明けに出社すると、明美さんからA4用紙を数枚渡された。教室のホームページにある問い合わせフォームにきたメールから、俺宛のものを抜粋してくれたらしい。合計百十二件。

全件、福田小百合からだった。

内容は、すべてほぼ同じ。こちらからの連絡の催促だ。お話があるので連絡いただけると嬉しいです。メール送ったんですけど届いてますか？　なるべくはやく連絡もらえるとありがたいです。なぜ無視するんですか？　こんにちは、久しぶりです、相談したいことがあるので、一度どこかで会えませんか？　とにかく返事だけでもください。なんで無視？　もしかして馬鹿にしてます？

一日に何十通も、ときには二、三分おきに連続して。中にはとんでもない長文がしたためられているものもあった。

読んでいるうちに息が苦しくなってきた。一体、何が目的なのか、想像すらしたくない。

これ以上、彼女とかかわるべきではないと自分の中の何かが警告を発している。そもそも最初からかかわるべきじゃなかったのだ。金欠すぎて、正常な判断ができなくなっていた。

メールできっぱりと、ことわりの返事をしよう。そしてそのあとすぐ、福田小百合からのメールは自動的にゴミ箱にいくよう、設定を変える。それでよし、万事解決。

そのとき、ドアがノックされた。返事をする前にドアが開いた。

「恵太君、お客さんだけど」

誰ですか、と顔をあげたその刹那、気を失いかけた。今、この瞬間、テレポーテーションできるなら、残っている楽天ポイントすべて差し出してもいい。そう、本気で思った。誰に差し出したらいいのかわからないが。神様か？　神様が楽天ポイントほしがるのか？

明美さんの背後に、小百合がいた。

「あ、ていうかー、あたしは別になんとも思ってなかったんだけどー、向こうが『かわいい』とか『おしゃれ』とかいろいろ言ってきてー、あたしはホントになんとも思ってないんだけどー、だって全然タイプじゃないしー、でも向こうがなんか『今度飲みにいきたい』とか言ってくるからー、まあ、うん、考えてもいいかなって」

約三十分、小百合は同じ話を延々と繰り返している。そのとりとめのない話を要約すると、こうだ——最近コールセンターに入ってきた新人の男と急接近しちゃっててどうしよう困るあたし。

相手の男は、二十八歳の劇団員・ハットリ君。忍者ハットリくんにソックリで、本当は五十嵐という名らしいのだが、小百合だけが勝手にハットリ君と呼んでいるそうだ。先方は心底ウザいと思っているだろうなあと思った。ともかく、小百合の主張によれば、彼のほうから〝モーション〟をかけてきたそうだ。すでに個人的な連絡先も交換しているという。

どうせまた自分に都合のいい妄想を膨らませているのだろうと思っていると、小百合はすべてを見透かしたような顔で、LINEのトーク画面を見せつけてきた。それを見る限りだと、少なくとも先方のほうが積極的に連絡を取りたがっているということは、事実として認めざるを得なかった。その思惑がどこにあるのかは謎だが。

「あの、いい人が見つかってよかったですね」明美さんの淹れてくれた紅茶に小百合が口をつけた瞬間、すかさず俺は言った。「ところで、ご用件はなんでしょう？」

「そうそう、それでね、土肥君にお願いがあって」と言いながら、小百合は前かがみになった。今日は体にぴったりとしたミニ丈の黒いワンピース姿だった。広くあいた胸元から、その谷間が4DX映画の怪獣のようにせり出してくる。

「彼、体を鍛えるのが趣味らしくって、すごくイイ体してるのよねえ。そういう男の人ってさ、付き合う女にもイイ体を求めるっていうでしょ？」

「……ハア」

「それに実はさ、強力な恋のライバルがいるわけ。田川向日葵《たがわひまわり》って覚えてる？」

その名を聞いた瞬間、心臓が止まりそうになった。

記憶を手繰るまでもない。田川向日葵。コールセンターでの同期。高卒で地元宇都宮の中小企業に就職した後、弁護士になるという夢をかなえるために退職し、今はコールセンターとスナック勤めの二足のわらじをはく頑張り屋の女の子。二十五歳。いつもにこやかで誰にでも分け隔てなく優しく、笑ったときにできるえくぼがチャーミングでみんなの人気者。しかし向日葵は彼氏持ちだった。しかもその彼氏は人気ユーチューバーらしかった。

会社を辞めることになったとき、「何か悩み事があるならいつでも聞くから」と声をかけてくれた。だから、俺のことを気にしているのは間違いないと思う。電話番号は知っている。シフト交代を頼まれたときに交換した。食事に誘ってみようかと、辞めてから五億回ぐらい考えた。今でも週に三回ぐらいは考える。でも実行できない。無視されたらショック死すると思う。

「あの女ってさ、いつもウジウジしてて、ちょっと怒られただけですぐ泣くし、ほんっとにムカつくんだけどさ」小百合は言う。「ハットリ君のこと、狙っているのは間違いないわけ。この間も仕事が終わったあと、相談したいことがあるとか言って彼を引き留めて、休憩室でずーっとごにょごにょ話してたし。たまたまあたしも休憩室にいて、その、たまたま話が聞こえてきたんだけどさ、なんだか帰り道につけまわしてくる男がいて、困ってるとか言ってたよ。嘘だと思うけどね。でも彼はやさしいから、一緒に帰ってあげたりしてるんだよ。そんなことしなくていいのに」

ドキドキした。俺も向日葵からストーカー被害の相談をされたことがあったのだ。頼まれて、二度ほど一緒に帰ったりもした。あれはやっぱり……俺と仲良くなるための方便だったのか？

「田川向日葵ってさ、最近、激ヤセしたんだよ。彼のためにダイエットしたんだと思う。間違いないね。だから、あたしも痩せなきゃいけない。最低でも一カ月で十キロは落としたい」

「えっ。ということは……うちに再入会するってことですか？」

「そんなもん、するわけないじゃん。金ないし。バカじゃないの」

「……」

「あんたさ、ダイエットの神様の甥なわけでしょ？　じゃああんたが個人トレーナーになって痩せさせてよ」

意味不明だ。今年で一番意味不明だ。

「十キロ痩せさせてくれたら、田川向日葵と二人きりで会わせてあげる。あんた、好きなんでしょ？　あのガリガリ女のこと」

「いや……そんなことは……」

「研修のときからバレバレだったよ。毎朝あのガリガリ女の隣の席を確保するのに、命かけてたじゃん。隣に座れたらずーっとデレデレして、資料とってきてあげたり仕事教えてあげたりやたら世話焼いて、座れなかったら座れなかったで遠くからジロジロ見てるし。あとさ、あんたさ、ときどきあの子に弁当つくってきてあげてたでしょ。でっかい幕ノ内弁当みたいなすごいやつ。バカじゃないの？　食べてもらえもしないのに。あの子、弁当箱ごと捨ててたよ」

「いや……捨ててたんじゃなくて、ほかの人に譲ってあげてたんです。当時も彼女、ダイエットしてたから……」

「あの子、ユーチューバーの彼氏とは別れたらしいよ」

「え！　本当に⁉」

思わず立ち上がってしまった。小百合に見下したような視線を向けられ、恥ずかしさのせいか恥骨のあたりが死ぬほど痛くなった。

「あんたみたいなクソださい童貞が、あのやり手女に相手にしてもらえるかはわからないけど、まあ取り持ってあげてもいいと思ってるよ。あたしがダイエットに成功して、ハットリ君と晴れてカップルになれたらね。あの女は彼に振られて弱ってるところだろうし、あんたみたいなくっさい童貞でもなんとか落とせるんじゃない？　あたしの手助けがあればなおのこと。お互いにウインウインの悪くない取引だと思うけど」

本当にウインウインなのか、この女が向日葵との仲を取り持つとして、一体何ができるというのか、俺には全くわからない。そんなことより俺がひっかかったのは、なぜ童貞だとバレているのかということだ。

「今、なんで童貞だとバレたんだ？　って思ってるでしょ」

「……」

「三十過ぎた童貞ってね、臭うのよ。くさいの。体臭がどうこうって話じゃないの。行動よ。童貞がとる行動がくさいの。何をするにも童貞行動なの。言動もよ。ところで言動と行動って同じ意味？　ま、とにかく、そうなの。バレバレなの」

尋常でないほどの屈辱感に、その瞬間、俺の意識は混濁した。


気づくと、横から西日が差していた。

あれからどれくらい過ぎたかわからない。俺は椅子に座ったまま、微動だにしなかった。ふう、と息をつく。少し、落ち着いてきた気がする。いつまでも座っているわけにもいかないので立ってみた。立ちくらみがして、すぐ座った。

デスクの上に視線を投げる。じゃがいもが三つ。

小百合が置いていったものだ。意識が混濁していたのではっきりとは覚えていないが、じゃがいもを使ったダイエットメニューを考案し、今晩中に連絡するようにと命令された気がする。北海道の親戚からタダで送られてくるらしい。金もなく、使えるものも他にないようだ。とりあえず、試作用に三つくれた。

じゃがいも……いやそんなことより、なぜ童貞とバレていたのか。童貞の臭いってなんだ？　あの女にバレているということは、他の人にもバレているということなのか？　それだけじゃない。あの女、俺が向日葵に片思いしていることにも気づいていた。ならなぜ、俺をつけ回したのか。というかあの女の中では、俺に告白したことなど全くなかったことにされている気がした。あれだけ俺を苦しめておいて、一体どういうことだよ？

……やめよう。そんなことをうじうじ考えたって意味はない。自分がやるべきことに目を向けよう。ピンチはチャンス、という言葉がある。まさに今がそうじゃないか？　そう、向日葵と再接近するチャンスが、今にも目の前にやってこようとしているのだ。

福田小百合は信用のならない人間だ。しかし、コールセンターでは誰よりも仕事ができたのは紛れもない真実。彼女のサポートを得られれば、あるいは、向日葵との距離を縮めるのもだいぶ容易になるんじゃないだろうか。

そのためには、ハットリ君との恋愛成就はともかく、少なくともダイエットだけは成功させなければならない。

またひとつ息をついて、気持ちを切りかえる。とりあえず、じゃがいもダイエットについてネット検索してみた。すると、思いのほか多くの関連ウェブサイトが見つかった。難消化性でんぷんだのレジスタントスターチだのややこしい言葉が出てきたが、要は食事の前にじゃがいもを食べることで、全体の食事量を減らせればいいようだ。正しく実践すれば、うまくいくように思えた。

基本的に食べていいのは、ゆでたりふかしたりしたじゃがいもだけ。もちろん、フライドポテトなどは対象外。しかしそれだと飽きてしまうだろうから、オリーブオイルや葉物野菜などを使ったローカロリーのじゃがいもレシピをいくつか考えて、小百合にメールで送ってやった。そのあとで、彼女が真面目にそれらを作って毎日食べるなどありえないと気づいた。そんなことが簡単にできるなら、そもそもあそこまで太らない。

ところが。

小百合は、翌日から本当に、しかも極めて真剣にじゃがいもダイエットをはじめた。毎食ごとにきちんと写真を撮って、俺に送り付けてくるようになったのだ。朝はヨーグルトとじゃがいも料理、昼はタッパーに詰めたじゃがいも料理、夜はサラダとじゃがいも料理。それで本当に痩せられるのか、正しいやり方なのか、正直なところ俺にはわからない。しかし、これまで相当乱れた食生活を送っていたようだから、多少の効果は見込めるのではないか。

しかも食事療法だけでなく、夜のウォーキングまでやりだしたから驚いた。ほぼ毎晩、夜更けに息を弾ませながら電話をかけてくるのだ。そのうち、ウォーキングしてないときでも電話がかかってくるようになった。主にじゃがいもに関する愚痴などを聞かされた。電話に出ないと「殺すぞ」「これからお前のワラ人形作る」などといった恫喝メールがきた。それも無視すると「今ワラ人形作った」とメールがきた。二週間もすると、俺はストレスで眠れなくなった。彼女がじゃがいもを持参して俺のオフィスに現れてから、約一カ月後の九月最後の日曜日、昼過ぎに起きると枕に大量の毛がついていて、俺は泣いた。

その翌日の月曜朝九時、出社してすぐ、また電話が鳴った。

知らない番号からだったが、小百合だと確信した。ときどき、会社の内線用PHSなどからかけてくることもあったからだ。俺は出るなり、もうほとんど反射的に「やめてくれ！」と叫んだ。「もう限界だ！　二度と電話をしないでくれ！」と。

「ごめん、土肥君」

その声は、向日葵だった。

その日の夜、俺は一人で、前の会社の近くにいた。

向日葵が電話で、帰り道に何者かにつけまわされて困っているので助けてほしいと言ったからだ。

いつもは仲のいい男性社員を頼っているそうだが、今日はその男が有休をとっているらしい。ほかに頼れる人も見つからず、最後の手段で俺に連絡してきたようだった。それでいい。全く構わない。

念のため、向日葵の仕事が終わる午後八時より三時間早い午後五時には現地に到着し、それからずっと、ただ立って待っていた。

八時三十分を過ぎても、彼女は現れなかった。

残業しているのかもしれなかった。コールセンターの仕事で残業はあまりないことだが。

九時になっても音沙汰なく、社内にいたら出られないとわかっていたが、電話してみた。

彼女はすぐに出た。

「あ、ごめん。結局今日、会社休んだ。言うの忘れてた」

九月終わりの夜。まるで真冬のように風が冷たかった。俺はその場から動けなかった。これでいいんだ、と自分に言い聞かせる。今回がきっかけで、彼女とＬＩＮＥ交換ができたのだ。何より、さっき電話で「今度、何かお詫びするね」と言ってくれた。今度ご飯おごるね、という意味だ。そのほかには解釈しようがない。近々、彼女と二人で食事にいける。そうだ、今すぐＬＩＮＥしよう。俺はＬＩＮＥのトーク画面を開き、十分ほど熟考した後、「今日のことは気にしなくていいから、ゆっくり体を休めてね。本当に、今日のことは気にしないで。お詫びとかいいから。普通にご飯でもいこうよ」と打ち込んだ。うわ、と思った。完璧じゃないか、この文章。彼女、これ読んだら感動して泣くかもしれない。マジで、いやマジのマジで。

「なにその文章。クソキモイ」

驚いて思わず飛びあがった。小百合が背後から覗き込んでいた。

「な、何してるんですか？」

「あんたこそ、何？　なんでここにいるの？　やっぱりあたしのストーカーなの？」

しまった。ここは向日葵の職場であるとともに、この女の職場でもあったのだ。すっかり油断していた。

「いや……ちが……それより、痩せましたね」

ダブついていた顔のラインが、見違えるようにすっきりしている。もともと頬骨の張った顔つきのおかげか皮膚のたるみもなく、引き締まって四、五歳は若く見える気がした。今日は真っ赤なミニ丈のワンピースを着て、金髪をお団子型にしている。

「当たり前でしょ。あたしがどれだけ努力してるかわかってるの？　もうじゃがいもばっかり食べてるから、頭がおかしくなりそうよ。それなのにあんたは電話もろくに出ないで、一体何なの？　何のために存在してるの？　死ねば？」

今日はいろいろありすぎて、この女の身勝手な言動に構っている精神的余裕はもうなかった。俺は何も答えず、背を向けて歩き出した。しかし次の瞬間、とんでもない力でTシャツの襟元を後ろからつかまれた。首が絞まり、俺はグエーッと謎の怪鳥のごとくうめいた。

「待ちなさい。ちょうどいいから付き合って。これからデートなの。彼、明日が誕生日でね、彼のほうからお祝いしてほしいって言ってきたの」

彼女はニヤニヤしながら、手に持った黒い紙袋を掲げる。中から、リボンが結ばれた四角い箱を取り出した。

「これ、彼へのプレゼント。ディオールの財布なんだけど」

「金ないんだから、そんな見栄はらなくても。ハンカチとかでよかったんじゃないですか」

「だって彼、あたしのこと金持ちだと思ってるもん。こんなところでケチれないよ」

思い出した。一緒に働いていたとき、小学生みたいな創作丸出しの自慢話を、小百合がよくしていたことを。海外旅行に百回いったことあるだの、五百万円の腕時計が家に二個あるだの。そんなレベルの話をハットリ君にもしているとして、もし彼が信じているのなら……彼は、アホなのか？

「彼が喜ぶデザインかどうか、見てくれない？」

そう言うと、やおら包みを剝がしはじめた。

「ちょっと！　なんでそんなことするんですか。せっかくきれいに包装してあるのに」

「彼がよろこんでくれるデザインかどうか、確認してほしいのよ。大丈夫。きれいに剝がせばわかんないって」

「いやいや、コレ、絶対失敗してぐちゃぐちゃになる流れじゃないっすか。やめといたほうがいいっすよ。後悔しますよ」

「いいじゃん、お願い。不安なのよ、見てよ」

小百合はなぜか半泣き状態になっている。俺はなんとか彼女をなだめ、プレゼントを紙袋にしまわせた。

「あ！　もうこんな時間！　遅れちゃまずいから、タクシーでいったほうがいいかな？　いいよね？」

「そんな金あるんすか」

「このプレゼント買うためにサラ金で借りた金がまだ余ってるし、平気。ね、あんたさ、ついてきてよ。近くの席で見守ってて。それで、あたしが変なこと言ったりしたら合図して」

「え！　いや、俺、そんな……」

「お願いよ」

俺の腕をつかむその力といったらなかった。ちぎられる、と半ば本気で思った。

「こんなチャンス、もう二度とないの。わかるでしょ？　あたしみたいな顔もブスで太ってるおばさんに、こんなチャンスはもう絶対にやってこない。今まで必死になって男を追いかけてきたけど、ただの一度も実らなかった。それが今、こんなあたしを誘ってくれる人が現れたの。このあたしをよ？　これがどんなに奇跡的なことかわかる？　わかるでしょ？　失敗したくないの。なんとかものにしたいの。あたしにはもう後がないの。お願い、助けてよ」

俺は驚いていた。自分に、自分の心に。今、ほんの数秒だが、彼女をかわいいと思った。女性として魅力的だとは思わない、断じて。でもこういう生き方しかできない、その不器用さがいじらしく、俺は彼女をどうにかして助けたいと今、心から思った。それでつい、言ってしまった。「わかりました、一緒にいきましょう」と。ついでにこうも言った。「俺がタクシー代出しますよ」と。向日葵のために、口座にある分は全部おろしてきた。

「本当？　ありがとう、感謝する」

俺たちは通りに出た。タクシーはすぐ見つかった。

乗り込むとき、小百合はこちらを見もせずに言った。

「そういえば、さっき打ってたＬＩＮＥ、あれ、相手は田川向日葵でしょ？　あんたさ、あんなクソキモい文章、よく考えつくよね。わざとやろうとしてもあそこまでキモくできないよ。逆に尊敬するわ」

さっきまでの同情を撤回できるなら、神様、俺の楽天ポイントに合わせてJREポイントもすべて差し上げます、そう強く思った。


小百合がタクシーの車内で「おしゃれなフレンチを予約した」というので、どんな高級店かとドキドキしていたが、どこにでもある庶民的な洋食屋だった。入口に芸能人のサインが十枚ぐらい貼ってあった。ランチはオムライスが八百円らしい。

小百合が先に入った。そのあとすぐに俺も入り、小百合が座った奥のテーブル席近くのカウンターが空いていたので、そこに通してもらった。

ハットリ君は、それから十分ぐらい後、ちょうど俺が注文した和風ハンバーグが運ばれてきた頃にやってきた。

彼女たちに背を向けた状態のため、チラッと横目で見ることしかできなかったが、ハットリ君は思っていたより地味で冴えない感じの青年だった。黒のロンTに黒の細身のパンツ姿。全体的に覇気がなく、何を考えているのか読むのが難しい顔をしている。コールセンターによくいるタイプといえばそうだ。

注文した生ビールが運ばれてくると、二人は声をそろえて乾杯した。

「お誕生日おめでとう、リョウ君。今日、コース料理頼んであるからね」

「あ、嬉しい。名前で呼んでくれて。俺も小百合さんって呼んでいいっすか」

「えー、やだ照れるー……うん、いいよ」

「小百合さん、今日も素敵で高そうな服ですね。いくらぐらいの服なんですか」

「どうだろう。ヴィンテージだし、忘れちゃったな」

ただの古着だろうに。このバカバカしい会話は一体なんなんだ？　ハンバーグは旨かったが、これじゃ味も台無しだ。

やがて、コース料理の最初のサラダが運ばれてきた。小百合が「おいしそー、サラダ大好き」とはしゃぎながら手をたたく。すると、ハットリ君が「アハハ、こんなものでよろこぶなんて、かわいい、小百合さん」とクサいお世辞を言う。二人はそんなふうにして、どことなく芝居じみたイチャつきぶりを披露し続けた。

メインのステーキを食べ終わったあと、醜悪としかいいようのないサプライズ・バースデーソングタイムを経て、二人は今、ケーキとコーヒーを楽しんでいる。俺は時間を持たせるために追加注文したグラタンをつつきながら、家に帰りたい、そのことしか考えられなかった。

「小百合さん、プレゼント、本当にありがとう」ハットリ君が低く、ささやくように言った。「こんな高価なものをもらったのははじめてだよ。すごく嬉しい。小百合さんに出会ってから、いいことばかり。小百合さんは俺にとって幸運の女神だよ」

「そんな、大げさだよ」目を向けなくても、今、彼女がどんな顔をしているか想像できた。「気に入ってもらえるか、不安だったんだけど、どうかな」

「気に入ってるよ、もちろん。ただ……」

「ただ……何？」

「俺、本当に金ないからさ。こんないい財布もらっても何も入れられない。……今月の家賃も払えそうになくって」

「だったら、あたしと一緒に暮らす？　会社近いし、楽だよ」

アッハッハーとハットリ君は乾いた笑い声をあげた。「それもいいっすねー。小百合さんと暮らせたら楽しいだろうなあ。でも俺、今、実家で親の介護してるんよ」

「そ、そっか、ハハハ」

家賃を払えないんじゃないのかよ。全く、この男は最悪じゃないか。

「でも、例えばこんなふうに、ときどき二人で食事とかできたら、お互いにウインウインのいい関係が築けるんじゃないかと思うんです」

「ウインウインって？」

「だから、俺と週に何度かデートする契約っていうんですかね。そういうの結びませんか？　パパ活って流行ってるじゃないですか。あれの男女逆バージョン。俺の役者仲間が五十代の女性とやってるんですよ。一回会うごとに、食事代とは別にお小遣い五万もらってるらしいです。俺、一緒にいる間は、精一杯楽しませるんで。そうだな、昼からデートなら一回二万。夜だけなら一万。食事や交通費は別途請求ってことで。一カ月ごとの契約でもいいですよ。月二十万で会い放題。オプションサービスは応相談ですね」

「オプションって例えばどんな？」

「そうっすねー。腕組みは十分二千円。手つなぎは十分三千円。今度一覧表にしてもっていきますよ」

「なんかいろいろ高くない？」

「いやいや、小百合さん、金持ちじゃないっすか。そのぐらい余裕ですよね？　年に一回、ハワイのコンドミニアム泊まってるけど、いい加減一人はさみしくなってきたって言ってたじゃないですか。旅費出してくれるなら、俺、一緒にいってもいいですよ。あ、あの、先に言っておきますけど、体の関係はナシの方向で」

小百合は黙り込んだ。ハワイのコンドミニアムの話は俺も聞いたことがあった。もちろん、全く信じていなかったが、この男は鵜呑みにしているようだ。やっぱりアホなのか？　それともバカなのか？

そのとき、店に新しい客が入ってきた。若い男女四人組だ。その中のボールペンで一筆書きしたみたいな眉毛の男が、店中に響く声で「あ！」と声をあげた。「リョウじゃん、何してるの」

四人ははしゃぎながら二人のテーブルまでやってくる。全員、ハットリ君の友人のようで、「久しぶり」とか「元気？」などと言い合っている。

「あー、えっと、お母さん？」ボールペン眉毛が言った。

しーんと静まり返る。数秒後、ハットリ君が「ああ、うん」と答えた。

「え？　マジ？　お前のお母さんって、なんていうか、その……」

「ええ、いつもリョウがお世話になっております」

小百合が言った。俺は驚いて振り返りそうになったが、すんでのところで耐えた。頭は金髪、さらにボールペン眉毛たちは小さな声で「ども」とか「こんにちは」などと言っている。若者たちが戸惑うのは無理もないと俺は思う。

に下着の見えそうな真っ赤なピタピタドレスを着た友達のお母さんに、若者たちが戸惑うのは無理もないと俺は思う。

「お友達がきたなら、お母さんは帰るわね」小百合はちょっと芝居がかった口調で言った。

「これで、みんなで楽しんでちょうだい」

ちらっと背後をうかがう。財布から千円札をぬいてテーブルに出している。「そんな金、出す必要ないですよ」と言ってやりたかった。しかし意気地なしの俺は、ただ地蔵のようにその場にかたまっているしかなかった。

「じゃあ、じゃあね」

小百合の声が震えているのがよくわかった。ハットリ君は何も言わなかった。小百合は自分の荷物を持ち、店の出入口に向かって歩いていく。

その背中は、以前よりは小さくなったが、それでも丸くでっしりとしている。むき出しになったふとともに浮かぶぼこぼこのセルライトが切なくて、俺はもう見ていられなかった。

彼女は、これまでの人生で何度、こんな場面に遭遇したのだろう。今、悲しいのだろうか。それとも、こんなことはあまりに慣れっこで、もうなんとも思わないのだろうか。

ドアの開く音。が、すぐに勢いよくガチャンと閉まる音。俺は顔をあげた。小百合がまたこちらにつかつかと戻ってきた。

「やっぱり、これ返して」

そう言って、さっき出した千円札をつかむ。よく見たら、たった一枚だけだった。

「ねえ、あのね」と腰に手をあて、ハットリ君に向かって言う。「前から思ってたけど、あなた、会社でわざと電話とらずにサボってるでしょ。休憩も余分にいってるでしょ。全部ばれてるからね。それとね、今後ほかのおばさんをターゲットに本気でそのジゴロ商売したいなら、友達の前だろうが何だろうが、せいいっぱい恋人のふりをしなさいよ。働いて金をもらうってのはそういうこと。それが理解できないなら何をやってもダメ。一生売れない役者ね」

そしてふいに、俺のほうを見た。

「帰るよ」

「え？」

とその場にいた全員が言った、俺も含めて。

「もういいよ、何もかも。帰ろう」

「あ、はい。あのお会計お願いします。そっちのテーブルの分も」

会計の処理が終わるまで、ハットリ君も小百合も、微動だにせずにその場に無言でいた。

なぜかボールペン眉毛たちまでが直立不動で待っていた。小百合の千円を合わせて、ぎりぎり金は足りた。心の底からほっとすると同時に、ほぼ無一文になったことに俺は絶望した。

なぜかその後、小百合の部屋で飲むことになった。

以前の俺だったら死んでも嫌と思っただろう。しかし今夜の俺は、まあそれもアリ、という気分だった。

小百合は西川口駅から徒歩五分の古いアパートの一階に住んでいた。建物はボロいが、部屋は思っていたより広く、片付いていた。玄関入ってすぐの台所の床に、じゃがいもがゴロゴロと大量に転がっている以外は。

「これで何か作ってよ。酒はあるから。つまみになるのはじゃがいもしかない」

「あー、じゃあ炒め物でも作りましょうか。オリーブオイルありますよね」

「ダメダメ。そんなもん、もう捨てるから。二度と使わない。笑わせんじゃないよ。あんたが考えつく限り、一番体に悪くて一番カロリー高くて、でもすごくおいしいじゃがいも料理作って」

冷蔵庫の中をのぞいてみる。調味料の他には傷みかけの野菜があるだけだった。冷凍庫をあけると、ミルク味のアイスクリームがいくつか入っていた。見たことのないパッケージで、どうやら北海道のメーカーらしい。

「あいつに告白して成功したら、ご褒美に食べようと思って親戚から送ってもらったの。それ、おいしいよ」

「とにかく、まずはじゃがいもの皮をむきましょうか。あ、その前に、少し台所を片付けましょう」

流しに残っていた皿を洗い、生ごみなどを始末したあと、俺たちは並んでじゃがいもの皮をむきはじめた。自身も道産子というだけあり、小百合の手つきは鮮やかだった。手品のようにスルスルむいていく。途中から皮むきは彼女に任せ、俺はじゃがいもをひたすら細切りにした。切ったものは小麦粉と片栗粉、調味料を入れたビニール袋に放り込んで、袋ごと振って粉をまぶす。じゃがいもに粉がいきわたったら、大量の油で揚げ、最後に塩を振りかける。フライドポテトの出来上がり。

揚げたてを一本つまんだ小百合は、子供みたいに目を丸くした。

「すごい！　コレ、アレじゃん！　あの味！」

俺はにやりとした。「アレでしょ？　あの味でしょ？」

「うん！　マックのポテトの味だよ、これは。もっと揚げてよ。あたしこれ、バケツ一杯食べられる。いや、風呂桶一杯いけるね」

「待ってください」俺は大きな皿にフライドポテトを盛り、さらにその上に、さっき冷凍庫から出して少し溶かしておいたアイスクリームをのせた。

「なにこれなにこれなにこれ！　ちょっと待って。ポテトにアイスをディップすればいいわけね？」そう言ってポテトを三本つまんでアイスクリームにくぐらせ、口に放り込む。

「……やばい、鬼よりうまい」

鬼はうまいのか。そもそも食べ物なのか。心の中で思うだけで、もちろんいちいち聞いたりはしなかった。

「じゃがいものほっくり感とさ、ほのかな塩気とさ、アイスクリームのミルク感が混ざって、なんかすっごい体に悪い味がするね。つまり超おいしいってことね」

俺たちはその後もじゃがいもを揚げて揚げて揚げまくった。揚げたそばから、アイスクリームにつけて次々に口に放り込む。二人、台所に並んで立ったまま、ほとんど無言で。ビールも飲まずに。揚げ油のバチバチという音だけが部屋に響いている。妙な夜だった。

ふっと横を見ると、小百合が口の中いっぱいにポテトを突っ込んで、苦しそうに目を見開いていた。ものすごい顔だ。喉に詰まらせたようだ。俺は慌てて冷蔵庫から缶ビールを出し、プルトップをあけ、彼女に差し出した。しかし、小百合は涙目のままこちらに手のひらを向けて、俺を制した。そのままゆっくりと咀嚼しつづけ、口の中のものを飲み込むと、ふーっと息を吐いた。

「あー、おいしかった。最高だね、これ」

「いや、死にかけてましたけど……」

「なんかさ、口の中に食べ物を限界まで詰め込んでモグモグ咀嚼してると、あ〜生きてる〜って思えて気持ちいいの。やってごらんよ」

「いや、いいです」

「えー、気持ちいいのに。カップ焼きそばとか、冷凍チャーハンとか、喉が詰まるギリギリまで詰め込むと超気持ちいいよ。つらいとき、よくやるの」

「つらいんですか」言ってしまってすぐ、愚問だと気づいた。

「つらいよ」と小百合はあっけらかんと言う。「毎日つらい。ずっとつらい。こんな人生で、つらくないわけなくない？」

何も言えなかった。俺は黙ってポテトを大量に口に突っ込んでみた。すぐに苦しくなって、さっき自分であけたビールで無理やり流し込んだ。全然気持ちよくなんかなかった。

「あーあ、なんであたしって、あたしなんだろう。他の誰でもいいから、あたし以外の誰かになりたいよ。でもさ、やっぱりあたしはあたしだし。太ったことも、今、一人で生きてることも、自分で選んだことだって、最近は思うようにしてる。誰かのせいにしたくないしね。どんなにつらくても、自分の足で立っていたいって、最近よく思うの。一人の夜に。ま、いつも一人なんだけど」

「なるほど……」

「でもさー」小百合は思い出したようにクスッと笑う。「今日はやばかった。月に何回かデートして寂しさをいやしてもらえるなら、一万ぐらい出してもいいかもって、一瞬、真剣に考えちゃった。そんな金ないんだけどね。ギリギリで思いとどまれた。でもやばかったなー」

「さっきの福田さん、かかかか、かっこよかったっす。俺なんて……」俺なんて、向日葵にあんな扱いされても、まだ彼女と付き合えるなら付き合いたいと思ってます、という言葉を飲み込んだ。

「ていうか、あたしはかっこいいより、かわいいって言われたい、好きになった男の人から。あーなんで人間には外見の違いがあるんだろう。猫とか犬みたいに、みんな同じような感じだったらよかったのに。そしたらあたしの人生、絶対違った」そこまで言うと、小百合は俺を指さした。「ところであんたってさ、意外と料理上手だよね。田川向日葵に作ってたやつよりもっと豪華な弁当、毎日自分で作って食べてたでしょ」

「うち、実家がやたらと厳しくて、いわゆる健康志向っていうんですかね、食べ物もほとんど味のついていないようなものしか食べさせてもらえなくて」俺は言った。「その反動なのか、一人暮らしはじめたら、味が濃くてガッツリしたものが好きになりました。外食より自作したほうが旨いし、作ってるうちに上達しましたって感じです」

「へえ」と小百合は不満げな顔になる。「それにしては細いね。食べても太らないってやつね」

「まあ、そうです」だから正直、ダイエットしたい女の気持ちはわからない、と心の中だけで続けた。

「あー明日から会社に行きにくいなー。あいつに会うのが恥ずかしいよ。ま、あたしの人生、こんなことの繰り返しなんだけどさ。でも、この歳で独り身の女じゃ、他の仕事につくことも厳しいし、どんなに恥をかいても、今の会社にしがみつくしかないんだよね」

「やりたいこととか、ないんですか?」

「ないなあ……あ、あんたがやってる仕事、あたしにも手伝わせてよ。ダイエット教室に再入会させたら金もらえるってやつ。太ってる女の気持ちは、しょせん太ってる女にしか理解できないよ。うちから横浜まで遠いけど、電車一本でいけるし」

このとき、俺はこの女の発言を、一〇〇パーセント冗談だと受け取っていた。本気だとは、つゆほども思っていなかった。

ラーメンライスの夜

ノックもなくいきなりオフィスのドアが開き、紫色のミニ丈のワンピースを着た小百合がずかずかと入ってきた。

「……なんすか」

「あんたの仕事、手伝うって言ったでしょ？　だからきたの。とりあえず、腹ごしらえするわ」

小百合は勝手にデスク前の椅子にドカッと腰かけると、デスクの上にテイクアウトしたらしい牛丼の入った袋を載せた。

「今日、会社じゃないんですか」聞きながら、さりげなく彼女の姿を観察する。袋から取り出した牛丼は間違いなく特盛だ。せっかくじゃがいもダイエットがうまくいっていたのに、やめた途端、あっという間にリバウンドしてしまった。

「会社、シフト減らしたの」

「どうしてですか」

「あの男と会いたくないからに決まってるでしょ。その代わり、ここで働くことにした。もう、ここの社長にも電話したから。あんたの叔母さん」

「……」

「経理の明美さん、そろそろ定年なんだって。だから経理見習い兼、清掃係兼、あんたのお手伝いってことで雇ってもらえることになった。最初は時給九百円って言われたけど、交渉したら千三百円になったわ。ネットで調べたら、社長はヅカオタらしいじゃない。あたしね、ヅカ関連は結構詳しいのよ。もうすっかり意気投合しちゃったわ」

俺より高給取りじゃないか。あまりに理不尽。

「で？　これが、やめてった人達の資料？」小百合はデスクの上の分厚い名簿をパラパラと興味なさそうにめくった。「二百人はいるけど？　これ全部に電話かけるの？」

「まあ、そうっすね」

「カーッ。あんたって本当にどこまでもバカね？　電話なんかしたって、あんたみたいな口下手な童貞に勧誘なんてできるわけないでしょ？」

「……」

「あんたはさ、童貞のわりには顔がいいじゃん。身長も高すぎず低すぎず、さわやかな感じで、女好きするっていうのかな。だから、直接会いにいけばいいの。そんで、ニコッと笑って『もう一度、一緒に頑張りませんか？　僕が精いっぱいサポートしますんで』って言えばいいわけ。そしたら、この名簿に山ほど載ってる体形コンプレックス女たちが、『この人、わたしに気があるのかしら』って勘違いして入会してくれるから。そうよ、あたしと同じ種類の女たちよ。例えば、そうね……この彼女とかいいんじゃない？　三十五歳、独身。異性との交際経験に乏しくて、いかにも思い込み激しそうな顔してる。そうよ、あたしと同じ種類の女よ。同じすぎて同一人物説まであるわ。とにかく、あんたがちょろっとやさしくするだけで、すぐに釣れるから」

「そんなネットのバナー漫画みたいにうまくいきます？　会いにいくって言っても、家にいくわけにもいかなし」

「やる前からできない言い訳。だからあんたは童貞。ていうか、この人の職場、すぐそこじゃない？」

俺はその女性の入会届を見た。小百合の言う通り、彼女の職場は駅前のデパートのようだった。

「はやくもあたしたちの特技をいかせるときがきたわね」

そう言うと、小百合は特盛牛丼に大量の紅しょうがをのせて食べはじめた。正直、ちょっと旨そうだった。

牛丼を食べ終わると、小百合は掃除道具を買いに出かけた。一応、真面目に仕事をするつもりらしい。

俺はその間に、小百合が指名した元会員の資料を読み込んだ。名前は後藤順子《ごとうじゅんこ》。三十五歳。職業はデパートの経理担当。ちょうど一年前に入会し、約一カ月で退会している。

身長百六十三センチ、体重は入会時で七十五キロ、退会時は七十八・五キロ。スポーツブラとスパッツを着用した全身写真を見てみると、胸と腹回りはかなりでっぷりとしているが、脚はわりと引き締まっている。昭和のプロレスラーを彷彿とさせる体形だ。しかし彼女の場合、体より顔の贅肉のほうが目立ってしまっている気がした。よく見ると目がくりっとして愛らしい顔立ちをしているが、二重を通り越して三重になっている顎のせいで、魅力も半減している。本人も入会届の引き締めたいパーツを記入する欄の一番上に「顔」と書いていた。

適当だが毎日つけている業務日誌を見てみると、彼女にはお盆前に一度電話をかけていた。コール音はしたが、応答はしてもらえなかったようだ。

小百合は戻ってくると、さっそく食堂の掃除をはじめた。俺は少し自分の通常業務をこなし、夕方五時少し前、二人で後藤順子の勤務先のデパートへ向かった。

なぜか小百合は迷いもせず、駅直結の従業員専用出入口へ直行した。まるで以前にも繰り返し通ったことのあるような足取りだった。その理由は恐ろしくて聞けなかった。少なくとも横浜のデパートに勤務していたという話は、聞いたことがない。そもそも待ち伏せは小百合の特技であって、俺の特技ではない。

後藤順子と思しき女が出てきたのは、午後八時過ぎだった。

彼女は一人だった。JR改札方面へまっすぐ歩いていく。その、女性にしてはどっしりと広い背中に向かって、小百合が「後藤さん？」と声をかけた。

「思った通り、後藤さんだ！　ね、恵太君！」振り返った彼女に対し、小百合は底抜けに明るい声で言った。「後藤さん、真知子式ダイエットスクールに通ってらっしゃいましたよね？　わたしたち、そこの事務員なんですよ」

「は、はあ」と彼女は戸惑いながら、小百合の全身をジロジロ観察する。そのあと、俺の顔をチラッと見て視線をそらし、すぐに二度見した。あ、今三度見した。

「あんまり、わたしたちとはお話しすることなかったから、わからないですよね。でもわたしたちは、会員さんのことよく見てるから、覚えてるんですよ」小百合は相手の反応など全くお構いなしで、一方的にまくしたてる。「後藤さんのことを受付で見かけるたび、『美人で素敵な人だよね。スリムになった姿を見てみたいよね』って二人で話してたんです。ね？恵太君？」

「え？　あ、ええ、あ、そっすそっす」

「恵太君、よく言ってたよね。『後藤さん、こなくなっちゃったなあ、残念だなあ、戻ってこないかな、また会いたいな』って」

その後も小百合は、後藤さんはトレーナーの間でも見込みのある生徒と評判だったとか、スクール内のビューティコンテスト（そんなものはない）の候補にもあがっていたとか、痩せたら芸能人の誰それにそっくりだなどと、あることないことまくしたてた。ちゃんと聞いたらすべて大嘘だとわかるはずだが、小百合のしゃべりが調子よすぎるせいか、後藤順子がその勢いにのまれていくのが横目で見ていてよくわかった。こうして人は、だまされていくのだ。

「あ、そうだ。わたしたち、これからカフェでお茶しにいく途中なんだけど、もしお時間あったら一緒にお話ししませんか？　ね？　少しだけ。ね？」

急な誘いに、さすがに順子も「えっと……」と迷うような素振りを見せる。次の瞬間、つま先に激痛が走った。小百合はすぐに俺のスニーカーからごついブーツをどけ、咳ばらいをした。

「ぜぜぜひ、いきましょう」俺は小百合への殺意と痛みをこらえつつ、言った。「お話ししたいです、僕、後藤さんと」

順子がまっすぐ俺を見る。これから俺が彼女を誘惑して、教室に再入会させるのか？　その顎の三重のだぶつき。俺は思わず目をそらした。

駅構内は同僚の目が気になると順子が言うので、とりあえず駅の外に出た。そのあとすぐに「報道ステーションの録画予約を忘れたから帰る」という謎の一言を残して、小百合はいなくなった。

「とりあえず、どこか店入りましょうか。いいところ知ってます？」

二人きりになってすぐ、俺は余裕ぶっこきながら言ったが、本当はものすごくドキドキしていた。女性と二人で店に入るなんて、何年振りかわからなかった。

「このあたり、チェーン系のコーヒーショップはいくつかあるんですけど、どこも混んでるんですよね。ちょっと歩くけど、この道を抜けた先にパンケーキのお店があって、結構有名で人気なんですよ」順子が言った。

十分か。そんなにも長時間、二人で歩きながら何を話せばいいのか。再入会の件は店に着いてから切り出すのが自然だろう。ということはその十分もの長尺を、ダイエットや教室とはなんら関係のない、雑談的なもので埋めなければならないということ。無理だ。

「……十分も歩くのアレなんで、そこのドトールにしましょうか」

「うーん。でも……」順子は顎にひとさし指を当てて首をひねる。「席、あいてないと思います。ファストフードもなんかアレだし、パンケーキ屋さんは、この時間は逆にすいているかもしれないです」

「もっと近くにいい店ないかな。ファミレスとか。ちょっとスマホで探してみますね」

「ファミレス、あるにはあるんですけど、いつもお客さん多くて、うるさいんですよ。パンケーキ屋さんは静かなんですけど」

「……パンケーキ、食べたいんですか？」

「いや、そういうわけじゃないです。そちらが食べたいならお付き合いします」

「いやとくには……あ、すぐ近くにファミレスあるみたいです。とりあえずそっちにいって、店内の様子見てみましょうか」

「混んでると思いますけどね。パンケーキ屋は確実にすいているはずですけど」

「……じゃ、そのパンケーキ屋にします？」

俺が言うがはやいか、「そうしましょう！」と順子はくるっと背を向け、さっさと歩きだした。結局、店まで早足で歩いて十五分近くかかった。会話はほとんどなかった。

店内はおしゃれなカフェ風で、様々な年齢の女性たちで賑わっていた。席に着くと、順子は「でもこの時間にパンケーキはまずいかなー？　だけど夕飯食べてないし、いいかなあって思うんですけどー、今日のお昼はお蕎麦だけだったしー、しかも今、結構歩きましたよね？　汗もかいたし、だから大丈夫かな？　でもこの時間に……」を延々五分以上繰り返し、最終的に「せっかくだから」となにがせっかくなのかよくわからない理屈で、メニューの中でもダントツにカロリーが高いであろう、バニラアイスとプリンと生クリームとチョコソースが添えられた『今月のスペシャル』にイチゴとバナナを追加して注文した。飲み物はカフェオレにしたが、何か思うところがあったのか、再度店員を呼び、アイスティーに変更していた。

俺は夕飯代わりに甘いものを食べるのは好きではないので、コーヒーだけにした。

パンケーキを待つ間、とりあえず天気の話をしてみた。一分も続かず黙り込んでしまった。すると順子が「このお仕事は何年やってるんですか？」「恵太さんもダイエットされたことあるんですか？」などと質問してくれた。二人の間にたちこめる気まずさを解消しようとしているのは、明らかだった。いい人だなあ、と俺は素直に思った。

やがて、何かのオブジェのように複雑な造形に盛り付けられたパンケーキが運ばれてきた。

「わあ、おいしそう！　すごくないですか？　この盛り付け！　豪華！」

「よかったら、写真撮りましょうか？」俺は言った。なぜなら店にいる全女性客が、自分とパンケーキのツーショット写真を撮っているからだ。

「いいです」と彼女は即答した。「わーい。いただきまーす」

順子はナイフとフォークでパンケーキを器用に切り分け、口に入れた。それから「うん♪」とうなずいて濡れた犬みたいに顔面をぶるぶると振った。何が「うん♪」なのか全くわからないと思った。

「恵太さんも少し召し上がります？」

「いや、いいです」

「遠慮なさらずに」

「いや、本当に。全部一人で食べてください」

「えーそうですかあ？」

順子はナイフとフォークを自在に繰って、盛り付けを崩さないままパンケーキとその他の具材を一緒に口に運ぶという離れ業を繰り返していく。それはまるでマジシャンのような洗練された動きで、作り手へのリスペクトを感じた。それにしても、一口がかなり大きい。口をあけるたびに、のどちんこまで全開である。

食べることが、とても好きなんだな。俺はそう思った。

「なんですか？　そんなに見つめないでくださいよ」

少女のように小首をかしげ、えへへと笑う。なぜだかその笑顔にムカッとくるものを感じたが、ぐっとこらえ「おいしそうに食べますね」と俺は言った。

「え？　えへへ。よく言われます」順子はまた大口をあけてバナナを頬張る。「あの、恵太さんって、失礼ですけどおいくつなんですか？」

「……え？　三十一ですけど」

「えー、そうなんですか！　大学生ぐらいかと思ってました。お若く見えますね」

「そ、そうですか……」

「モテそうですよね。実際、モテますよね？」

「いや、そんな……」

「あ、もしかして、もう結婚してらっしゃいます？」

「いや、ど、独身ですけど」

「彼女は？」

「いや……えっと……いませんけど」

「そうなんだ！　恵太さんって出会いとか探してたり……」

「あれ？　順ちゃん？　順ちゃんじゃない？」

そのとき、背の高い女性が俺たちのテーブルまでやってきて、話しかけてきた。

「やだ、順ちゃん、ひょっとして婚活中？」

「レイコさん！」と順子が答える。「違いますよ。レイコさんは何してるんですか？」

「わたしは仕事の打ち合わせがあって。あの、こちらは？」

順子がレイコと呼ばれた女性に俺を紹介する。レイコは順子とは対照的なスレンダー体形で、年齢は十歳ぐらい若く見える。が、二人のやりとりを聞く限り、レイコのほうが年上か先輩格のようだった。

「へえ、真知子先生の甥っ子さんなんですね」レイコはいつの間にか上着を脱ぎ、順子の隣に座っている。店員をよびつけ、コーヒーを注文した。

「わたし今、真知子先生のところのブライダルエステに通ってるんですよ」レイコは言った。

「最初は二人で一緒に、真知子先生のダイエット教室に入会したんです。痩せて、婚活頑張ろうって。わたしは二カ月で五キロ落として、そのタイミングで今の彼と出会って婚約したんだけど、順ちゃんはね……ていうか、そのパンケーキ何？　食べたの？　晩御飯は？　これから食べるの？」

「あ、えっと……恵太さんに、せっかくだから食べたらって言われて、つい」

なんだそのしょうもない嘘は、と思ったが、俺は黙っていた。順子はパンケーキやフルーツのかけらをフォークの先でつつきまわしている。さっきまであんなにきれいに食べていたのに、いつの間にか皿の中がぐちゃぐちゃだった。

「順ちゃんって、本当にいい子なんですよ」レイコはこちらにぐいっと前のめりになって言った。その顔面は発光していた。顔面が発光している女を見るのは二人目だ。「料理上手で世話好きで、気立てもよくて、人の悪口やネガティブなことは絶対に言わない。顔立ちだって、よく見たらまあまあ整ってる。痩せたら絶対かわいくなるのに。そう思いませんか？」

「は、はあ……」

「でも、こんなにいい子なのに彼氏一人できなくて。合コンいっても結婚相談所いっても、男の人に『太ってる人はちょっと……』って態度とられて予選落ち。それが、あまりにももったいなくて」

予選落ち。すごい言葉だ。よく友達にそんなことを言えるな。というか、この二人は本当に友達なのか？

「順ちゃんには本当に幸せになってほしいから、わたしは心を鬼にして、何度も言ってるんです。ダイエットしないと結婚できないよって。でも順ちゃん、ずっとダイエットに消極的なんです」

レイコはその後も、いかに順子にダイエットが必要不可欠か力説し続けた。ほんの三キロ痩せるだけで男性の反応が変わる。男は結局、見た目から入ってそのあと性格を見る。体形以外の条件がすべて同じレベルの女が二人いたら、よりスタイルがいいほう、痩せているほうが選ばれる。たった一カ月、死ぬ思いで努力するだけで人生が激変する。

「人は若返ることはできないし、大金を出さない限り顔を大きく変えることもできないけど、痩せるのはそれらと比べたらとても簡単なんだよ。順ちゃんはスリムだったことがないからわからないかもしれない。太ってるってことが、女にとってどれだけ重いハンデなのか」

順子は何の異論も反論も口にしなかった。レイコが話している間、パンケーキをちびちび食べているだけだった。さっきまであんなにおいしそうだったのに、まるで残飯でも食わされているような顔をして。それでも、最後はチョコレートソースまできれいにぬぐい取って完食した。

「ぜーんぶ、食べちゃったのね」

レイコが哀れみのこもった顔で皿を見下ろし、言った。順子は口元だけで笑う。その目つきは、どんよりとくもっている。

「彼女、子供のときから太ってるの？」

休憩室の床を磨く手を止め、小百合が聞いた。どうやらこの女はここの仕事に人生を賭けているらしく、毎日熱心にあちこち掃除して回っている。

俺は買ってきた牛丼を食べながら、少し遅い休憩をとっていた。本当は紅しょうがを大量にのせたかったが、プライドが邪魔してできなかった。

テーブルの反対側では、同じく休憩中らしい女性トレーナーが大盛りのサラダをむしゃむしゃ食べていた。ほかに食べるものがなく、不本意ながら人肉でも食っているような表情だ。昨日、レイコが現れる直前まで、パンケーキを幸せそうに食べていた順子のまんまるの顔が脳裏に浮かんだ。

「子供の頃からぽっちゃり気味だったけど、三十過ぎてから急激に太ったって言ってました」俺は言った。

「その理由は？」

「三十歳のときに部署異動があって、そのときの上司にパワハラされて、ストレスで食べまくった時期があったそうなんです。それで一気に体重が増えたとかなんとか」

「ふうん」

「まあ年齢を重ねて、代謝が落ちてきたせいもあるかなって本人は言ってました。もともと若いときから太りやすい体質ではあったそうです。夜は米抜きの食生活にしてるし、好物の麵類も盆と正月だけって決めてるのに、何を食べても太るって。女性って、そういう人多いですよね。そんなにたくさん食べてないのに太ったとか、夜ご飯抜いてるのに痩せないとかっていう愚痴、コールセンターでもよく聞きました」

「あんたって、本当に……」小百合はモップの柄に顎をのせてため息をつく。「女のこと何にもしらないのね。骨の髄まで童貞なのね」

「……」

「あんだけ太ってるんだから、毎日食いまくってるに決まってるでしょ。肥満女はそうやって、体質とか環境のせいにして現実から目を背けるの。子供の頃から太ってるってことは、子供の頃からまわりにデブデブ言われてきて、それでも一度もダイエットに成功したことがない。あってもすぐにリバウンド。もうね、そうなると何をやってももうまくいかないって気持ちが心にこびりついてはがれなくなるわけ。口先だけでも『痩せたい』って言えなくなるわけよ。『痩せたい』って口にすることは、現実と向き合うってことだから。うちの教室だって、その年上の友達に誘われて入会しただけで、本人の意思はほとんどないんじゃない？」

「……そんな感じでした」

「しかも、そういう自分のことが嫌いで努力できない女に限って、そんな自分をありのまま受け入れてくれる王子様みたいな人を求めてるから、質が悪いのよ。一度も女をゲットできたことがないくせに、かわいい女の子がある日突然告白してくれないかなって毎日夢見てるあんたには、その気持ちがわかるんじゃない？」

「……」

「だからね？　あんたがその王子様になればいいの。たくさん食べる君が好き、そのままでいいよって言って、あの女の心をつかむわけ。そうやって気をひいたあとで、でももう少し痩せたら、もっと魅力的になれるよ、かわいくなれるよって悪魔の言葉をささやいて、教室に勧誘する。それでチャリーン、五万円。とにかく、あたし、ちょっとこれから出かけてくるわ」

小百合はモップを乱暴に床に投げ出し、去っていった。俺はそのモップを茫然と見下ろしていた。あの角に座って今は蛍光色の謎飲料を飲んでいるトレーナーに、童貞という単語は聞こえただろうか。絶対聞こえたはずだ。死にたい。

「その人、うちの教室に入ってくるんですか？」

トレーナーがいきなり話しかけてきた。俺はびっくりして小便ちびりそうになった。

「あ、いや、まだわからないです」

「たとえ戻ってきても、長続きしないと思いますよ、その人。体だけじゃなく、心もデブだから」

ガ———ンと思った。心もデブ。すごい言葉だ。

あのレイコといい、女って、同じ女に対して、こんなにも辛辣になれるものなのか。なんでだ？

その晩、布団の中でユーチューブでも見ようと枕元のスマホを手にしたと同時に、小百合からＬＩＮＥがきた。メッセージはなく、画像が六枚、添付されていた。

順子が一人で食事しているところを、盗み撮りした画像だった。

場所は定食屋のようなところで、食べているものは、どうやらから揚げ定食だ。最後の六枚目のみ、黒いハットをかぶって変装したつもりでいるらしい小百合の自撮り画像だった。その自撮り画像だけ、光の速さで削除した。

背中に寒気が走る。尾行して、盗み撮りしたということなのか。あの女のストーカーとしてのポテンシャルの高さははかりしれない。

それにしても、その五枚の画像のインパクトはなかなかだった。なんといっても順子の食べているから揚げ定食のボリュームが、とんでもないのだ。子供のこぶしほどはある大ぶりのから揚げが、十個ぐらいピラミッド形に積まれている。これがこの店のデフォルトの量なのだろうか。あるいは、追加したのかもしれない。

それに、食べている彼女の顔。大口をあけて肉にかぶりつくその表情は、なんというか、プリミティブな欲望を感じさせる。野生動物のドキュメンタリー映像とかで、こういう顔をしてガゼルなんかを食べているネコ科の動物をよく見る気がする。

しかし、最後の一枚だけ様子が違った。すっかり平らげた皿を、悲しそうな、切なそうな顔で見下ろしているのだ。「全部、食べちゃった」という小さな声が、今にも聞こえてきそうな気がした。

俺は自分で自分に、少し戸惑う。画像を見ているうちに、なぜか胸にきゅんとした痛みを感じはじめていた。いやいや、なんでだよ、と自分で自分に突っ込む。彼女はただの、大食いの年上女性。しかも……太っている。好みのタイプとは程遠い。それでも、今俺は、この画像の中の彼女に、何か優しい言葉をかけてやりたくてたまらない気持ちだった。なんて言えばいいのか、わからないけれど。

翌日出社すると、先日交換したＬＩＮＥで順子を食事に誘うよう小百合に命令された。しかし通常業務に追われているうちに一日が終わってしまった。そのままあれこれ理由をつけて後回しにしているうちに、一週間がたってしまった。

結局、見かねた小百合が俺のスマホを奪い、勝手に順子にメッセージを送った。

こんばんは。先日は突然すみませんでした。もしよければ、今度はどこかで食事しませんか？

これだけ。小百合曰く「勧誘なのか、それとも個人的なアプローチなのか、はっきりしないぐらいが心を揺さぶれる」ということだった。俺にはよくわからなかった。

既読スルーされた。

返事がなかった場合、一週間は間をあけるよう小百合に言われていた。が、俺は小百合に黙って翌日に「お仕事忙しいですか?」と一言だけ送った。

またしても、既読スルーされた。

その翌日、「もしかして、勧誘するために誘ってると思われちゃったかな? そういうわけでは決してなく、個人的にまたお話ししたいなと思っているだけなので、よかったらお返事ください」とメッセージを送った。

今度は未読スルー。

俺は考えた。女はなぜ、平気でこういうことをするのだろうか、と。向日葵もそうだ。会社の前ですっぽかされて以来、数回LINEを送ったが全部無視だ。

順子はパンケーキを食べているとき、俺に気がありそうな素振りを見せていた。「モテそうですよね」とも言っていた。「モテそうですよね」とは要するに「かっこいいですね好きです」ってことだと思う。

じゃあなんで無視するんだ?

最初にLINEを送ってから五日目の夜、俺は最後の手段で「何度もすみません。実は有名ホテルのアフタヌーンティーのクーポン券をもらったんです。男一人でいくのはアレなので、よかったら一緒にいってもらえませんか? もちろんごちそうします」と送った。当然、クーポン券など存在しない。

三十分後、「お誘いありがとうございます。わあ！ アフタヌーンティーなんていいんですか？ でもせっかくなので遠慮なくいかせていただきます。楽しみ！」とメッセージが返ってきた。

俺は一体何をやっているのか。ぬぐいがたい敗北感。相手はただの大食いの年上女性。しかも太っている。これは仕事だ、と自分に言い聞かせる。決して順子にふりまわされているわけではない。


その週の土曜日。有名ホテルのラウンジで会った順子は、なんだか妙にめかしこんでいた。白いブラウスとピンクのカーディガン、ひざ丈のスカートにリボンのついたパンプス。髪もアップにしているし、何より前に会ったときよりも、明らかに化粧が濃い。

もしかして、と疑問が胸をよぎる。俺のために、頑張ってきちゃったのか？ きっとそうだ。急にドキドキしてきた。とにかく、こういうときは見た目について何か口にするものだろう。そう思った俺は、しばし考えた末に「なんだかお見合いでもするような格好ですね」と言った。ほめてもいなければけなしてもいない。中立。しかし順子はハッとした顔になり、気まずそうにうつむいた。

「あ、あのアフタヌーンティーのセットでいいですよね？」何か間違ったことを言ってしまったのかと焦りつつ、俺は慌ててそう聞いた。

「わたし、今日は甘いものはいいです。とりあえず、飲み物だけにします」

その声は妙に細く、表情も暗かった。やはり俺は間違えたのだ。しかし何がまずかったのかわからない。似合ってないとは言っていないのに。飲み物が運ばれてきたあとも、互いに無言のままでいた。

「……恵太さんは、結婚とか考えてますか？」順子がふいに、そう聞いた。

「え？　いや、まだ全然」

「パンケーキ屋で一緒だった友達、覚えてます？　実は今日、彼女の紹介で、男性と二人で会ってきたんです」

つまり、俺のために頑張ってめかしこんできたわけではないが、見合いという指摘は合っていたということだ。ぎりぎりセーフ。なにがぎりぎりか、よくわからないが。

「そ、それで、その男性とは、どうだったんですか？」俺は聞いた。

順子は悲しげに苦笑する。「初対面同士、二人きりで会うことになってたんで、事前に写真だけ交換しておいたんです。そしたら、写真と実物が違うって言われて、十分で帰られてしまいました」

なんなんだ、そのエピソードは。なんと答えればいいのか、全然わからなかった。

「あとから友達に『写真で見た感じより太ってた。太ってる人はちょっと無理だから』って先方が言ってたって聞かされて。自分では、そんなに差はないと思ったんですけど……」

「ち、ちなみに、いつ撮った写真を送ったんですか？」

「最近ですよ」と順子は少し語気を強める。「友達にも言われたけど、若いときの写真なんて送ってないです。つい二週間前、家族で鎌倉いったときに撮ったものです」

「念のための確認ですが、画像加工するアプリとかも、使ってないですかね？」

「もちろん。そもそもわたし、そういうの、使い方もわからないです」

「あの、先方に送った画像、ちょっと見せてもらえます？」

「無理！　無理ですよ！　そんなの！」

順子はしばらくかたくなに拒んでいたが、「このあと晩飯おごります」の一言であっけなくスマホを差し出した。俺はそれを受け取って、画像を見た。

ああ……と思った。

彼女の言うとおり、画像加工アプリは使用されていないようだった。不自然に顔が小さくなっていたり、肌が白くなったりはしていない。髪型や服装から判断するに、最近撮ったというのも嘘ではなさそうだ。しかし、画質が妙に粗いのだ。おそらく寺か何かを背景に複数人で撮った画像を、順子のバストアップサイズにトリミングしているからだ。

さらになぜか、色のコントラストがかなり強い。そのせいで、鼻や目の形が強調され、若干彫りが深い顔立ちになっている。それだけじゃない。顎と首周りが黒くつぶれ、その分、輪郭が削れて見える。要するに、彼女が一番コンプレックスにしているだろう、三重にダブついている顎のタプタプ部分が消えて、通常は肉に埋もれているはずの鋭角な顎のラインが、みごとに浮かびあがっているのだ。

確かに、画像加工アプリは使っていない。が、スマホの画像編集機能を利用して、手を入れている。姑息。その一言が、つい脳裏をよぎる。

順子をちらっと見る。隣のテーブルに運ばれてきた五人分のアフタヌーンティーセットに気を取られている様子だった。俺はこっそり画像の編集機能をつかって、コントラストをいじってみた。コントラストをマイナス100にすると、すべての色が薄くなって、顎周りのタプタプが浮かび上がる。プラス100にすると陰に埋もれ、鋭角な顎が浮かび上がる。マイナス100とプラス100を繰り返しいったりきたりする。タプタプが現れては消える。現実と非現実をいったりきたり。寄せては返す波のように。

「ダイエットって、どうしてもしなきゃいけないんですかね」ふいに順子が、隣のテーブルから視線をそらさないまま言った。「どうしても、痩せなきゃダメなのかな。恵太さんも、痩せたほうがいいと思いますか?」

「いや……」

「わたし、思うんです」順子はこちらに向き直って言う。「日本人って、他人のことをあれこれ言い過ぎなんですよ。あの人は四十間近になっても独身だからどうとか、あの人は子持ちなのに夜出歩いてるとか、あそこの旦那さんは働いてないとか、うちの職場でも、人の噂ばっかり。他人の外見にも口出しすぎだと思います。わたしがちょっと甘いものを食べていれば『ダイエットは?』とか『また太るよ』とか。わたし、大学生のときに少しだけアメリカに留学してたからわかるんですけど、むこうでそんなこと言ったら、本気で怒られますよ。

『あなた、失礼すぎよ』って。人の外見に口出すなんて、少なくとも欧米じゃタブー中のタブーです』

急に饒舌になった順子に俺は戸惑い、相槌すら打てなかった。

「アメリカでは太っていようが年をとっていようが、みんな好きな服着て、自信をもって歩いてる。わたしも向こうでは、ノースリーブのブラウスやミニ丈のワンピースをよく着てました。でも、日本じゃ絶対無理。脚や二の腕を出す権利があるのは、痩せてる人だけなんです。スリムは絶対的正義で肥満は完全な悪。痩せていても太っていても、どちらでもオッケーって価値観が、あたりまえの国に生まれたかったなあ。あーあ」

俺はまだ自分の手の中にある順子のスマホの画面を見た。十分で帰った男の気持ちは、理解できなくはない。実物の順子を見て、詐欺にでもあった気分に陥ったかもしれない。でも、この画像を選ばざるをえなかった順子の気持ちを考えると……切ない。切ないなあ。

「恵太さんは、どう思います？」

「え？」

「この国の、痩せ信仰についてどう思います？」

「……えーっと、あの……順子さんは、その、そのままで、素敵だと思います」

何言ってんだ、俺は。答えになっていないぞ。順子の眉間にも深いしわがきざまれている。

「あ、あの、とにかく、人の体形について意地の悪いことを言う奴らなんて、無視でいいんじゃないですかね。そうだ、おおお俺も、順子さんと同じことを思ったこと、あります、あります。みんな他人についてあれこれ言いすぎだろって。三十過ぎて恋愛経験がないのはどうとか、あと、えっと……」

順子が俺を見つめている。俺は彼女の三重顎を見ている。正直、なんて醜い輪郭なんだろうと思う。よく見ると首まで肉に埋もれて、顔と肩がほとんど直結している。女性として魅力的かと問われれば、とてもそうだとは答えられない。もし自分が見合いをすることになって、加工も細工も一切なし、ありのままの順子が写った見合い写真を見せられたら、きっと俺は、俺は……。

「あの、なんで、あの、周りにいる無神経な連中の言うことになんか、耳を貸さなくたっていいんです。順子さんはありのままで、ありのままで十分素敵です」

だから俺は、何を言ってるんだ。

「嘘でも、そう言ってもらえて嬉しいです。そんなこと、親からも、誰からも言われたことないな」

順子は少し顔を赤らめて、へへへ、と笑う。そのまま、いつまでも笑っている。本当に嬉しそうだ。俺は、ふと気づく。俺は、誰かに言ってほしいことを、今、順子に言ったのだな、と。無職だろうか恋愛経験ゼロだろうが関係ない、そのままのあなたが好きと、俺は誰かに言われたい。一体、誰に？

「はー、なんだか、急にお腹空いてきちゃった」順子はさっきまでとはうってかわった晴れやかな表情で言った。「今日、実は何も食べていないんです」

「あ、じゃあ飯食いにいきます？　今更アフタヌーンティーもあれだし……」

「ハイッ」と順子は元気よく頷いた。

二人で外に出ると、日は傾きかけていたがまだ明るかった。周囲は結婚式帰りと思われる人たちの姿が目立った。飲食店の並ぶ通りを目指して歩きながら、俺は「何か食べたいものはあります？」と聞いた。

「えーっと、最近ちょっと野菜不足だから、野菜がたくさん食べられるお店がいいかな」順子は答えた。

「野菜か……」と考えて、すぐに思い出す。「あ、この近くに野菜料理の専門店があるんですよ。サラダバーが売りの店で、女性に人気らしいです。うちの教室と最近コラボしてて、特別メニューみたいなのがあるんですよ。ちょっと待ってください、俺、クーポン券もってるかも。こっちはマジで」

「うーん、でも恵太さんに悪いなあ。男性だし、もっとガッツリしたものが食べたいんじゃないですか？」

「いや、俺はもし足りなかったら、家の近所のラーメン屋にでもいくんで……あ、ありました、ほら。会計から20パーセントオフだって。結構でかいっすよね」

「ラーメン……」と順子は口の中でモゴモゴとつぶやく。「夜にラーメン」

「あ、あのビルです」

俺は点滅している青信号の横断歩道を急いで渡った。順子は若干だるそうな足取りでついてくる。その店は雑居ビルの一階にあった。ガラス張りになっていて、白い家具とオープンキッチンがしつらえられた店内がよく見える。いかにも女性向けといった感じのしゃらくさい雰囲気だ。

「まだ時間もはやいから、空いてますね。入りましょうか」

「うーん」と順子は店の前にあるメニュー表を不満げな顔で見ている。「あ、この店、サラダバーと定食のみなんですね。わたし、夜はお米食べたくないから……」

「おかずだけ、単品でも頼めると思いますよ」

「……でも、やっぱり恵太さんに悪いなあ。そういえばこの近くに、最近ネットで話題のラーメン屋さんがあるの、しってます？　芸能人がインスタで紹介してて……」

「あ、もしかしてから揚げラーメンの店ですか？　俺、前からいきたいと思ってたんですよ」

「そうなんですか？　そこでもいいですよ？」

「でも順子さん、麺類は盆と正月だけにしてるんですよね？　悪いな。ここが嫌なら、居酒屋とかにします？　ツマミだけ頼めばいいし」

順子は数秒、地蔵のような真顔になった。「……今年のお盆はお蕎麦しか食べなかったから、大丈夫かも」

「今日はとりあえず居酒屋にしましょう。そのほうがゆっくり話せるだろうし」

「うーん、でも、わたしお酒飲まないからなあ。ラーメン屋なら、飲み物を頼まなくてもいいですよね」

「……ラーメン食べたいんですか？」

「いや、食べたいわけじゃないです。でも恵太さんが食べたいなら」

「ちなみに居酒屋に向かいましょう！　ここでだらだら話しててもアレだし！」

「いや！　居酒屋は歩いて何分ですか？　わたし、実は足をねんざしてて、あまり長距離は歩けないんですよ。ラーメン屋なら、ここからすぐだから」

「……ラーメン屋にします？」

「恵太さんがいきたいなら、いいですよ」

「……ラーメン屋にしましょうか」

「そうしましょうか。恵太さんって、本当にラーメンがお好きなんですね」

　順子は急にウキウキ顔になって、さっさとラーメン屋に向かって歩き出した。さっきはあんなにだるそうに歩いていた横断歩道を、今はねんざしているとはとても思えないかろやかな小走りで渡っている。俺はまるでさっきの順子のように、だるい足取りで彼女を追い、赤信号にきりかわるぎりぎりで横断歩道を渡り切った。

　そのときだった。

　視界の端に世にも恐ろしいものが映り込んできて、身動きができなくなった。

　黒いハットに黒いコート、全身真っ黒な服装にやたらデカいサングラスをかけた女が、こちらに向かって全速力でやってくる。俺はさっき、ホテルであの女を見た気がする。いや、絶対に見た。トイレにいこうとラウンジを出たときに見た。ラウンジの前のソファに座っていて、すぐに席を立ってどこかにいったのだ。一瞬もしかして、と思ったが、本当にそれが現実だったらあまりにもおそろしすぎて、脳が勝手に気のせいだと処理してしまった。

小百合だった。変装したつもりの小百合だった。

「あんたね！　いい加減にしなさいよ！　さっきからウダウダと……ちょ、ちょっと待って」

小百合は俺たちのところまできてそれだけ言うと、地面に片膝をついてターミネーターのようにうずくまった。ハアハアと荒い息を吐いている。俺は呆然として、ただただ彼女の後頭部を見ていた。かぶっている黒いハットはほこりだらけの上に、頭頂部分に穴が開いていた。

「……とにかく、あんたね。ダイエットをやらないのはもういいよ」小百合はやっと体を起こすと、サングラスを外し、それで順子を指した。「だけどね、あれだよ。自分の食うものぐらい、自分で選んで食いなさいよ！」

ものすごい大声だった。しかし道行く人は何事もないかのように通り過ぎていく。みんな、一秒以上見たらやばいやつだと本能的にわかっているのだ。

「ウダウダウダウダ、しゃらくさいね。ラーメンひとつ、自分の意志で食えない。あんた、カロリーの高いものを食べるたびに、罪悪感にさいなまれてるでしょ。から揚げ定食食べるたびに、また食べちゃったって悲しい気持ちになってるでしょ。それはね、いつも食べることを人のせいにしてるからだよ！　上司のパワハラだの、友達に勧められたのなんだのって。そんなんだから、逆に我慢できないの。食べるべきじゃないときに食べちゃうの」

　順子の顔がかたくこわばっている。気の毒な気持ち半分、その通りだと小百合に乗っかりたい気持ち半分で、俺は黙っていた。

「自分が食いたいものを食う、それでいい。食べることに言い訳も罪悪感もいらないんだ」

　そう言う小百合はなぜか涙目に見えた。気のせいかもしれないが。

「あたしは自分の意志で食べてきた。その自分の選択の積み重ねで、今のこの体形がある。それを認めるよ。あたしは太ってる。この肥満体形は、あたしが作った。年齢でも環境のせいでもない。でもいい。それが自分の足で立つってことだよ」

「自分の足で立つ……」と順子は口の中でモゴモゴとつぶやく。

「そうだよ。あんたね、デブでもオッケーなんて価値観の国なんて、どこを探してもないよ。アメリカ人のデブだってみんな苦しんでるよ。あんたが自分で決めるんだよ。ここはデブでもオッケーな世界だって。人に決めてもらうことじゃないんだよ」

　何言ってるのかよくわからないです、という気持ち半分、いいことを言っているのかもしれないという気持ち半分で、俺は無言で二人を見つめていた。しかし順子の顔を見ると、それなりに感銘をうけているようだったのでよしとした。

　しかしそれにしても、この女は俺たちの会話をどこで聞いていたのだろうか。気づかぬうちに背後にいたのか？　しかし、通りの向こうから出てきたということは……。

そのとき、ハッと気づいた。小百合の左耳に、イヤホンのようなものが……。

もしかして…盗聴
「さあ、どうする？　今夜、何食べる？」小百合は俺の動揺を完全無視して、順子に問うている。

「自分で決めるんだよ。自分の食べたいものを、自分で決めるんだ」

順子はハッとした顔で小百合を見た。しばしの沈黙のあと、言った。

「から揚げラーメンが食べたいです」


ラーメン屋の前までくると、小百合は「ハワイアンキルトのサークル活動がある」と謎の言葉を残していなくなった。

店の前には少し行列ができていたが、三十分ほどで中に入れた。

二人でカウンターに座り、順子はメニューを手に取ると、「あ、野菜ラーメンっていうのもありますよ。糖質制限中の方におすすめですって。でもせっかくなら、から揚げラーメンがいいですかね？　恵太さんと同じもの頼もうかな」などとブツブツ言いだした。俺はあえて黙っていた。すると、ふいに彼女は覚悟を決めたように一つ息をつき、「すみませーん」と店員を呼んだ。

「豚ロースのから揚げラーメン大盛りと、トッピングでささみのから揚げもつけてください。

あ、あとご飯普通盛り」

やってきた店員に、順子は自分の分だけ注文した。俺は慌てて、豚ロースのから揚げつけ麺の中盛りを注文した。

最初に、俺のつけ麺が運ばれてきた。

平打中細の自家製麺と、カリカリの衣をまとった豚のから揚げ、いわゆる排骨。つけ汁は見たところ、ノスタルジック感のある醬油味。

麺を持ち上げ、まずはそのまますすってみた。中華そばというより、更科そばのようなするするとしたすすり心地だ。ついで、麺をつけ汁にたっぷりつけて二すすり目。鶏ガラと醬油のシンプルな味が、この麺によくあっている。排骨を一口頰張る。肉自体に全く臭みがなく、柔らかくとてもジューシー。この店、結構あたりだなと思いながらふと横を見ると、順子が自分のラーメンと白飯を無言のまま、地蔵のような無表情でじっと見下ろしていた。

「さ、冷めますよ?」俺は思わずそう声をかけた。

「ラーメンライスなんて、何年振りかわからない」順子は言った。「こう見えて、こういうものはちゃんと我慢してたんです。揚げ物は、ときどき食べてたけど」

「そ、そっすか。あの、冷めますよ?」

「わたしはこれを食べたいから、食べる。誰のせいでもない」

自分に言い聞かせるようにつぶやくと、彼女は箸を割った。

しかしその箸をすぐにおき、レンゲをとってスープを飲んだ。コクリと一つ頷く。また飲み、さらに飲み、それから卓上の高菜を白飯にのせて、またスープを飲んで、それからやっと箸を持ちなおして、しかしなぜかそこでメンマにいき、から揚げをちょっとつつくだけで食わず、そしてついにやっとやっと、麺を持ち上げた。

順子はすすった。すすりはじめた。ものすごい勢いで。合間にから揚げにむしゃぶりつく。ときどきから揚げと麺を一緒に持ち上げて、すすりながらむしゃぶる。そのときの顔がすごかった。小百合が盗み撮りしたあの画像の顔と同じだ。彼女はついさっきまで、数週間ほど無人島に取り残されていたのだろうか。なんというか、生きるか死ぬかのところで食べている人の食い方だと思った。おいしそうに食べるとか、そういう次元じゃない。

俺は。

ドキドキしていた。

この顔を見ながら、食事したい、と思った。

例えば、家の食卓で。

「俺は……太っていてもオッケーです」

順子はちょうど、ささみのから揚げを一口で頬張ったところだった。

「いや、ほんとは太ってる人を好きになったことはなくて、どっちかっていうとスリムな人のほうがいいんですけど、あ！　あの、太ってる人の悪口を言いたいわけじゃなくて！　要するに、人の魅力って、体形なんかで決まらないんじゃないかって思いなおしたというか、つまり、俺は、その、俺は太っていても痩せていても、どちらでもオッケーっていう、そういう世界の住人に、なろうかと。今までは、違ったけど。ああっ、何言ってるのかよくわかんないけど、自分でも。だから、俺と……」

俺と？　俺とどうしたいんだ？　俺は？　俺と順子で、一体何をしたいんだ？　俺！　俺はどうしたいんだよ、俺よ！

「俺と……付き合ったりします？」

順子は俺を見て、ラーメンを見て、そしてまた俺を見た。いや、俺を見ているというより、俺の少し上を見ている。守護霊でもいるのか？　次の瞬間、ハッと目を見開くと、思い出したようにラーメンに向き直った。本当に守護霊がいたのか？

順子は再び無言で食べはじめた。最後は白飯をスープに投入し、汁一滴残さず完食した。それからコップ一杯の水を飲み干すと、小さく「ごちそうさまでした」とつぶやき、逃げるように店を出ていった。

俺は、彼女は照れていたのだと思っていた。人生ではじめて異性から告白され、どうすればいいのかわからなかったのだと。

それは俺の、大いなる勘違いだった。

翌週、俺が外に出ている間に、彼女がオフィスにやってきた。対応したのは小百合だった。戻ると、デスクに記入、押印済の入会届が置いてあった。

「自分の食べるものを自分で選択できるなら、体形も選択できるはずって気づいたんだって。

それならやっぱり、今の体形はイヤだから再入会するって。せめて三重顎をもとに戻したいらしいよ」

そう言う小百合の唇が妙にテッカテカだった。昼に天丼でも食ってきたのだろうか。

「それと、こうも言ってた。ありのままの自分を受け止めてほしいとずっと思ってたけど、自分は逆に、男のありのままの姿を受け入れられるわけじゃないと気づいたから、もっとレベルの高い男と付き合うための努力をしてみようって気になったんだって」

「ちょっと言ってる意味が……」

「ハゲはイヤなんだって。デブでもいいって言ってくれても、そいつがハゲてたらイヤなんだって」

「だから、言っている意味が……」

「あんたさ、自分で見て見ぬふりしてるけど、生え際、ちょっとハゲてるじゃん？　前髪伸ばしてハゲごまかしてるじゃん？」

「……」

「ラーメン食べてるとき、そのことに気づいて、無理って思ったんだって。あんたはデブ女でもオッケーの世界の住人になったけど、向こうはハゲ男はノーセンキューの世界の住人だったってことね」

俺は順子の入会届を見た。さっき小百合が撮影したばかりらしい顔写真がすでに張り付けてある。三重顎。フッと俺は笑ってみた。俺が三重顎の女を、それも年上の女を好きになるなんて。ありえない。

俺は何でもないような顔で椅子に座り、スマホを見た。こんなとき、向日葵から連絡がきていればいいのに、と思った。それですべてが解決するのに。しかし、そんなものは一切なかった。

バターの快感

ノックもなく、ドアが開いた。もはや俺は驚きもしない。

百回死んでもノックができない女・小百合は、ドシドシと音を立ててオフィスに入ってくるなり、白い紙袋をどさっと俺のデスクに置いた。

「これ、土産。あんころ餅」

「どこいってたんすか」

「金沢。社長の講演会があったから同行してたの。死ぬほどカニ食ってきた」

この頃、この女は叔母をすっかり懐柔し、いまや個人秘書気取りで四六時中そばにいる。仕事上だけでなく、プライベートでもコンサートやらミュージカルやらに一緒にでかけたりしているようだった。しかし、そんなことも今のうちだと俺は思っている。クソババアとクソババアがいつまでも仲良くいられるわけはないのだ。どうせそのうち心底くだらない理由で仲間割れするに違いない。

「ねえ、気づけばもう十一月も終わりだよ。今月、一人も勧誘できてないよ、うちら」小百合が言った。

俺はため息をついた。「だって、それどころじゃないっすよ。俺が最近、社長の自叙伝の原稿書かされてるの知ってるでしょ。来年、本を二冊出すって言ってるんですよ、あの人。

それ、全部俺が書くんですから」

そうなのだ。叔母は俺が学生時代、ほんの一時だけ同人誌サークルに入ってたことをどこからか聞きつけ、一方的にゴーストライター業を押し付けてきた。もちろん、通常業務もこれまで通り行わなければならず、不覚にもほぼ毎晩残業している有様だった。小百合は小百合で叔母の秘書兼マネージャー業務が忙しく、こうして顔を合わせるのも実は随分と久しぶりだった。

「とにかくさ、今月は最低でも一人ぐらい再入会させないとまずいよ。そもそも社長は、あんたが月に二十人は勧誘してくれると思ってたらしいよ」

「そんな無茶な」

「とにかく、あたしはこれから社長とランチだから。よろしく頼むわ」

小百合が去ったあと、仕方なく久しぶりに退会者名簿を取り出した。まあ、たまには電話営業でもするか、と思う。名簿を適当に開いて、出てきた人に電話してみよう。目を閉じ、「二十代の清楚系美人にあたりますように」と心の中で神様にお願いしてから、名簿の下のほうに指を入れた。

名簿を開いて出てきたのは、ギリギリセーフの二十九歳、黒髪ロングヘアで、清楚というよりは地味な雰囲気の女性だった。入会は二年半前で、最初の測定では身長百五十五センチ、体重七十五キロ。その後、二週間で四キロ減とダイエットは順調だったようだが、まもなく家庭の都合で退会している。お盆の頃、すでに二度ほど彼女に電話をかけているが、いずれも留守電につながってしまい話せなかった。

俺はなんとなく、この人に好感を持った。地味だが、優しそうに見える。順子よりももう一段、あか抜けない感じ。俺にはこのぐらいの感じの人が、ちょうどいいのかもしれない。

……こんなふうに思ってしまうのは、向日葵のせいだとわかっていた。一昨日、久しぶりにLINEを送ってみた。既読にもならない。

この人なら、LINEの返事は遅くとも三時間以内にくれそうだし、ましてユーチューバーと付き合ったりもしないはずだ、もちろん。

家庭の都合とやらも、そろそろ落ち着いた頃かもしれない。案外、あっけなく入会してくれるかも。そして、あるいは、もしかして、それがきっかけで俺と彼女は……。

そんな淡い期待を抱きながら、入会届に記載されている連絡先に電話してみた。すると、あっさりつながり、これまた拍子抜けするほどあっさりと会う約束をとりつけられた。

そして今、俺は未来の恋人（仮）・浅川《あさかわ》満里奈《まりな》を待って、平塚駅近くのファミレスにいる。時刻は午前十時半、窓際の一番奥の席。店内はほどよく混みあっている。相手の住まいは横浜のみなとみらい地区で、平塚は電車で三十分以上かかるが、できるだけ家から遠い場所がいいからと彼女が指定した。

「すみません、真知子式ダイエットスクールの土肥さんですか」

待ち合わせの時間から十分ほど過ぎた頃、彼女は現れた。その瞬間、頭の中でガーンと音が鳴り響いた。

　思っていた姿と、全く違う。地味というより……申し訳ないが、ちょっと薄汚い。顔は全体的に黒っぽくくすみ、頭は白髪交じりでぼさぼさ。二十代にはとても見えない。四十代でも通じるかもしれない。そして何より、写真よりかなり太っている。100キロの大台すら超えているかもしれない。

「あの……何か食べてもいいですか」満里奈は俺の向かいにどかっと座ると、どこか遠くを見るような、うすぼんやりした表情でそう言った。

「ええ、あ、あ、どうぞ」

「……ここの会計、そちらでもってもらえるんですよね？」

「え……はい」

　彼女はうつろな顔のまま、テーブルの端に置かれているタブレットを手に取った。慣れた手つきで料理を選択していき、ほとんど迷う素振りもなく注文ボタンを押した。少なくとも七品、いや、十品はあったかもしれない。はやすぎて目が追いつかなかった。

　少しして、まず生ビールが運ばれてきた。彼女はむんずとグラスの持ち手を握ると、ぐびぐびと喉を鳴らして飲んだ。それから俺の顔をまっすぐに見て、「リバウンドしたなって思ってますよね」と言った。

「いや……」

「十キロは確実に太りましたからね。はかってないからわからないけど」

なぜかその口調は、妙に自慢げだった。しかし十キロで足りるのだろうか。

「原因、なんだと思います？」

「さ……さあ」

「旦那ですよ。うちの旦那、浮気してるんです。そのストレスで、やけ食いがとまらないんです」

そう言ったきり、彼女は黙った。やがて、フライドポテトやらハンバーグやらピザやらオムライスやらが次々にテーブルに運ばれてきて、彼女はそれらをビールとともにものすごい勢いで処理していった。そう、食べるというより、処理。焼却炉にゴミをどんどん放るような食べ方。味わっている感じが全くない。

しばらくほぼ無言で飲み食いしたあと、満里奈は突然、入会届がほしいと言った。入会届とキャンペーンのチラシを一部ずつ渡すと、内容を確かめもせず四つに折ってバッグにしまった。

「え、あの……再入会するってことですか？」

「ええ、リバウンドしちゃったし、やせたいから」その口元に、ケチャップがベットリとついている。「帰ります。入会届は、後日郵送でもいいですか？」

「は、はあ……。あ、もうすぐキャンペーンがはじまるので、それに合わせていただくと、入会金が三〇パーセントオフになります」

満里奈は小さくコクリとうなずき、去っていった。口元にケチャップをつけたままで。

レシートを見ると、会計は一万五千円超。ファミレスで一万五千円分も飲み食いする女を、俺ははじめて見た。

それからしばらくたった十二月のはじめ、満里奈から入会届が届いた。その翌日には、入会金と二カ月分の会費が振り込まれた。ここまでくれば、我々の仕事はもう終わり。チャリーン、五万円。

しかし、その少し前から冬季のキャンペーン準備に追われていた俺は、満里奈のことも、再入会勧誘業務のことも、実のところすっかり頭から追いやってしまっていた。入会届を見たときも、すぐには誰だか思い出せなかった。

そんなクリスマスも目前のある日も、俺は自分のデスクで通常業務にいそしんでいた。この頃、小百合は妙に出社がはやくなり、その日も朝からオフィスに顔を出して、叔母が最近趣味で集めているというマトリョーシカを、なぜか俺の目の前でずっと布巾で磨いていた。

「そろそろ昼休憩の時間じゃない？　ケンタッキーでも買って来いよ童貞」などと小百合がたわごとを抜かしたときだった。ドアの向こうから、誰かが怒鳴るような声と、それに応じる明美さんの声がした。次の瞬間、勢いよくドアが開き、屈強な体をした色黒の男が姿を現した。

「やだ？　どこのAV男優？」と小百合が相手に聞こえるか聞こえないかぎりぎりの声量で言った。幸いにも聞こえていなかったのか、男は俺をまっすぐ見ながら近づいてくると、くしゃくしゃに丸められたうちの入会届の会員用控えをデスクにおいた。

「うちの妻を強引に勧誘したのは、あなたですか？」

男は言った。野太い声だった。髙田延彦かと思った。

俺は立ち上がって、ドアのほうを見た。先日会った満里奈がいた。中に入ろうかあるいはどこかに逃げようかと迷っているのか、その場で小刻みにステップを踏んでいる。

「あなた、男三人がかりでうちの妻を囲んで脅したそうじゃないですか。再入会しなければ、前回中途退会した分の違約金三百万を請求するってどういうことですか」

「え！　いや、そんなことは……」

「自分のやってることが犯罪だって、わかってます？」男の口調は丁寧だが、怒りで目が血走っている。今にも「出てこいや！」と言い出しそうだった。「詐欺と恐喝、下手したら懲役だ。警察に通報したっていいんですよ」

俺は満里奈を見た。しかし彼女のほうは俺と目を合わせる気は一切なさそうだった。相変わらず妙なステップを踏んでいる。

「しかもやり口が汚いったらない。ファミレスでビールや飯を勝手にたくさん注文して、無理やり飲み食いさせた挙句に、契約書にサインしないならここのメシ代払えと脅すなんて。やくざの手口ですよ」

「いや、俺はそんなこと……」

「してないって言うんですか？」

男は変わらず静かな口調で言いながら、ぐいっと顔と顔を近づけてきた。その肌は鶏の照り焼きのようなてかてかした質感で、とても正視できず、俺は目をそむけた。

「じゃあうちの妻が嘘をついているということですね？　おい！　お前、嘘ついてるのか！」

男は怒鳴り声をあげた、俺を間近でまっすぐ見つめたままで。どっちがやくざの手口だよ、と思ったがとてもそんなことは口に出せない。代わりに、「あの、本当に、そんなことはしていません」と俺は震える声で言った。

「そうですか？　でも、うちの妻は脅されたと言っているんですよ？　そして、脅迫をうけて結んだ契約は無効です。法律で決まってるんですよ。どう対応なさるつもりですか？」

「あの、じゃあ退会手続きをすぐに……」

「金だけとって追い返すのか！」と男が再び大声を出した。

「もももちろん返金します」

ふん、と息をつき、ようやく男は二歩退いてくれた。そしてどこかから紙切れを取り出して、俺のデスクにたたきつけるように置いた。

「来週までにこの口座に全額返金してください。もちろん一括で。来週までに入金されなかったら、迷惑料も請求します。それから……」と、再び一歩近づいてきて、鶏の照り焼きフェイスをこちらにつき出した。「もう二度と、うちの妻にはかかわらないでもらえますか？」

「はい……」

俺がか細い声で答えると、男はくるっと背を向け、自分の妻には目もくれずに去っていった。満里奈は気まずそうに顔を伏せたまま、そそくさと夫の後をついて出ていく。

「……ねえ、あのさ、今の男さ、絶対AV男優だよね？」小百合はそんなたわごとを抜かしながら、男の置いていった入会届を広げている。

「やめてくださいよ」

俺は脱力して椅子に座った。危なかった。あと五秒、男が去るのが遅かったら漏らしていたかもしれない。

「情けないわねー、ビビり倒しちゃって」

「ビビりますよ、そりゃ。鼻先一センチのところで大男に怒鳴られたんですよ。おれは友達との口喧嘩すらすぐに降伏する平和主義者なんです。あんなこと、人生ではじめてですよ」

「あ、この人たち、うちの近所に住んでるんだ」

「え？」と俺は体を起こした。「あの夫婦、確かみなとみらい在住でしょ？　あなたの住んでいるところは西川口では？」

「あたし、みなとみらいの近くのマンションに引っ越したの。ここに通いやすくするために」

「……そんな金、ないでしょ」

「社長が貸してくれた。無利子で。部屋も社長の知り合いがいいところ安く仲介してくれた」

この世界はおかしい。何もかも間違ってる……何もかも……何もかもが……。

「みなとみらいって住み心地いいのかと思ってたけど、全然だめね。売ってるものはなんでも高いし、住人もいけすかないやつばっかりだしさ。昼間なんていかにもな感じの子連れ専業主婦たちが、ベビーカー押しながら隊列作って歩いてて、邪魔でしょうがない。見かけるたびに全員さっさと地獄に落ちろって思ってるんだけど」

「あっちはお前こそ生きているだけで迷惑だと思ってますよ小百合が真顔でじっとこちらを見る。俺は十秒耐えたが十一秒目で観念して「すみません」と謝罪した。

「そんなことはどうでもいいから」小百合は言った。「はやくケンタッキー買って来いよ童貞野郎」


結局、満里奈から振り込まれた入会金と二カ月分の会費は、経理の明美さんによって翌日すみやかに返金された。そして、ことの顛末を知った叔母から、俺はこってり絞られた挙句、罰として年内に五人以上再入会させられなかった場合、時給を百円下げられることになった。

絶望しかない世界で、俺はこれからどうやって生きていけばいいのだろう。

仕方なく、その週の土曜、朝から出社し、電話勧誘にいそしんだ。週末のほうが電話もつながりやすく捗るんじゃないかと思ったが、全くそんなことはなかった。面談のアポすら一つもとれない。

午後二時。窓から空を見上げると、雲一つない晴天だった。今朝、出勤するときに通った横浜駅前はまさにクリスマスムード一色で、カップルやファミリーがほくほく顔であたりを練り歩いていた。ふいに脳裏に、向日葵の全身が浮かぶ。お気に入りの花柄のワンピース姿で、「土肥君の席はここだよ」と小さく手を振っている。しばらく会っていないのに、不思議と彼女のすべて、顔、体、におい、とにかくすべてが鮮明に思い出せる。

……今頃、彼氏とデートかな。彼氏っていってもどの彼氏かな。ユーチューバーの彼氏とはまだ続いているのかな。それとも、別の新しい彼氏ができたかな。その彼氏はチンコとか、でかいのかなあ。

もう、帰ろう。

そのとき、LINEの着信音がした。小百合からだった。

ちょっと！　すごいもの目撃中！

というメッセージと、つづけて画像が一枚送られてきた。どこかのスーパーの出入口を撮影した画像だった。土曜日の午後だからだろう、多くの客で賑わっている様子がうかがえた。

なんですか？　こっちは休日出勤で忙しいんですけど。

と俺は返信した。間髪を容れず、

ねえ！　ちょっと！　写真よく見て！　左端の、電柱のあたり！

またメッセージがきた。心底どうでもいい気持ちだったが、仕方なく画像を見返した。すぐに、電柱のそばに、見覚えのある女が佇んでいることに気づいた。その部分を拡大してみる。これは……満里奈じゃないか？　そうだ。路上で立ったまま、何か食べているように見える。というか、何か食べながら泣いているようにも見える。

この人、この間うちにきた人ですよね？　何か食べてます？　ていうか、食べながら泣いてます？

俺はメッセージをまた送った。光のはやさで返信がくる。

バターー！　バターだよ！　バターを塊のまま丸かじりしてる！　しながら泣いてる！　号泣だよ！　路上だよ！　やばいよ！　変質者だよ！　ちょっと、声かけてくるから。

いや、声かけてくるからって……やめとけよ、と思ったが、俺にとってはどうでもいいことに変わりないので、放っておくことにした。

帰ろう。帰って酒飲んでメシをたらふく食って、夕方にはもう寝よう。しかし、後片付けをはじめてすぐ、小百合から今度は電話がかかってきた。

「ちょっと！」と出るなり爆音で怒鳴られた。「今ね！　例のバター女とっ捕まえたから！　今からそっち連れて帰るから！　オフィスいるんでしょ？　待ってなさいよ！　もしいなかったら、あんたが毎日仕事サボって会社のパソコンで向日葵のインスタのぞき見してキモいコメント送ってること、本人にばらすから。この間、向日葵が友達の赤ん坊抱いてる画像に『母性があふれてますね』ってコメントしてたの、あんたでしょ。キモすぎるのよ」

俺は何も言わずに、電話を切った。この世界は間違っている、何もかも。

約二十分後、小百合が満里奈を伴って現れた。

満里奈は食料品が入ったエコバックをさげていた。とりあえずそれを棚に置かせると、半分ぐらいまでかじったバターがボロッと落ちてきてギョッとした。

「先日は本当にすみませんでした」デスクの前の椅子に座った満里奈は、洟をすすりながら頭を下げた。「教室にまた入会したいって夫に相談したら、金の無駄遣いだからやめろって言われてしまって。でもどうしても痩せたかったから、ためてたへそくりを使って入会金を払ったんです。けど、それがなぜだかばれてしまって……どうにも言い逃れできなくて、あんな嘘をついてしまいました」

「いや、いいんですよ、気にしないでください。それより、どうして、その、スーパーの前でバターなんかを……」

そう聞くと、満里奈はううううっと声をあげ、顔を手で覆った。「夫の浮気がまた発覚して、それで、どうしたらいいのかわからなくなって、気づいたら……」

「そういえば、ご主人の浮気が原因でリバウンドしたって、前におっしゃってましたね」と俺はできるだけ優しく問いかける。「しかし、なんでまた、バターなんです？　そのまま食って旨いんですか？」

「……おいしいかどうかは、もうよくわかりません」

「ハア。あと、なんで外で食ってたんですか？」

「なんでって……。うちはバターは絶対禁止なので。家には持ち帰れないし」

「昔から、嫌なことがあったら食ってたんですか？　いわゆるドカ食い、みたいな」

「こらこら、そんな質問攻めにしないの」小百合が口をはさんだ。「デリカシーってもんをしりなさいよ」

悔しいがもっともだと思った俺は、仕方なく口をつぐんだ。

「ねえ、ずけずけと本当に失礼よね。こんなやつ、そのへんですっころんで死ねばいいのにね。けれど、過去を振り返ることは大事だと思うわ」身の毛もよだつやさしげな声で満里奈に語り掛けながら、小百合はティッシュを数枚抜いて彼女に渡した。「よかったら、太りだしたときのことから、聞かせてくれる？」

満里奈は洟をかんで少し落ち着くと、自身の半生について、ぽつぽつと語っていった。

満里奈に太りだしたときの記憶などなかった。物心ついたときにはもう太っていたからだ。とはいえ、それは本人いわく「クラスで一番のデブってほどじゃなく、三番目ぐらいのぽっちゃり」程度。とにかく食べることが大好きで、一番の好物はたっぷりのバターをのせたトースト。太っていたが運動が得意で、勉強もできたからか、友達から体形をバカにされたりいじめられたりすることはほとんどなかった。さらに家族も全員太っていたので、当時は全くコンプレックスには思ってはいなかったという。

そんな満里奈が高校二年のとき、父親が交通事故で亡くなった。家計を支えるために、満里奈は進学をあきらめて、高校卒業後はぽっちゃり体形の女性ばかりが勤める飲み屋で働きはじめた。そこの常連だったのが、夫の成就（こう書いてそのまま「じょうじゅ」と読むらしい。すごい名前だ）だったのだ。出会ってまもなく、成就からの熱烈アプローチがはじまった。

当時、成就は三十五歳。代々でレストラン経営や不動産売買、貸金業など手広く商売している資産家で、地元では有名人だった。十八歳の満里奈は十五も上の金持ち男にまるでお姫様のように扱われ、映画の主人公にでもなった気分を味わった。交際四カ月、満里奈が十九歳になった日に、二人は結婚式をあげた。

最初の家は横浜山手の瀟洒な一戸建て。小さな犬を飼って、しばらくは子供を作らず、夫婦二人でむつまじく暮らしたい。そんな満里奈の夢は、結婚初日にして無残に打ち砕かれた。引っ越したその日に彼女を出迎えたのは、成就ではなく成就の母だった。同居が決まっていることは、その瞬間まで全く聞かされていなかった。

姑は満里奈の一挙手一投足を監視し、すべての行動にケチをつけた。何より厳しく言いつけられたのが、料理や食べ物のことだったという。

「三食きちんと手作りは、基本中の基本」当時を思い出してか、満里奈は苦々しい顔つきになって言った。「食材は決められた店で買った国産のものだけ。レトルトとかインスタントとか、あと、顆粒だしや化学調味料の類は絶対禁止。パンとかパスタもダメ。理由は下品だから。バタートーストなんてもってのほか。姑は生まれが京都で、お嬢様育ちだったみたいなんですけど、とにかく、素材の味と出汁に対するこだわりが病的で。基本、何を作っても『下品な味！』って言われて箸をなげつけられました」

満里奈のドカ食い癖は結婚してまもなくはじまった。きっかけは食材の買い出しついでに、出来心でファストフード店に寄ったことだった。最初はハンバーガーを一個だけ。気絶するほどうまかったそうだ。気づいたらそれが習慣化した。一度に食べるハンバーガーの数も増えた。体は見る間に大きくなっていった。

そんな当時の満里奈の心を支えたのは、何より夫の存在だった。彼は自分の母親には決して逆らえない情けない男だったが、それでもときどきはしつこい説教や小言から満里奈を守ってくれた。こっそりファストフード店につれていってくれることもあった。満里奈がいくら太っても決して悪くは言わず、むしろたくさん食べる姿を見て、いつもよろこんでいた。

変わったのは、結婚して五年目、姑が心筋梗塞で突然死して間もなくのことだった。

「今の姿からは想像もできないと思いますけど……」と満里奈は言った。「出会った当時の夫はもっとスレンダー……というか、どっちかっていうとガリガリといったほうが正確なぐらい、もうかなり貧相なタイプだったんです。子供のときはいじめられっ子。だから、わたしみたいな太ってる女の人が好きだったんじゃないかな。それが、あるとき突然筋トレに目覚めて……」

成就は肉体改造にすべてを捧げるようになった。仕事もそっちのけでジムに通い、口にするのは鶏のささみとブロッコリーと卵の白身、そして大量のプロテインのみ。うすっぺらだった体はやがて、絵にかいたような筋肉ダルマになり、なぜか肌の色まで黒くなった。しかし、成就が得たのは筋肉だけではない。

「男としての、自信ね」小百合が言った。満里奈はうなずいた。

最初に浮気が発覚したのは、姑の一周忌の直後のこと。相手は横須賀にある小さなスナックのチーママだった。チーママはある日、成就が不在のときを狙って突然家にやってきた。その姿を見て、満里奈は頭が真っ白になった。痩せた女だったのだ。チーママは煙草をふかしながら満里奈のつま先から頭の先まで見て「え？　女房がデブとか聞いてないんだけど？」と笑ったという。

当然、満里奈は離婚も覚悟した。が、成就はなぜかそれを決して望まなかった。チーママにいくらか手切れ金を渡してすぐに別れた。しかし、その後も浮気は繰り返され、同時に彼は姑と同じように、満里奈の生活をすみずみまで支配しはじめた。

彼は自宅で食事をしない。それなのに、満里奈の一食一食をチェックし、少しでも味の濃いもの、油分の多いものを食べているとねちねちと小言を言うようになったのだ。バターやパンを食べているところが見つかろうものなら、何時間も説教された。

しかし、満里奈は痩せない。外で食べているからだ。そんな満里奈の体形について、成就は揶揄、嘲笑するようにもなった。それまで満里奈のことをちゃんと名前で呼んでいたのに、ここ数年は「おい」か「ブタ」。ダイエットをはじめたのも最初は成就の命令だった。しかし、うちの教室に入会したのは、あくまで満里奈自身の意志だった。

「痩せてきれいになったら、浮気をやめてくれるかなって思ってたんです」満里奈は言った。「でも、今思うと心のどこかで、夫の浮気は本気じゃない、離婚だけはしないはずって信じてる自分がいて。だからたぶん、ダイエットもうまくいかなかったんだと思います。だけど昨日、夫から、今の相手は本気だから離婚したいって言われてしまいました。相手は女子大生で、もうすでに妊娠していて、卒業と同時に結婚するつもりでいるそうです。それでも、どうしたらいいのかわかなくなって、気づいたらバターを……」

「え！　それなら、さっさと別れたほうがよくないですか？」俺は思わず言った。「慰謝料もらうチャンスだし」

「でも……」

「いやだって、どう考えても別れたほうがいいですよね？　あなたへの態度、あまりにもひどすぎませんか？　ＤＶですよ、ＤＶ。今どきは殴るだけがＤＶじゃないらしいですよ。そういうの、ツイッター、あ、旧ツイッターとかでよく語られてるから、見たほうがいいですよ？」

満里奈は、ちょっと言っていることがよくわからないです、という顔で俺を見る。「……でも、夫は夫でいいところもあって……」

「いやいや」

「この間ここへきたときみたいに、わたしのことを思って怒ってくれることもあるし。お小遣いもくれるし」

「それがいいところ、ですか？」

「それに、こんな見た目で、食べ物に意地汚くて、何をするにもどんくさくて、何にもいいところのないわたしと、今でも夫婦でいてくれるし。昔は本当に優しかったんです。たぶん、姑が亡くなって、心が壊れちゃったんだと思います。今の夫は本当の夫じゃないんです」

「なるほど」と俺は言ったきり、黙ってしまった。これ以上、なんと言ったらいいのかわからなかった。

「で？」とずっと黙っていた小百合が口を開いた。「離婚の話はどこまで進んでるの？」

「えーっと、明日の晩、夫がいつもよりはやく帰ってくるって言うんです。離婚の話し合いのためです。弁護士やってるジム仲間がいて、その人を連れてくるそうです。ついさっき、電話で一方的に告げられました。それでもう何が何だかわからない気持ちになって、気づくとバターを……バターを……」

「バターのことはもういい！　よし、わかった！」と小百合がいきなり大声を出した。「あたし、いいことを思いついた。とにかく、明日、またここに集合して。満里奈さんも、あんたもよ。時間はそうね。午後三時ぐらいかしらね。あんた、もしこなかったら向日葵に……」

「あー！　わかりました！　とりあえず、俺はもう、帰ります！」

小百合にオフィスの施錠を頼み、俺はそのままそそくさと外に出た。横浜駅に着くころには、満里奈の涙も明日のこともすっかり忘れて、向日葵のインスタをのぞき見することしか考えていなかった。

向日葵のインスタにコメントを書き込んでいることを、いっそ本人に知られてしまったほうがいいかもしれない。それで気持ち悪がられてブロックでもされたら、そのままますぱっとすべてを諦められる。

そんなことを考えながら、出かけるギリギリの時間まで、ロフトに敷いた布団の中でぐだぐだと過ごしていた。が、結局気の小さい俺は、十分の遅刻で済む程度のタイミングには家を出て、オフィスに着いた。

誰もいなかった。

全員死ね、と思った。

小百合が一切悪びれる様子もなく姿を現したのは、約束の三時から一時間も過ぎてからだった。なぜかパンパンに膨らんだ登山用リュックを背負い、肩にも大きなエコバッグを下げている。

「満里奈は自宅で待機させてるから。さっさといくよ。それにしても、これ、重いわ。あんたが背負って」

強引に押し付けられたリュックは、墓石でも入っているのかというぐらい重たかった。墓石でなければ、誰かの遺体か。

みなとみらいのタワーマンション群まで、俺たちは徒歩で移動した。冬の日曜の日暮れ時、あちこちにしつらえられたクリスマスの飾りが寒々しかった。なぜ俺は、この幸福感でいっぱいの景色の中を、こんなクソババアと並んで歩いているのか。しかも墓石（推定）が入った登山用リュックなどを背負って。前世で何かとんでもなく悪いことでもしたのだろうか。もしかして、警官に成りすまして三億円奪って逃走したのは俺か？　そうなのか？

満里奈の自宅は、海と遊園地を眼下に見下ろすタワーマンションの二十二階にあった。引っ越してきたのは、姑が亡くなって間もなくのことらしい。

高価そうなインテリアが並ぶリビングダイニングは、生活感が薄かった。小百合がそれを眺めて「夫婦二人の家っていうより、エリートビジネスマンが女を抱くために作ったかのような部屋ね」と言った。

「うーん、わかるような、わからないようような」と俺は答える。

「どうせあんたが住んだって一人も抱けないんだから、わかんなくていいのよ」

大きなダイニングテーブルの上には、真新しい卓上コンロ、ホットプレート、そしてオーブントースターが用意されていた。それらを一つ一つ確認して、小百合は満足げにうなずいた。

「見て、このオーブントースター」小百合が言う。「パンがすっごくおいしく焼けるんだって。アマゾンで二万ぐらいした」

「誰が買ったんですか」

小百合は満里奈を顎でしゃくった。満里奈が「夫からクレジットカード、渡されているんで。無駄遣いがバレたら、叱られるんですけど」とぼそぼそ答える。

「大丈夫なんですか」

「大丈夫じゃん？」小百合がまるっきり他人事のノリで言う。「それより、あいつはいつ帰ってくるって？」

「さっき電話があって、六時半に帰るって。時間に超正確なので、ほとんどぴったりに帰ってくると思います」

「そっか。急がなきゃ。よっしゃ仕込みだ」

そう言うと、小百合は俺が床に降ろした登山用リュックを開けた。最初に出てきたのは、両面焼きができるフライパンだった。

さらに、巨大な角型の食パンが三本。肩に下げていたエコバッグからも、山型の食パンが同じく三本。それ以外の食材も、まだ中に大量に入っているようだった。

「この食パン、二斤分が一本で八百円。銀座の超有名店に朝から並んで買ってきた」

「はあ……あの、その金はどこから？」

「この人のカード、借りた」

愚問だった。

それから小百合の指示の下、俺たちは大急ぎで支度をした。

ほぼすべての作業が完了したのは、六時十五分頃だった。

キッチンカウンターの前で仁王立ちして、小百合が満足げにふぅーっと息をついた。「なんとか間に合ったわね」

テーブル上の景色は、壮観としかいいようがなかった。中央には、俺が「薄すぎだよへたくそ」「能ナシ」「パンもまともに切れないクソ童貞」などと罵られつつも黙々とカットした食パンが盛られた大皿が、ドーンと陣取っている。そのまわりを、フレンチトースト液につけられた食パン、ハム、チーズ、ツナなどを挟んだサンドイッチ、大量のバター、そしてホットプレートやトースターなどの調理器が取り囲んでいた。

小百合と満里奈がキッチン側に並んで座り、俺は満里奈の向かいに座った。俺たちは目くばせすると、「いただきます」と声をそろえた。

「……みんな、好きなものを好きなように食べようね。好きな味付けで、好きな分量で」

小百合はそう言うと、すでに熱くなっているホットプレートにフレンチトーストを並べていった。ジュッと旨そうな音とともに、甘くねっとりした匂いが立ち上る。

満里奈は食パンの上に大量のバターをのせると、トースターに並べて焼きはじめた。焼く前にバターをのせるのがポイントだとさっき話していた。俺はサンドイッチを両面焼きのフライパンにセットし、コンロの火を着けた。そうしながら、食パンを生のまま一つつまんで口に入れてみた。

「うわ、旨い！」と思わず声が出た。「何にもつけなくてもなんだか甘い。しかもふわふわ！　まるでスポンジケーキみたい。さすが銀座の有名店だ」

「あんたね、何それ。食べ物を食べ物で喩えるとか、表現力の貧困ぶりがひどい。性生活の貧困さが影響しているのでは？」

「あの、二人とも、このパンはまずそのまま食べてみるのがいいと思いますよ。そんな、バターだの卵だのベトベトつけたらもったいない。素材の味をまずは大事に……」

「ハア？　あんたって本当に。ここんちの姑みたいなことを言ってんじゃないよ。人が何をどう食べようと勝手でしょ」

満里奈をチラッと見ると、トースターの中で焼けていくパンの観察に夢中で、俺たちの会話など全く耳に入っていない様子だった。やがて、チーンと音が鳴った。ふたを開け、こんがり焼けたトーストを取り出すと、さらにその上に大量のバターをのせて塗りたくる。きつね色の生地が、見る間にバターの金色のエキスを吸ってタプタプしていく。

満里奈はハアッと息を吸い込んだ。そして、バタートーストをハムッと大きく一口かじった。目を閉じ、うっとりした顔で咀嚼していく。

「……ああ、幸せ」

そのとき、玄関から物音が聞こえた。すかさず小百合が、彼女の耳もとでささやく。

ハッと満里奈が固まった。

「いいの。大丈夫。あなたは何を言われても、ずっと食べ続けて。ずっとずっと延々と、満足するまで、自分の好きなように」

「で、でも……」

「シッ。これから、何かしゃべるときはあたしに耳打ちして。あたしがなんでも代わりに言うから」

やがて、勢いよくリビングダイニングのドアが開き、成就が姿を現した。続けて成就より一回り大きい色黒マッチョ男も入ってくる。満里奈によると、この弁護士は成就の地元の後輩で、彼の影響で成就は筋トレをはじめたらしい。

二人は唖然とした表情で俺たちを見ていた。言葉もないようだ。当たり前だ。

「ご主人、ご主人はそこのお誕生日席。そちらは弁護士先生かしら？　先生はわたしの向かいに座っててちょうだい」

小百合があまりにも自信満々に言ったせいか、二人は戸惑いつつも素直に指示に従った。

「これは一体……」と弁護士が口を開いた。その瞬間、小百合が右手に持ったフライ返しを

です。「あたしは満里奈さんの代理人です。あたしを介してください」

「やめてください、ご主人」小百合がぴしゃっと言う。「あたしは満里奈さんの代理人です。直接彼女に話しかけないで。すべての会話はあたしを介してください」

「あたしを介してって、目の前にいるのに……」

「あたし特製フレンチトースト、出来あがり～」

小百合はこんがりと焼き色のついたフレンチトーストを自分の皿に五枚盛ると、バターの大きな塊をのせ、さらにその上からメープルシロップと粉糖を大量にまわしかけた。そして一口頬張るなり、「あたし、天才！」と叫んで天井にこぶしを突き上げた。

仕方なく、俺もホットプレートからとって一口だけ食べてみた。ほんの数分しか卵液につけていないのに、電子レンジで少しあたためるという手間が効いているのか、びっくりするほどしっかり味が染みている。ミルク感が強めで甘すぎないのもよい。シロップや砂糖をかけてちょうどいい甘さかもしれない。おいババア、なかなかやるじゃねえか、と心の中だけでこの怪物を褒めたたえた。

俺と小百合は次々に出来上がっていくフレンチトーストやホットサンドを無心で食べた。満里奈は最初こそオドオドと夫の顔を見ていたが、俺たちにつられたのかやがて少しずつ食が進みはじめた。小百合のフレンチトーストは一口かじっただけで、あとはひたすらバタートーストを食べ続けている。二枚のパンにバターの塊をのせてトースターに突っこむ。チーンと鳴ったら取り出して、すかさず次の二枚を入れながら、焼きあがったトーストにさらにバターを大量に塗りこんで、一枚当たり五口、合計十口で食べきる。食べきる頃にトースターがふたたびチーン。これを淡々と繰り返していく。

俺は次第に、満里奈から目が離せなくなった。彼女の目に、顔つきに、力がみなぎっていくのがはっきりわかったからだ。

「体に悪いものばかりをよくもまあ」

そのとき、ずっと黙っていた成就が言った。

「なんですって、ご主人」と小百合。

「見ていて不愉快なぐらいですよ。野菜がひとかけらもない上に、味が濃いものばかり。こんなもの食事とはいえません。脂質も糖質も取りすぎだし、それに……」

「ファー！」小百合は奇声を発した。「そういうクソつまんないことおっしゃるのやめてくださる？　脂質だの糖質だの言う人って、ほぼ全員、話が死ぬほどつまんない。話だけじゃなくて、人間そのものがつまんない。日曜の昼間のゴルフ中継ぐらいつまんない。ささ、つまんない人間の言葉なんか気にせず、食べましょ」

当の満里奈は言われずとも食べ続けている。皿に出してあったバターはあっという間になくなった。しかし、満里奈は無言で立ち上がると、冷蔵庫からストックを五つ出してきた。

「……さて、そろそろ話を聞いてやってもいい頃かしら？」食パンがあと六枚ほどになったところで、小百合が言った。「なんだっけ？　ご主人、浮気なんてしておいて、離婚したいとかぬけぬけのたまっていらっしゃるんでしたっけ？　まあいいわ、そちらの条件をお聞きしましょう。まず慰謝料はおいくら万円？」

「三百万」成就が即答した。

その瞬間、ガチャーンと音が響いた。満里奈が皿を落としたのだ。幸い割れずに済んだが、彼女の肩が震えていた。

「も、もう本当にやり直す気が……ないってことなの？」

そう小声でつぶやく満里奈を、小百合が「シッ」と制した。「しゃべっちゃダメって言ったでしょ！」

満里奈は「すみません」と小声で謝ったあと、指示された通り、小百合に耳打ちした。すると小百合は全員に聞こえる声で「そうね。このAV男優、離婚は本気みたいね。あんたもそろそろ腹くくりなさい」

「あなたね、さっきからしつれ……」

「三百万って数字、どう思うの、満里奈」

満里奈は少し考えて、また耳打ちした。

「安いか高いかわからないですって⁉」

外にまで聞こえそうな大声だ。耳打ちされた内容を復唱しているのか？　だとしたらこのやりとりには何の意味があるんだ？　ふざけてるのか？

「安いもくそも、ただ相場よ。不倫した場合の慰謝料の相場。まあ、相場よりはちょっと多めかしら。でも金持ちにしてはケチね。その程度」

満里奈は眉間にしわを寄せ、考え込んでいる。

「結婚してから今までのことを、思い出しなさい。あなたがどれだけ失望して、悩んで、泣いてきたか。この人はそんなことはこれっぽちも考えず、超テキトーなノリで『三百万でいっか』で決めたみたいだけど。いいの？　それで？」

しばらくして、満里奈は再び、小百合に耳打ちした。

「ふーん。あっそ」と小百合。「四百五十万ですって、ご主人」

成就は満里奈をチラッと見て、フッと笑みを漏らした。「いいでしょう。一括で払いますよ」

「だって、よかったね、一括払いだって。これでスパッと離婚できるね。あんたが今、自分で決めたんだよ。自分の価値は四百五十万って」

しんと部屋が静まり返っている。満里奈はうつむいて、また考え込んでいる。

「相場だの、平均だの、関係ないと思うけどね。ものの価値なんて勝手に自分で決めてもいいんじゃない？　ほら見て？　食べ物だって、自分の好みの食べ方で食べるのが一番おいしいじゃん？　相場なんてどうでもいいじゃん？　正しい味付けなんて他人に押し付けられても、ちっともおいしくないじゃん？　トーストにはバター五グラムが相場ですって言われても、は？　って感じじゃん？　バター丸ごとかじって気持ちよくなったっていいじゃん？」

次の瞬間、満里奈は意を決したように顔を上げた。そして小百合に耳打ちした。

「ほう」と小百合は息をつく。「……一千万ですって」

成就は若干動揺したような表情を見せた。が、すぐに気を取り直すと、再び余裕の態度で「いいでしょう」と言った。「それで離婚できるなら。わたしは、何がなんでも離婚したいんですよ。こんなだらしがなく品もなく、その上、ちっとも妊娠しない妻と一緒にいるのは、もう時間の無駄ですから」

俺はとっさに満里奈を見た。顔が食パンのように真っ白で無表情だった。

「妊娠できないのは、明らかに偏った食生活のせいですよ。昔から、わたしに隠れてジャンクフードやら味の濃いものをコソコソと食べているのは知ってました。わたしの言うことをよく聞いて、健康でまっとうな食生活を心掛けていれば、今頃五人は子供がいましたよ」

「やっぱ二千万」今度は耳打ちではなく、声に出してはっきりと満里奈は言った。

「お前、調子に乗るんじゃねえぞ」と成就はすごんだ。「こっちが下手に出ているうちに……」

「ごめん、二千万は嘘」

「おい、ふざけて……」

「一兆円」

ブッと最初に噴き出したのは、今日ここへきて以来、完全なる置物と化していた成就の連れの弁護士だった。つられて小百合もブッと噴いた。「一兆円て、小学生じゃないんだから」

「ふざけてなんかいません。一兆円。それがわたしの価値。今決めた。もう決めた。一兆円くれないなら離婚しません。あなたは、だらしがなくて品もなくて太っててブタみたいにがつがつ食ってばかりの妊娠しない妻と、死ぬまで一緒に暮らしてください」

そして満里奈はふっ切れたような顔で、また新たな食パンをオーブントースターに入れた。

全員、なぜか無言だった。やがてトースターから、チーンと音が鳴った。

俺と小百合と成就と弁護士は、満里奈が焼き上がったトーストにバターをこれでもかと塗り重ね、そしてこれ以上ないほど嬉しそうに一口目を頬張るのを、黙って見届けた。

サクサクサクという音。なんと幸せな音だろう。

「……旨そうだな」

弁護士がついうっかりというようにつぶやいた。成就が恨めしそうに睨みつける。満里奈は全く意に介することなく、大好物を味わっている。

「ダメだね、あれは」トレーニング室のクリスマスツリーの飾りつけを外しながら、小百合が言った。「何回電話しても、再入会はしないっていう一点張り」

俺は思わずため息をついた。「じゃあ何のために、俺らは土日出勤してまで人んちでパンばかりむしゃむしゃ食ったんですか。旨かったけど。余り物もたくさんもらって食費浮いて助かりましたけど」

「あたしの作戦ではさ、いい条件で離婚させた後、高額慰謝料の使い道として再入会するように仕向けるつもりだったの。それなのに結局、三千万に併せてあのマンションまでもらえることになったのに、全額パン屋の開店資金にするってさ」

あの日の後も交渉は続き、満里奈は一兆円から三千万円へ驚きの大幅プライスダウンを断行したものの、あとは一歩も譲らず、ついに成就側が折れた形になった。マンションは先方自ら譲ると申し出てきたらしい。

「ダイエットは自力でやるってさ。パン屋修業で忙しいからって。さっそく毎日みなとみらい周辺をランニングしてるってよ。あーやだやだ。あたしってば、すっかり利用されたわ」

「結局、離婚の決め手になったのは、元夫の『子供五人産めた』発言だったわけですか？」

「そうみたいねー。あのAV男優、十年間で子作り完遂できたの、たったの三回らしいわよ。いっつも途中でダメになっちゃうんだって。それなのにあんな発言したもんだから、さすがに満里奈もブチ切れて、気づいたら『一兆円』って言ってたらしい」

「女子大生のお腹の子、本当にあの人の子かしら」と、あの日の最後、満里奈が少し意地悪な顔で言っていたのが、印象的だった。

「それよりさ」と小百合。「あんた、ブー子って覚えてる？　あのコールセンターにいた女」

その名を聞いて、すぐに顔が思い浮かんだ。いや、顔というより、鼻。違う。鼻というより、鼻の穴だ。はじめて話をしたとき、彼女はおどけた口調で自らその通称を名乗った。

「ブタみたいな鼻だから、みんなにブー子って呼ばれてるの。よかったら土肥君もそう呼んで」と。

「ブー子がこの間、見学会に来てた。でも入会せず帰っていったよ」

「え!」

「新規入会者獲得して三カ月キープできたら、三万円のマージン出してもいいって社長が言ってた。ちょっと、連絡してみてよ、あんた。ブー子、あんたのこと気に入ってたはずだから」

ハアと俺はため息をつき、窓を振り返った。曇り空。年が暮れていく。来年もろくなことが起こりそうにない。

涙の金魚鉢パフェ

正月休み明けの初日、さっそく俺はブー子こと橋本文子《はしもとふみこ》に連絡をとってみた。ブー子は連絡先を家の固定電話にしていて、出たのは彼女の母親だった。母親が取り次いでくれて、すぐに彼女と会う約束ができた。

そして約束当日。少し早めにオフィスを出て、待ち合わせ場所として指定された、川崎駅からしばらく歩いたところにある喫茶店へ向かった。古めかしい雰囲気の店だった。ブー子は先に席についていた。

「遠くまでごめんね。喫煙しながらお茶できる店って、ここぐらいしかしらなくて」ブー子はそう言って、気取ったしぐさで加熱式タバコを吸った。「それよりちょっと、もう一体どうしたの？ 突然、土肥ちゃんから連絡がきて会いたいなんて言うから、びっくりしちゃった。まさか、金貸してなんて言わないよね？ わたし、お金ないよ」

「違いますよ！」と慌てて否定しつつ、内心、相変わらず大きな鼻の穴だなあと失礼すぎることを俺は思っていた。じろじろ見つめたりしてはいけないとわかっていても、つい見てしまう。それほど大きい。しかし、全体の雰囲気は、以前とずいぶん変わっているように思えた。化粧をしているし、服装も妙に派手だ。バブル期のボディコンワンピースみたいなものを着ている。コールセンター時代はいつもジーパンにTシャツ姿で、化粧っ気もなかった。

何か私生活に変化があったのだろうか。そういえば、少し痩せたようにも見える。

「やだ、土肥ちゃん。そんな、じっと見つめないでよ。わたし、顔に何かついてる?」

「いや、なんか、雰囲気変わりましたね」

「え? やだ、気づいた? そうなの。前は身だしなみにろくに気を遣ってなかったけど、最近頑張ってるんだ」

ブー子は上半身をくねらせながら、ふふふふと笑う。それから「実は、三カ月ぐらい前にね……」と自分の近況を話しはじめた。

ブー子は三カ月ほど前、家庭の事情で横須賀市の実家に戻る必要が生じ、コールセンターの仕事は辞めてしまったという。今は川崎駅近くの大手IT企業で、派遣事務をやっているそうだ。そこで上司に能力を買われ、新人にも拘わらず責任のある仕事を任されて、ずいぶんと大変らしい。

「わたし以外の派遣の子はさ」とブー子。「みんな若いんだけど、言われた仕事だけやればいいって態度なの。だけどわたしって、人がやってほしいなって思うことを先回りしてやれちゃうタイプでしょ? 今のチームのリーダーがさ、『君が三人はほしいよ』なんて言うわけ。でもわたしは三人もいないから、わたし一人で三人分働くしかなくってさ。もう大変」

彼女の話を黙って聞きながら、俺は辟易とした気分になっていた。前の職場で、小百合の次に苦手だったのがこの人なのだ。おしゃべり好きでいつも積極的に話しかけてくるのだが、その話の内容が、正直死ぬほどつまらない。オチもヤマもない、おそらくは自慢であろう話。

それがしかも長い。休憩時間に彼女に捕まったら、もう絶望するしかなかった。

「ねーねーそういえば話変わるけど、土肥ちゃんって今も彼女いないの？」

「え？　いや、まあ」

「最低でも一年以上はいないってことだよね？　その間、ずっとセックスしてないの？　一度も？　男なのによく耐えられるね」

そうだった。周りに人がいても平気で大きな声で下ネタを口にするところも、嫌だった。

「わたし思うんだけど、土肥ちゃんみたいな人って、どうやって性欲処理してるの？　風俗いってる雰囲気もないけど。毎日エッチな動画見てるの？」

「ハハハ……」

そのとき、テーブルの上に出してあったスマホが震えた。小百合からのＬＩＮＥだった。

この女、相変わらず言動が下品ね。あと、その奇妙なメイクは何なのかしら？　眉毛は細すぎ下がりすぎ、チークはピンクすぎ、口紅濃すぎはみ出しすぎ、そもそもファンデの色が白すぎ。福笑いみたいじゃない？　鏡見ずにメイクしてるのかしら？

俺は周囲を見まわした。しかし、何も見つからなかった。おかしいなともう一度見まわして、次の瞬間、悲鳴をあげそうになった。すぐ隣の席に、いた。黒マスクとサングラスと黒い帽子で顔をほぼすべて隠しているが、小百合に違いなかった。オフィスを出るときに、ブー子に会いにいくとは伝えたが、さして興味もなさそうだったのですっかり油断していた。

「土肥ちゃん、どうしたの？」

「いや、なんでもありません」

さらに今、重要なことを思い出してしまった。ブー子には決して小百合の存在を知られてはならない。なぜなら、二人は誰もが知る犬猿の仲だったのだ。

「どうしたの？」とブー子は前のめりになって声をひそめた。「ひょっとして、隣の太ってる人のこと気になるの？　わたしも気になってた！　だってさっき、ホットケーキ四人前注文してたよ。全部一人で食べるのかな」

「あーいや！　なんでもありません！」俺はとっさにメニュー表を開いた。「ブー子さんもスイーツどうですか？　ここのスイーツ、人気なんですよね？」

「やめとく。今ね、ダイエット中なの。あ、電話で言ってたけど、土肥ちゃんって、真知子先生の甥っ子さんなんだってね」

「ええ、そうです。今は仕事を手伝ってます。ブー子さん、見学会にいらっしゃったんですよね？」

「そうなの。前から真知子先生の教室は気になってて。せっかく神奈川に戻ってきたしと思って、見学会にもいってみたんだけど、仕事がどうにも忙しくってさ。ほんと、今のチームのリーダーが、わたしがいないと仕事がまわらないってうるさくて。そうそう、昨日もね……」

ああ、またつまらない自慢話ループに入ってしまった。今日はとにかく、〝新しい職場で重要な仕事を任されてしまう優秀なわたし〟のアピールに余念がないようだ。

「だから、入会は迷ってるの。どうしようかなって本当に。で、ごめん。実は今日、もう時間もなくて。仲良しの同僚と待ち合わせしてるんだ。あ、ちょうど来た。ミコ！　こっちこっち！」

俺は店の入口を振り返った。

その瞬間。

大げさでなく、全身に電流が走った。

美しいウサギのような女性だった。長くつややかな髪、小柄で引き締まった体、その体のラインを強調する、ぴったりしたニットとピッチピチのジーパン。彼女がすぐそばまでやってきた。甘いミルクのような匂いがした。思わず俺は深呼吸し、そのあとすぐ、自分の気持ち悪さに絶望した。

「ミコ、遅かったじゃん。また佐久間さんに余計な仕事押し付けられたの？　もう、あの人って、本当に人遣いが荒いんだから」

ミコと呼ばれた女は苦笑いをするだけで、その佐久間とやらについての悪口には乗らなかった。

「あ、ミコ。こちらが例の土肥ちゃん。ね、なかなかのさわやかイケメンでしょ。服はダサいけど」

お前に言われたくねえ、という悪態を、ぐっと飲みこむ。

「土肥ちゃんね、ずっと彼女いないんだって。不思議よね。まあイケメンは言い過ぎだけどさ、普通にさわやかなのにね。もしかして、前から薄々思ってたんだけど、土肥ちゃんって童貞？」

死ねよ、という悪態が、あと少しで口から出そうだった。

ミコが俺の目をまっすぐ見て、ニコッとほほ笑んだ。あ、と思った。正面から見たら、顔はそれほどでもなかった。カラコンとかまつエクなどで盛った、今風のギャル顔といったところだろうか。特別整っているわけではない。

……と自分に言い聞かせるように思いながら、俺はなんとか冷静さを取り戻す。「どうも」と余裕ぶってあいさつした。どうも、さわやかイケメンの俺です。

「こんにちは。お話伺ってます。真知子先生の甥っ子さんなんですよね」

しかし、その声を聞いて、再び心がかき乱された。なんとかわいらしい声だろうか。

「わたし、そちらでやってるメイク教室に一度いってみたいなってずっと思ってて。見学会とかってやってますか？」

「えーっと、山川先生のやつですかね？」と俺は記憶をたどりながら答える。

「そうそう！　山川理沙先生！　インスタもフォローしてて、あこがれなんです。見学会があるなら、一度いってみたいなあ」

「もう、ミコはメイクなんかしなくったって、そのままで十分かわいいのに。何より若いん

だしさ」ブー子が言う。「こんなにかわいいのに、顎けずりたいとか鼻に何か入れたいとか
いつも言ってるの。来月、韓国になんかやりにいくんだっけ？　そんなことする必要ないで
しょ？　土肥ちゃんもそう言ってやってよ」
ミコは困ったような顔でブー子を見ていた。あまり言ってほしくないことをブー子が口に
しているようだ。それは俺にもわかった。が、こんなときにどうふるまえばいいのかまでは
わからない。
そのとき、ミコと視線が合った。とりあえず苦笑いしてみせると、彼女も苦笑を返してく
れた。
これは……。
「あ、ごめん、土肥ちゃん」ブー子が言った。「うちらこれから一緒にネイルなの。予約の
時間がもうせまってて」
「あの、よかったらメイク教室の資料送りますけど……」
「またね。こっちから連絡する！」
ブー子はミコの体を押し、急かすようにして店を出ていく。その間、ミコは名残惜しそう
にこちらを何度も振り返った。俺はその姿を、座ったまま、ただ黙って見送ることしかでき
なかった。……俺と、俺と、もっと話したがっているんじゃないか？　というか、俺と連絡
先を交換したがっているのでは？　そうでもなければ、あんな顔をして何度も振り返らない
んじゃない……かな……。

「あんた、もしかして、あのミコって子が自分に気があると思ってんじゃないでしょうね？」

はっと気づくと、小百合がさっきまでブー子が座っていた席にいた。この怪物の存在を、今の今まですっかり忘れていた。不覚だった。

「全く、あんたって本当に……。あんたのケツの内側に住んでる大腸菌ですら驚いてるわよ、あんたの童貞っぷりに」

「……」

「あの手の女はね、ほぼすべての男に対して、ああやって思わせぶりな態度をとるのよ。あの服装、見た？　自分のケツがどれほどいやらしいかわかってて、あのピチピチデニムを穿いているの。あんたがケツをガン見してたことなんて、秒で気づいてるから、秒で」

「……」

「それも含めてぜーんぶ、ブー子にも気づかれてる」

「え！」

「あんたって本当に……カーッ」小百合は天井を仰いだ。「もう二度と連絡してこないだろうね。せっかくのチャンスが台無し」

そして小百合は当たり前のように俺のテーブルに自分の伝票を置くと、何度も「カーッ、カーッ」と水戸黄門のオープニングで鳴る音みたいな声を発しながら、去っていった。

テーブルにある伝票は、小百合が置いていった一枚だけだった。俺とブー子の分は、俺がミコに見とれている間に、ブー子が払ってくれたらしい。

そうだった、と思い出す。ブー子は言っちゃあ悪いが不美人で、話が死ぬほどつまらない。が、いつも他人を気遣う、とても優しい人だった。ミスをした新人をかばったり慰めたりする姿を、毎日のように見た。だから多くの人に慕われていたし、頼りにされていたのだ。誰に対しても攻撃的で嫌われ者だった小百合との違いはそこだ。

そして、小百合の言っていることはおそらく正しいのだろう。俺はミコの美しさに気を取られ、ブー子の存在をないがしろにした。俺から呼び出して、会ってもらった立場なのに。そしてそれにもかかわらず、ブー子はコーヒー代を払ってくれた。本来、俺が持つべきなのに。

俺って……俺が思っているより、ずっと最低なやつじゃないか？

最近、ちょっとずつそんな気がしてきた。

ところが、小百合の予想は外れた。ブー子は翌週、わざわざ休みをとって、入会手続きのために俺のオフィスにやってきたのだ。

幸い、小百合は叔母の出張に同行していて不在だった。なんとなく前回の埋め合わせがしたくて、手続きが終わった後、彼女を昼食に誘った。

すでに自ら食事制限をはじめているというブー子の希望で、最近できたばかりの自然食レストランへいくことになった。ブー子はキノコと豆腐の煮物がメインのヘルシー定食、ご飯少なめ。俺は鶏むね肉のから揚げがメインのパワーアップ定食、ご飯特盛り。

「この間も思ったんですけど、かなり痩せました？」注文を終えた後、俺は聞いた。

「さすが、土肥ちゃん、気づいてくれた？　ここ一カ月ほど、晩御飯抜いてるの。あっという間に五キロ落ちたよ」

「でも、前からそんなに太ってましたっけ？」と俺は以前の姿を思い出しつつ言った。「あんまりそんな印象ないけどなあ」

「いやいや、土肥ちゃんと出会ったときが一番太ってたよ。七十キロはあったもん。七十五キロぐらいかな」

しかし、ブー子は身長百六十五センチなので、たとえ七十五キロに到達していたとしても肥満度は低めだ。そして痩せた今は、六十五キロ前後じゃないだろうか。標準オブ標準。

「でもわたし、お腹出てるじゃない？　体重が減っても、ここのお肉がなかなか落ちないの。若いときからまともな運動してこなかったから、体が全体的にたるんでて。もう年も三十五だしさ、ここらでいっちょ気合い入れて絞ろうと思って。この間一緒だった、ミコって覚えてる？　あの子みたいな体になりたいの。男の人って結局、ああいうのが好きでしょ？」

「はあ……そうっすかね……」

「そうだよ。お尻はプリッとしてるのに、ウエストはキュッとくびれてて。うちの会社の男たちさ、彼女が現れるとみんな目で追ってるもん。お母さん鶏見つけたひよこみたいだよ。しかもミコって、そのままでも十分かわいいのに、髪とか爪とかメイクとか常にきちんとしてて、女子力も超高くて努力家で。あんなに痩せてるのに、あと三キロ落としたいんだって。そうしたら、シンデレラ体重っていうのになれるらしいわ。わたしなんてたいしてかわいくもないくせに、今まで何にもしてこなかった。見習わなきゃと思って、最近はいろいろ頑張ってるの」

なるほど、そういうことだったのか、と合点がいった。今日も着ている謎のボディコンワンピースといい、オリジナリティが溢れすぎているメイクといい、たいして太ってもいないのにダイエットをはじめたことといい、ミコに対抗してのことだったのだ。

運ばれてきたヘルシー定食に「わあ、おいしそう！」とはしゃいでいるブー子を見ながら、俺はしみじみとした気持ちになる。努力は必ずしも報われない。ミコとの差は残酷だ。本人の言う通り、ぽってりした腹のラインと垂れ下がった胸の形が、ボディコン服のせいで余計にくっきり浮き出ていて、これはこれで視線のやりどころに困る。それに、全体的にどことなく安っぽく見えるのはどうしてなのだろうか。ミコは服にしろ髪にしろ爪にしろ、高級感があったというか、それなりに金がかかっているように見えた。もともとの顔の造形や若さのせいでよく見えてしまうのか？　反対にこっちは美しくもなく若くもないから、安っぽい印象になってしまうんだろうか？　実際あっちは高級品を身に着けていて、こっちは安物ばかりなだけ？　あるいは、単におしゃれのセンスの問題？

うーん。

女って、いろいろ大変だなあ。

もちろん男だって肥満や脱毛症、低身長などそれなりに悩みを抱えた人はいるだろう。しかし、ハゲているわけでも太っているわけでもなく、そして身長が低すぎるわけでもない標準タイプの男が、自身の見た目に思い悩むことはあまりないのではないか。少なくとも俺の身の回りにはいない。

しかし女は、男に選ばれるために、老いも若きも不美人も美人も、つま先から頭の先まで磨き続けなければならない。あのミコですら、自身の容姿になんらかのコンプレックスを抱えているらしいのだから。

常に外見で比較され続ける人生。男の俺には考えられない。

……ってそうなのか？

男は外見で、比較されることはないのか？　いや多少はあるだろうけど、でも、あったとしても、男の外見を比較してあれこれ言う女ってどうなんだ？　そんな女、ろくな……。

……じゃあ男はいいのか？

男は、女の外見を比較してあれこれ言うのを許されているのか？

「土肥ちゃん、難しい顔してどうしたの？　何か悩みでもあるの？」

「いや、別に……」

「わかった！　当てさせて」ブー子は額に手をあて、しばし考える。「……最近薄毛が気になってる！」

「断じて気になってません」

「あっそ。そういえば話かわるけどさ、わたしね、最近好きな人がいるんだ」

「なんすか？　好きな人？」

「今の職場で知り合った人なんだけど、佐久間さんって言ってね。わたしのチームのリーダーなの」

その名前に聞き覚えがあった。この間、ミコに悪口を言っていた男のことじゃないだろうか。

「彼、歳はわたしの三つ上だけど、独身で、彼女はいないみたい。はじめは大嫌いだったの。態度はぶっきらぼうだし、教え方も雑だし、仕事もいっぱい押し付けてくるし。外見も全くタイプじゃない。武骨で無頓着な感じ。でも、彼を好きになったきっかけがあってね。わたしのことを、名前で呼んでくれたことなんだ」

「名前？」

「うん。わたしってさ、初対面の人に怖がられたり、とっつきにくく思われることが多いから、なるべく自分から『ブー子って呼んでね』って言うようにしてるの。ブー子ってのは、子供のときからのあだ名なんだけど。ほら、わたし、鼻がブタみたいでしょ？」

「は、はあ……」

「でもね、佐久間さんは、『いくら子供時代からのあだ名とはいえ、女の子をそんなふうに呼びたくない』って。以来ずっと、わたしのことを文子さんって呼んでくれる。社内で、彼一人だけ。ううん、三十五年の人生の中で、そんな人はじめて会った。こんなわたしのことを、女性として扱ってくれるんだなあって、うれしくて。彼といると、いつもみたいな三枚目を演じなくていいんだよね。わたしも一人の女の子なんだって気持ちになれる」

名前を呼んだだけで女性扱いしたことになるのか。随分簡単だな、とつい内心で悪態をついた。しかし、ブー子の幸せそうな顔を見ていたら、水を差すようなことはとても言えない。

「多分、ミコも佐久間さんのことが好きなの」

「え!」

「何? そんな驚くこと?」

「いや……だって……あのミコさんっていう人は、ちょっと派手な感じだったし、もっとイケメンを狙うんじゃないですか?」

「ミコは男の外見とか気にしないもん。そもそもイケメン嫌いなんだって。浮気するから」

ああ。やっぱり、イイ女は男を外見で判断しないのだ。

「今までだったら、ミコみたいな子が恋のライバルになったら、端からあきらめてた。でも、佐久間さんならって思っちゃうの。佐久間さんみたいな人だったら、もしかしたら、わたしのほうを見てくれるかもしれない……なんてね」

いやいや、それはない。

と心の中だけで、俺は断言した。もちろん、そんな残酷なことは口がさけても、いや口が焼け落ちても言えない。

「今度のバレンタイン、告白しようと思ってる。だから、そのときまでに痩せたいの、絶対。

絶対絶対絶対」

「いやでも、その佐久間さんみたいな人なら、女性を見た目で判断しないんじゃないですか？ ダイエットとか関係ない気がしますけど」俺は少し意地の悪い気持ちを込めてそう言った。

ブー子はしばらく考えて、首を振る。「ううん。彼の器の大きさに甘えて、努力を放棄したくない。ありのままを受け入れてほしいなんて、わたしみたいなデブのおばさんが言っちゃダメ。ミコでさえ、あんなに努力しているんだから」

俺はもう何も言えなかった。ブー子は、ただでさえヘルシーな定食を半分以上残した。そして店を出て駅まで送る道すがら、白米を三口も食べてしまったことを、ひたすら後悔していた。

翌日からブー子は熱心にうちの教室に通いはじめた。休日には追加料金を支払って、半日以上トレーニングすることもあった。

ところが二月に入って間もなく、急にぷっつりとこなくなった。なんとなく胸騒ぎがして、連絡をとってみた。すると、いきすぎたダイエットのせいで、体調を崩してしまっていることがわかった。

心配になった俺は、その日の夜、彼女の自宅まで様子を見にいくことにした。玄関に現れたブー子を見て、面食らった。血の気をうしなっているのか、顔がコピー用紙ぐらい真っ白だったのだ。

玄関で立ったまま、話をした。トレーナーの指導を無視して食事を二日に一回、しかもサラダのみにしていたら、仕事中に失神してしまったらしい。そのまま会社もしばらく休んでいるという。

「わたしは、ダメ。何をやってもダメなの」

わたしはダメ。その言葉をブー子はひたすら繰り返した。小さな目から大粒の涙が、ぽろぽろととめどなくこぼれてくる。

「食事制限とトレーニングをどんなに頑張っても、下っ腹のぽっこりが全然引っ込まない。胸もお尻もだらしなく垂れ下がったまま。トレーナーさん達の引き締まった体を見てたら、もう自分がみじめでみじめで。ねえだって、見て、このお尻。おばあさんみたいでしょ。こんなブサイクな体形のままじゃ、佐久間さんと付き合えない。万が一告白をＯＫしてもらったとしても、この体を見られたら幻滅される。百パーセント幻滅される」

ブー子の涙ながらの訴えを聞きながら、俺は困惑していた。

そりゃ、スタイルがいいに越したことはない。

ないが。

その前に、やっぱり顔のほうが大事なんじゃないだろうか。

正直、ブー子の体が完璧になったって、その顔では、佐久間さんに受け入れてもらえるかどうか……わからない。もしかしたら佐久間さんは、女性の外見を気にしないタイプかもししれないし、あるいは、変わった顔が好きなタイプかもしれない。そういう人は実際いる。しかし、割合はかなり低い。結局、男のほとんどは可愛い顔の女が好きなのだ。これは世界の真理だ。

本当はもっとはやく言うべきだったのだろうか。しかしそんな残酷なこと、どうして言えようか。しかも今の彼女は、心身ともにこんなに弱っている。俺は一つ息を吐き出すと、「大丈夫ですよ」と体内に残っているやさしさをしぼりにしぼって言った。

「佐久間さんは、お腹がどうとか胸がどうとか、そんなことは気にしないですよ。そういう人なんですよね？　今まで彼と働いてきて、そういう人柄だとわかったから好きになったんじゃないですか？」

気休めの言葉だ。自分でもよくわかっていた。彼がどんなに人格者だろうと、男は男だ。若くて美しい女と、年をとった醜い女。どちらを選ぶか、考えるまでもない。

「女性を外見でジャッジする男は多いけど、彼は違うと思います。大丈夫です。ちゃんとブー子さんのいいところを、見てくれていますよ」

しかし俺のそんな上っ面の励ましがきいたのか、少しずつブー子の顔色がよくなっていった。俺は彼女に何か食べさせたい一心で、食事に誘った。渋る彼女をなんとか近くのファミレスへ連れ出し、その後一時間ウォーキングに付き合うという条件で、スパゲティを食わせることに成功した。

翌日の夜も、一緒にファミレスでハンバーグ定食を食べ、その後二時間ウォーキングに付き合った。ブー子はそうして、少しずつ健康を取り戻していった。

バレンタインデーの二日前、彼女は職場復帰した。翌日、すなわちバレンタインデーの前日には、うちの休憩室のキッチンで、一緒にザッハトルテを作った。普段全く料理をしないというブー子は、卵黄と卵白をわけることすらうまくできず、結局何から何まで俺がやったが、そんなことは問題ではない。プロレベルの一品が出来上がったことに、俺は満足していた。佐久間さんも「お店で売ってるケーキの味だよ！」と絶賛する姿が目に浮かぶようだった。会ったことはないが。どんな容姿なのかすらしらないが。ブー子に味見を頼んだが、一グラムも太りたくないからイヤだと拒否された。

緊張のせいなのかなんなのか、ブー子は昨日からゲップがとまらなくなるという謎の症状に見舞われているらしかった。帰り道に駅まで一緒に歩く間も、ずっと困り顔でゲコゲコとカエルみたいに鳴いていた。そんな彼女を見ていたら、俺は自分でも説明できないような感情に襲われた。それでつい「よかったら告白するとき、近くで待機してましょうか？」と言ってしまった。ブー子はハッとした顔になってしばらく黙り込んだ後、こちらをじっと見て「どうしてそこまでしてくれるの？　もしかして、土肥ちゃんわたしのこと……。でも、ごめん。わたし、今は佐久間さんのことしか考えられない」と言った。ここまで俺が彼女にしたすべてのことを、死ぬほど後悔した。

そして。

バレンタインデー当日。

俺はオフィスで待機していたが、ブー子から報告の連絡は入らずじまいだった。

佐久間さんに渡したはずのザッハトルテを持ってブー子がオフィスにやってきたのは、それから三日後の夜のことだった。

俺は誰もいない休憩室で買ってきた牛丼を食べながら、叔母の原稿を読み直していた。そのため、最初に対応したのは、ブー子と犬猿の仲のはずの小百合だった。しかしブー子は小百合どころではないらしく、彼女につれられて俺のところまでくると、ここ数日に起こったことを一気に吐き出した。

バレンタインデー当日、ブー子は四号サイズのザッハトルテが入った紙袋を、慎重に慎重に、まるで少しの振動が命取りになる爆弾でも運んでいるかのように胸に抱えて出社したという。しかし、ロッカー室で保冷剤を袋の中に入れているとき、背後から同じフロアで働く派遣社員に声をかけられ、こう言われたそうだ。

「今年、うちの階のバレンタインデーは中止ですよ」

なんでもブー子が休んでいる間、オフィスの掲示板に、佐久間さん他三名の男性管理者の名義で、今年はバレンタインデーのプレゼントを遠慮したい旨が記された紙が貼り出されていたのだという。

その理由として、先月におこなわれた健康診断の結果が全員思わしくなかったことがあげられていたが、内実は単にお返しが面倒だからということらしい。毎年、少数の男性管理者の下に、多数の女性非正規社員から食べきれないほどのチョコレートが渡されるので、彼らにとってバレンタインは、大げさでなく悩みの種だったのだ。

知らなかったと言って渡しても、きっと佐久間さんは受け取らないだろう、彼は女性を平等に扱う人だから。そう素直に思ったブー子は、しぶしぶ、ザッハトルテを持ち帰った。

ところが、三日後の今日、衝撃的な事実が判明した。なんと、ミコが佐久間さんにこっそりチョコレートを渡していたというのだ。

ブー子はそれを、佐久間さん本人の口から聞いた。場所は喫煙室。ブー子はそのとき、喫煙室のテーブルの下にかがみ込んで、落としたイヤリングを捜していた。そこへ彼が、数人の男性とともにやってきた。彼の「ミコちゃんがさあ」という声が聞こえ、ブー子はとっさに自販機の陰に隠れたという。

「『二週間前からチョコレート用意しちゃってたんだってさ。だから、どうしてももらってほしいって。かわいい子は、やることもかわいいんだよなあ』なんて、今まで聞いたことがないくらい、浮かれきった声で話してた」ブー子は言った。「『しかもゴディバだよ、絶対義理チョコじゃないよね』ってうれしそうにさ」

若い女子からバレンタインのチョコレートをもらい、鼻の下をのばしきっている中年男性。人のことを言えた義理じゃないが、気持ち悪いなと俺は思った。

「それでね、その場に一緒にいた誰かが『あのブスの派遣女にはもらわなかったの?』って聞いたの。それは間違いなく、わたしのことなわけ。もうわたし、吐きそうになったよ。佐久間さんが相手を咎めるようなことを言ってくれたらいいのにって、強く願った。でも、聞こえてきたのはさ……』そこまで言うと、ブー子は一つ咳払いした。「『もらわないよ、ホッとしたね。まあもらっても即ゴミ箱行きだね』」

そういえば、と俺は思う。ブー子はものまねが得意だった。コールセンター時代も、よく本人のいない場所で小百合のものまねをしてみんなを笑わせていた。きっと、今の発言も本人そっくりに再現したのだろう。

なんて悲しいものまねなんだ。

「もうね、ショックで。頭の中は真っ白」

ブー子はめそめそ泣き出した。その姿はあまりに苦しげで、つらそうで、気の毒だった。俺は彼女を正視できず、自分のつめの甘皮を意味もなくむき続けた。

しばらくの間、ブー子は静かに泣き続けた。少しして落ち着くと、自分のバッグからポケットティッシュを出して数枚抜き、バビーッと盛大な音をたてて洟をかんだ。それから「この話にはまだ続きがある」と言った。

「喫煙室に一緒にもう一人、たぶん、営業部の正社員の人だと思うけど、その人が言ったの。『でもミコちゃん、営業の小田さんと付き合ってるよ』って。確かにほんの一時期、ミコはその小田さんって人と付き合ってたのね。社内のほとんどの人がしらないことで、佐久間さんも初耳だったと思う。小田さんってさ、イケメンだし高学歴だしお父さんはどこかの大企業の偉い人だしで、とにかくモテるわけ。だから付き合ってるときは浮気されまくりでさ。

ミコがイケメン嫌いになった原因の人でもあるんだけど」

俺は思わず腕を組んで、「う―ん」とうなった。つまりミコのイケメン嫌いは建前で、本音のところでは大のイケメン好きということだ。しかも学歴と家柄も重視するスペック厨ときた。全く、どいつもこいつも、というやつだ。

「意外だったのは、佐久間さんの反応で」とブー子は話を続ける。「小田さんのことを聞いても、さして驚かなかった。『もう別れてるんだろ?』って、どうでもよさそうな感じ。それどころか、『別に俺はあの子と付き合いたいわけじゃなくて、一回だけやりたいだけだから』なんて言うわけ。わたし、びっくりして『え!』って声だしそうになっちゃったよ。今の言葉、本当に佐久間さんが言ったのかなって、にわかには信じられなかった。でもそのあとも、男たちでミコのケツがどうとか、あれは社内でやりたい女ナンバーワンだとか延々話してさ。わたしは動くこともできないから、自販機と壁に挟まったままじっとそれを聞いてるしかなくて。なんかもうバカバカしくなって、今日一日、佐久間さんの頼み事、全部シカトしてやったわ」

ブー子はまた大きな音をたてて洟をかんだ。そのとき、視界の端で何かが動いた。ずっと部屋の隅っこに立っておとなしくしていた小百合が、じりじりと横歩きしているのだ。テーブルの端に置かれたブー子のザッハトルテに、少しずつ近づいているようだった。食いたいのだろうか。このババア、お前は家帰れ、と俺は思った。

「わたしって本当、彼の何を見ていたんだろう」

それに全く気付かない様子のブー子は、虚空をぼんやりと見つめてそうつぶやく。メイクがとけて黒くにじんだ目元から、涙がまた、ひとつぶこぼれた。

「彼なら、彼みたいな人だったらわたしでもって、本気で思ってた。でも、そんなわけない。男なんて、みんな同じだよ。若くて、痩せてて、かわいい子が好きなんだよね。わたしみたいな……わたしみたいな……」

次の瞬間、ついに小百合がザッハトルテの袋に手を伸ばした。勝手に中身を取り出している。

「……土肥ちゃんが何を考えてるか、わたしわかってる」

ブー子にそう言われ、「へ?」と俺はすっとんきょうな声を出してしまった。

「ダイエットする前に、そのブスな顔をなおせって思ってるんでしょ? わかってる。他人がわたしをどう見てるか、わたし、ちゃんとわかってるから」

「いや……」

「スタイルが悪いから男に相手にされないってことにしておけば、自分のブスな顔のことを考えなくて済むの」ブー子は、妙にきっぱりとした口調で言った。「でも、本当はわかってる。痩せたって、体が引き締まったって、この顔のせいで誰からも愛してはもらえない。せいぜい、性欲のはけ口として利用されるだけ。この世界でわたしのことをかわいいって思ってくれる人は一人もいない。今までも、これからも」

視界の端で、小百合がせわしなく動いている。休憩室のキッチンの戸棚から包丁を持ってくると、ザッハトルテをカットしはじめた。それが終わると、再びキッチンのほうへ移動し、今度は冷蔵庫のドアを開けたり閉めたりしだした。一体、何をやっているのか。

一方、ブー子は鼻をティッシュで押さえながら、子供の頃からその恵まれない外見のせいでいかに苦労してきたか、訥々と語っていた。保育園の年長さんのとき、お遊戯会で白雪姫役を希望したのに、鏡の役を押し付けられたこと。小学二年のとき、同級生の男子に無理やり鼻の穴に石をつめられて取り出せなくなり、病院送りになったこと。中学一年のとき、何者かにマジックペンで通学用のバッグに「ブスゴリラ」とでかでかと落書きされたが、新しいものを買ってももらえず、三年間ずっとそのブスゴリラバッグで通学し続けたこと。高校二年のとき、クラス一のイケメンから告白されて即OKしたが、翌週、クラス全員の前でドッキリだったと種明かしされ笑い者になったこと。

「わたしは、どうしたら幸せになれるの？　どうしたら、好きな人に好きになってもらえるの？　やっぱり整形手術するしかないの？　どうして？　どうしてわたしだけ？　ねえ、土肥ちゃん。どうしたらいい？」

「いや……」

「なにか言ってよ。なんでもいいから」ブー子はぐいっと前のめりになって言った。「なにかアドバイスして」

「えーっと、とととととりあえず、話し方とか、ちょっと変えてみたらどうですかね？」

「話し方？」

「下ネタを大きな声で言うのをやめるとか……口数を少なくするとか……」

「ほかには？　何かもっと有益なアドバイスしてよ」

「えっと、その、性格を……えっと……」

「性格を？」

「だから、せめて性格を……その……男に合わせる感じにするだけで、大分違うんじゃないかなー？　やっぱりもっとこう……大人しめで、控えめで、優しくて、ニコニコして……その、例えばミコさんみたいな……」

「でーっきた！」

そのとき、小百合が俺たちの間に、巨大な何モノかをドン！　と置いた。

それは、金魚鉢に盛りつけられた巨大パフェだった。

「……これ、金魚……」

「あー、大丈夫大丈夫。社長が熱帯魚飼いたいっていうからちょっと前に買ってきたんだけど、『こういうんじゃない』って怒られて、でも返品が面倒だから置いといたの。まだ魚は一匹も入れてないから」

全体の重さは想像がつかない。直径は最大部分で三十センチ、高さは四十センチはあるだろうか。最底部は生クリームやらチョコクリームやらにまみれて、何が入っているのか判然としない。コーンフレークか？　中間部分にはイチゴやパインなどのカットフルーツが彩りよく並び、さらにその上に生クリームとチョコレートソースが重なっている。上部は十種類以上のサーティワンアイスクリームが山形に盛り付けられ、隙間にフルーツやカットしたザッハトルテ、オレオクッキー、ブルボンのルマンドやバームロールなどの様々な菓子類が絶妙なバランスで配置されていた。サーティワンのアイスクリームや菓子はうちに出入りしている業者が差し入れしてくれたものだ。うちの職員は小百合を除いて、そういったものは絶対に食べないので、常に余っているのだ。

これは、ケーキ屋のゴミ箱を再現したものだろうか？　という気持ち半分、この怪物はこの数分でこんなとんでもないものを作り上げて天才なのか？　という気持ち半分で、俺はその巨大なブツをただじっと見つめていた。それにしてもこれ、一体、何億カロリーあるんだ。

「よし、食べよう」小百合はスプーンをキッチンから持ってきて、俺とブー子に向けて差し出した。

俺はスプーンを受け取ると、おそるおそるそのスイーツマウンテンに差し込んだ。ザッハトルテとバニラアイスクリームとチョコレートソースを一緒にすくいとって、ぱくっと口に入れてみる。「……甘めえ。脳天をつく甘さ。最高っすね」

「あんたは？　食べないの？」

小百合がブー子を冷たい目で見て言った。ブー子は全くの無反応だった。そうだった。前の会社で、ブー子は小百合に何を話しかけられても、鉄仮面の無表情でガン無視していたのだ。何がきっかけで不仲になったのか、俺は知らない。知りたくもない。

「フン、まあいいけど。あんたのために作ったんじゃないし」そう言うと、小百合はスプーンでほぼまるまる一個のアイスクリームをすくいとって、一口で頬張った。「……はあ、旨い。あたし、思うんだけどさ、キャラメルリボン考えた人って世紀の天才だと思わない？あたしの貯金残高全部差し上げたい気分だわ」

「そんな数百円ぽっち渡されても、逆にケンカ売ってるのかって怒られますよ」

「ていうかさ、あのミコって子はなかなか業が深いおなごよ。バレンタインは中止だっていうのに、強引に渡したんでしょ？『あたしのチョコなら受け取ってくれるはず』ってことよね。しかもゴディバとかわかりやすいセレクト。無知な男でも高級品だってわかって喜べる。手作りチョコって、女が期待するほど男は喜んでくれないのよね。重たがられちゃってさ。それを心得ている女よ、ミコは」

「なるほど。ところで今回、あなたは誰かに渡したんですか？」

小百合は何も言わなかった。むっつり顔でチョコレートのアイスクリームを頬張っている。

実は、俺は知っていた。数日前、俺たちが休憩室でザッハトルテを作ったその後、同じキッチンで、小百合がチョコレートケーキを仕込んでいたことを。フルーツや生クリームはそのときの余りなのだろう。

「ひょっとして地下のパスタ屋のアルバイトの子に、手作りケーキなんて渡していませんね？　最近、毎日パスタ食いにいってるみたいですけど」

「……」

ハア、と俺はわざと大きくため息をついた。「手作りは重いってわかってるんですよね？

なのになんで、知り合いでもない男の子に渡しちゃうんですか？　しかも相手は大学生ですよ。わかってますよね？　人のことはなんでも偉そうに言うくせに、なんで自分のこととなると……」

「だって！　わかってたけど、わかってたけど……渡したかったんだもん！」

「受け取ってもらえなかったでしょ」

「……警察」

「は？」

「警察呼ぶって言われた」

「……あのさあ」

「でも、あたしは少なくとも、あんたよりはマシだって思ってるよ」

俺に向けられた言葉ではなかった。数十秒ほどして、自分に対して言われたと気づいたブー子が、「ハア？」と大きな声を出した。

「ちょっと、どういう意味？」

「だって、あたしはあんたみたいに、この世のすべての人からブスだと思われてるわけじゃないもん」

「ハア？」

「さっき、自分で言ってたでしょ。この世界でわたしのことをかわいいって思ってくれる人は一人もいないって。そういうことでしょ」

ブー子はちっと舌打ちをし、何かごにょにょとひとりごとを言った。ほとんどわからなかったが、ただ一言「ドブス」という単語だけははっきり聞き取れた。

「あんた今、ドブスって言った？」と小百合。「自分のことをドブスって言ってるの？　もうやめなさいって、自分を卑下するのは」

ブー子はさっきより大きな舌打ちをし、再びごにょごにょつぶやいた。やっぱり大半が聞き取れなかったが、「性格ゴミ」だけは妙にはっきり発音された気がした。

「いやいや、あんたの顔はまあまあまずいけど、性格は結構マシよ」と小百合。「仕事もできるしさ、面倒見もいいし、悪くないわよ。話がつまんないところにみんな辟易としてるけどね」

フンとブー子は鼻を鳴らし、またごにょごにょ。しかしそのごにょごにょの途中、唐突に大きな声で「ゴミブタ女」と言った。小百合をまっすぐ見つめながら。

「ゴミみたいな見た目のブタ女」と再びブー子は大きな声で、はっきりすぎるぐらいはっきりと言った。「顔は超ブスでしかも太ってて、性格も終わってる。どこにいっても嫌われるブタ女じゃん。なんで生きていられるの」

「あの、さすが言い過ぎ……」と俺は言いかけたが、口をつぐんだ。小百合がどういうわけか、これ以上ないほどの穏やかな笑みを浮かべていたからだ。

「あらら、自分のことをそんな悪く言わなくても」その口調も、嫌味なぐらい穏やかだ。

「あんた、どこにいっても嫌われるの？　なんて悲しい人生なの」

「あんたのことでしょ！」

そう叫ぶように言うと、ブー子は手に持っていたスプーンを小百合に向かって投げつけた。それは小百合の額にぺちーんとヒットした。しかし小百合は表情を一切変えることなく、そのまま床に落ちたスプーンを拾うと、「暴力はいけないわ」と言った。

「なんでわたしよりあんたがマシなのか、説明してよ」ブー子が言った。「あんただけはわたしより下にいるとずっと思ってる。あんたがわたしより上とかありえない」

「だって～」と小百合は肩をすくめる。「あんたはこの世界の全員にブスだと思われてるブスなんでしょ？　自分でさっき言ってたじゃない。あたしは違うもん。あたしのことをかわいいと思ってくれている人がいる！　一人！　確実に一人！」

「えっ、誰⁉」俺とブー子は同時に聞いた。

するとか小百合はかばっと勢いよく立ち上がり、スプーンを持った手を持ち上げた。「それは……あたしだ！」

「は？」俺とブー子はまたしても同時に発した。

「あたしはあたしのことをブスじゃないと思ってる。あたしなりにかわいいと思ってる。それに、生きているうちに一人でもいいから、あたしのことを本気でかわいくて好きだって言ってくれる人が現れるっていう望みを捨てていない！　だから、あんたよりマシ！」

しばしの沈黙の後、ブー子が言った。「……くだらないよ！」

「はい、くだらないです。今の話はくだらなさすぎます。今日イチ、くだらないです」俺もそう言わざるをえなかった。

「うるさいね。とにかくそうなの！　もう！」今になってやっと自分の意味不明な発言が恥ずかしくなってきたのか、小百合は急に赤面した。「とにかく、食べよ。アイスが溶ける」

ブー子は何を考えているのか、どこか宙を見つめている。しばらくして、「うん、食べる」と子供みたいにつぶやいた。「食べる。食べるわ。ちょっと、そのスプーンは床に落ちたやつだから、使うのやめなさいよ。ばっちいよ」

「そうですね」

俺は席を立ち、キッチンから新しいものを持ってきて小百合に渡した。それから全員無言で、かつ無心でそれぞれパフェを食べはじめた。合間に俺は三人分の熱いお茶を淹れた。

十個以上あったアイスクリームがほぼなくなりかけた頃、ブー子がふいに「美人はいいよね、本当」と独り言をつぶやくように言った。

「何が？」と小百合。

「いやね。わたしみたいなブスはさ、ひょうきん者を演じでもしないと存在を認めてもらえないわけよ。そうでしょ？　黙ってニコニコしてたって、空気扱いされるだけ。だから、こうして明るいキャラを装ってきたんだけどさ。わたしだって許されるなら、ミコみたいににこにこ愛嬌だけ振りまいていたいよ。美人はいいよ、本当」

「バカねえ」と小百合は言う。「ミコなんて死に物狂いで見た目を整えて、友達出し抜いて男に高級チョコレート配って、それでも陰で男から『一回やりたいだけの女』なんて言われてるのに。気の毒すぎて泣けちゃうわ」

「本当だ」とブー子はハッとした顔になる。「じゃあもう、一体どうすればいいの?」

「そうねえ。男に選ばれるために努力するのもいいけどさ、整形するにしても、ダイエットするにしても、金や時間を莫大にかけることになるじゃない? それで得られるのは男の『かわいい』『オッパイでかい』『やりたい』って言葉だけ? そんなのバカみたいじゃない? 自分のためにやってるなんて言う人もいるけど、そんなのは言い訳。自分のためを思うなら、今の自分を認めてあげるべきだもの。わたしはね、このダイエット教室で働きはじめて、痛切に思うようになったよ。誰かに愛されるために瘦せるという愚かな行為を、もうやめさせたい。一人でもそんな人を減らしたいってね。そんなダイエット、誰も幸せにはならないよ。何かそのためにできることがあるんじゃないかなって、今いろいろ考えてる」

俺もブー子も黙り込んだ。ブー子の顔をちらっと見ると、驚いているような感極まっているような、なんとも言えない顔をしていた。

きっと俺も、同じような顔をしているんだと思う。この人が、他人の幸せについて考えるなんて、という驚きと、感動。

「あの、俺もその活動のてつだ……」

「あ、一つ忠告しておくわ」そう言って、小百合はスプーンで俺を指した。

「あんたさ、女は外見であれこれ比べられて大変だって思ってるでしょ。あのね、一回しか言わないから、耳クソかっぽじってよく聞きなさい。男も見られてるからね。男もちゃんと外見で比較されて、ダサいやつ、キモいやつ、クサいやつは女たちの間でぼろくそ言われてるから。なんであんたみたいなモテないクサクサ童貞に限って、その自覚がないのか。あ、ないから童貞なのか。どうも、ご愁傷様」

「え、土肥ちゃん、やっぱ童貞なの？　やだー幻滅」

そのあと、犬猿の仲だったはずのブー子と小百合は、金魚鉢パフェをつつきながら、さっきの小百合が話したことについて、具体的なアイデアをやいのやいの出し合いはじめた。ずいぶん楽しそうだ。俺はもう何も考えられず、ただひたすら無言で茶をすすっていた。

四日後、小百合が一万円札を手に、ほくほく顔で俺のオフィスに現れた。

「へっへっへっ。ブー子の勧誘成功。今、社長から一万もらった」

「え！　何の勧誘？　だってダイエット教室はとっくに退会……」

「ブー子が入会したのは、メイク&スタイリング教室だから。あっちは月会費安いからね。だから報酬は一万。あんたはこの新規加入に何もかかわってないから、あんたの取り分はなし」

「そんな……」

あれから、小百合が毎日ブー子と長電話しているのは知っていた。その電話で、メイクが変だ、自分に似合うやり方を知れば、もっと魅力的になってもっと自分を好きになれる、などと言葉巧みに言いくるめたらしい。

「へっへっへ」小百合はまだニヤついている。「この一万で何するかなあ。うちの近所のペヤング買い占めるかなあ」

「あの、ところで、二人ってなんで仲悪くなったんですか?」

俺はふと思いつき、聞いた。

「へ?」

「前の会社のとき、すごく仲悪いって有名でしたよね」

小百合はしばし口をつぐむ。そして言った。「……もともとは仲良かったんだよ。もう親友っていってもいいレベル。よく飲みにいったし、旅行もいったし」

「で?」

「同じ人を好きになって、それでなんか、二人で話し合いすることになって、そのときどっちがブスかで揉めて殴り合いになった」

「……ブスはともかく、バカはなおらないんですね」

「あのときは、自分のほうがブスって互いに思ってたと思う。でも、今は違う。どっちもブスじゃないってあたしは思ってる。ブー子にもそう言い聞かせてるよ。美しさに決まりはない。美人に定義はない。最近、うちらの合言葉があるの。聞いて。『この世にブスは一人もいないんだ!』」

小百合は天にこぶしを突き上げた。金をもらって相当浮かれているようだ。

「で? 今日は金を見せびらかしにきただけですか?」

「違う。そうそう、社長がさ」小百合は誰かの入会書類をポンと俺の机に放った。「この人、減量成功してもうやめた人なんだけど。今度、うちのパンフレットを作り直すことにしたから、取材して記事にしろって」

気力が全くわかないが、とりあえず書類を見てみた。そこに貼られた写真を見て、俺は言葉を失った。

トッポギ・リベンジ

その写真は、スポーツブラとスパッツを着用した姿で撮影されていた。全身と、バストアップの二枚。一瞬、「あ」と思ったが、よくよく見ると「おや？」と思えてきた。

「そっくりでしょ。女優の城崎智恵美《しろさきちえみ》に」小百合が言った。

「やっぱりそっくりさんなんですか？　いや、一瞬、本人かと思ってビビりました」

「一つ下の妹。前は太ってて姉にはあんまり似てなかったらしいんだけど、うちで十キロの減量に成功したら似てきたらしいわ」

「へえ。でもよく見ると、微妙に違いますね」

「そうね。綺麗な顔だけど、姉と比べると華がないわね。ま、パンフレットの記事にするには絶好の素材でしょ。芸能人の身内で素人にしちゃ結構な美人。エリートサラリーマンの夫と二人の子供とともに、世田谷の持ち家で四人暮らしですってよ。とりあえず、あんたは自分でアポとって取材して、今月中に原稿出しなさい」

「ハイハイ。社長命令ですね」

　その日はやることもなく暇だったので、さっそく、その有名女優の妹・山下絹江《やましたきぬえ》に連絡をとってみた。取材の申し込みを、彼女はこれ以上ないほど快く了承してくれた。そして二月の最後の土曜、俺は休みを返上し、二子玉川まで足を延ばした。

駅から歩いて十分ほどのところにある山下絹江邸は、道中になんとなく想像していた通りの家だった。白い壁と木目のデザイナーズ風。インターホンを押した途端、キャンキャンとバカそうな犬の鳴き声が聞こえてきた。

「どうも〜」と現れた彼女は、服を着せられた黒いポメラニアンを胸に抱えていた。毛先を巻いた長く豊かな髪、高価そうなカーディガンと白いパンツというファッション、はりつけたような笑顔（実際会ってみると、あの女優にはそれほど似ていなかった）、そして、バカ丸出しの飼い犬。安いドラマでこういう主婦がよく出てくる。周辺のママ友ネットワークを牛耳っていて、気弱な新参者をいじめたりするのだ。現実にそんな人間が存在するのかどうかは、俺にはわからない。

「狭いところですが、どうぞあがってください〜」

と全然全くこれっぽっちも、鼻くそほども狭いとは思ってなさそうな口調で絹江は言った。俺は彼女に続いて、モデルルームのように整然としたリビングに足を踏み入れた。

そこの巨大ソファに、これまた絵に描いたような〝休日のエリートサラリーマン〟風の夫が座っていた。日に焼けた顔、引き締まった体、清潔感溢れる服装。夫は俺を一瞥して格下と即断したようで、両腕をソファの背もたれに広げた姿勢のまま、「いらっしゃい」と言った。俺が一昔前のギャルだったら「鬼感じわる〜」などと言うところだが、そうではない俺は、ただ突っ立ったまま恐縮していた。どうやら二人の子供は不在のようだ。

用意を整えると、俺はさっそくインタビューをはじめた。さっさと済ませて、できるだけはやくここを去りたかった。

しかし、こちらの最初の質問、「教室に通いだしたきっかけはなんですか?」を絹江は思いっきり無視し、聞いてもいない自身の生い立ちから長々と話しはじめたので、いっぺん地獄に落ちろという悪態が心の奥から漏れ出てくるのを、俺は抑えられない。

彼女の話を要約すると、「すべてが人より恵まれて優越感丸出し人生ですがなにか?」といったところだろうか。外交官の父と専業主婦の母のもと、近所でも評判の美人姉妹の妹として育ち、女子高、女子大を経て、大手商社に一般職で就職、二年後に同期入社の夫と結婚。まもなく長女、二年後に長男を授かり、子育ても落ち着いた四十二歳の今は、習い事やボランティア活動に精を出している……そうだ。

話はもちろん退屈だった。が、合間にたびたび女優の姉のことを引き合いに出してはさりげなくディスるのが、ちょっと面白かった。俺はあんまり芸能人のことは詳しくないが、あの女優は超美人なわりにざっくばらんな性格で、とくに女性に好かれているイメージがある。対照的な性格の姉妹なのかもしれない。

「あの、それでなぜダイエットを……」

話が長男の東大受験に及んだところで、たまらず俺は口を挟んだ。その刹那、彼女の目つきがギュッととがったのを、俺は見逃さなかった。おっかない。

「あら、すみません。脱線しちゃいました。ウフフフ」彼女はすぐに笑顔を取り繕った。

「わたし、子供のときから太りやすくって、ぽちゃっとした体形が唯一のコンプレックスだったんですね。姉は子供のときから、ガリガリの色黒だったんですけど」

唯一のコンプレックスって言いきっちゃったよ。あと姉の色黒、関係ないぞ。

「ちょっと食べすぎるとすぐ太っちゃうから、そのたびに自己流ダイエットで落とすっていうのを繰り返してたんですけど、三十代後半に差し掛かったら、増えたまま戻らず、ついに六十キロを超えちゃって。それで思い切って、先生のところにお世話になろうって決意したんです。先生とはもともと、お花の教室でご一緒してて」

彼女は女性にしては身長が高い。百六十センチ台後半だろう。つまり体重六十キロでも十分やせ型だ。そして今は見た感じ、五十キロ台前半といったところ。いわゆる美容体重というやつだ。

結局、気づくとまた長男の東大受験ネタに話題は戻ってしまい、ダイエットに関するまもな話はほとんど聞けぬまま、来客の約束があるという三時を回ってしまった。

「ところで真知子先生から聞いたんですが、土肥さんって、ダイエット教室の勧誘みたいなこともされてるんですよね？」

どうやって原稿をまとめようかと考えつつ帰り支度をしていると、絹江が聞いた。

「え、ええ、はい」

「実はわたしの友人で、なかなか痩せられなくて悩んでいる人がいて。彼女に入会を勧めてもらえませんか」

「え……いや……」

そのとき、インターホンが鳴った。

「あ、今きた友人がそうなんです。土肥さん、ちょっとだけ待ってて」

しばらくして、妙に地味な男女が絹江につれられてリビングに現れた。男のほうは小太りで武藤敬司のイラストが描かれたTシャツを着ている。無精ひげを生やし、髪もぼさぼさ、清潔感にかける印象。女のほうは小太りを通り過ぎた肥満体形。身長百五十五センチ、体重七十五キロといったところだろうか（最近、見ただけで数値が推測できるようになってきた）。横の男よりは多少洒落っ気のある格好をしているが、控え目でおとなしそうな印象だった。

絹江によれば、この二人は夫婦で、山下邸の真裏の中古住宅に住んでいるという（「中古なのにとっても綺麗なお宅なの～。お買い物上手～」）。夫のほうは大手メーカー勤め（「専門卒なのにあんな大手に入ってすごい優秀～」）、妻の美和子《みわこ》は駅前のデパ地下で総菜を売っている（「一発でちょうどのグラムを盛れるのよ、すご～い、わたしにはできな～い」）。

この他己紹介の合間に、美和子夫は絹江夫とゴルフクラブの相談をするために、リビングから姿を消していた。そうなると絹江のおしゃべりはますます波に乗り、とくに美和子の体形について言いたい放題だった。

「まだ三十五歳なのに、わたしより老けて見られることもあるじゃない？　若いときはいいけど、三十過ぎて太ってると、余計おばさんに見えちゃうよ？」

「肥満は不妊の原因だよ？」

「教室に入って一カ月も頑張れば今とは見違える体形になれるのに、どうしてやらないのか、わたしには全く理解できない」

　痩せている女が太っている女に痩せろ、さもなくば舌をかんで死ね、と迫る場面を、以前にも目にした気がする。「あなたのため」という正当性。言われているほうは、ただじっと黙って、嵐が過ぎるのを耐え忍ぶ。その姿にも既視感がある。美和子も見ていて気の毒になるほどだったが、俺は何も言えなかった。

「この間、ご主人も言ってたよ？　最近あまりに太りすぎて、女として見られなくなったって。台所でご飯作ってる美和子さん見てたら、〝おっかさん〟って言葉が浮かんできて、なんだか萎えたって」

　いや、ちょっとひどすぎないか？　それをわざわざ伝える絹江もだが、そんなことを隣人にべらべら話す夫も。

　とにかく絹江は、そしておそらく武藤リスペクト夫も、美和子のことをバカにして見下しているのは間違いなさそうだ。

「あ、そういえば」と絹江は続ける。「美和子さん、独身のときに芸能活動してたんだって？　この間、ご主人から聞いてびっくりしちゃった。なんで今まで教えてくれなかったの？」

「え……」と美和子は口ごもる。

「タレントさんだったんですか？」俺は聞いた。

「違うんです、タレントなんてそんな」と美和子は恐縮した様子で手をふった。「ちょっと、何度かテレビに出ただけで……そんな、たいしたことないんです」

「たいしたことよ。だってわたしはテレビに出たことなんて一度もないもん。雑誌は何度かあるけど。美和子さん、すごーい、よかったねー」

「……お手洗いお借りしてもいいですか」殺伐とした空気に耐えきれず、俺は言った。

「どうぞ」と絹江は全く目を合わさず答える。「あ、一階は修理中なので、二階にあがってください」

逃げるように二階へ向かった。なるべくゆっくり用をすませ、さらにゆっくり時間をかけて手を洗っていると、廊下の先から男たちの話し声が聞こえてきた。

「いやあ、いけますかねえ」と言っているのは美和子夫だ。その声音でピンとくるものがあった。二人は、ゴルフクラブの相談をしているわけではないのではないか。例えば……女の話とか。俺は思わず忍び足になりながら、声が聞こえる部屋のほうへ向かった。ドアが少しだけ開いていた。

「いけるね、あともうひとプッシュだよ」こちらは絹江夫の声だ。「そのＬＩＮＥの返信のはやさは脈ありだよ」

「いやあ、でもリナちゃんかわいいからなあ。あんなに痩せてるのに、おっぱい大きいし」

「いいよね。あの子のおっぱい」

「いいっすよ～」

「温泉誘ってOKもらえたんでしょ。普通はやんわり断られるものだよ」

「そうですよね。次、店にいったとき、最後のひとプッシュしてきます」

「あ、そうだ。温泉ならさ、俺とマイカの四人でいかない？　ほかにも女の子がいるっていったら、その子も少しは安心するだろうからさ。俺が宿は押さえるよ。熱海あたりでさ」

「あ、熱海で四人ならゴルフもできますね」

キャバ嬢に枕営業を持ちかける相談。女の話の中でも最底辺の部類だ。盗み聞きをしようなどと思ったのが間違いだった。二人はゲフゲフとゲスな笑い声をあげている。ふと、会社員だったときのことを俺は思い出す。女性社員がいない場で繰り広げられる、男同士のこういうノリが苦手だった。腹の中だけでなら、どんなにゲスで変態的なことを考えたって、そいつの勝手だと思う。しかし、あの子のおっぱいがどうの、ケツがどうのとあえて口に出したがる男が一定数いて、そいつらは大抵、まわりを巻き込みたがる。なぜなのだろう。俺は一緒になってゲフゲフ笑いはしなかったが、へらへら笑いで否定も肯定もしなかった。

ああイヤだな、と思う。結婚して子供を持っても、この男同士のゲフゲフは続いていくのか。それってよぼよぼのじいさんになってもやり続けるのだろうか。三丁目のばあさんの尻がどうのこうのって？

うんざりした気分になりながら、その場を離れ、階段をとぼとぼと降りた。

……しかし、俺はじいさんになっても、へらへら笑いでやりすごすんだろうか。

結局、パンフレットの原稿は、絹江の話したことをそのまま書いた。要するに、うちの教室やダイエットについてはほんの申し訳程度にとどめ、絹江が上機嫌で語った、その恵まれた生い立ちと、夫、子供の自慢話に多くを割いたのだ。ダメもとで叔母に提出したのだが、なぜかいつになく褒められた。小百合にまで「ムカつくファッション誌みたいな文章書きやがって腹立つ」などと褒めているのか褒めていないのかよくわからないが、多分褒めているようなことを言われた。結果オーライだ。

四月になってパンフレットが完成したので、さっそく絹江宅へ郵送した。するとすぐ彼女から電話があり、写真にクレームをつけられた。俺が自分のスマホで撮り、その場でチェックさせたものを使用したのだが、気に入らないのだという。結局、ホームページ用の記事だけでも差し替えるために、再撮影するはめになってしまった。絹江は美和子だけでなく、身のまわりの女友達を次々うちの教室に誘いこんでいて、要はお得意様なのだった。丁重に接するよう、叔母にきつく言われていた。

再撮影は翌週の昼間、絹江の希望で、うちのトレーニング室で行うことになった。絹江からはプロカメラマンをリクエストされ、叔母からも予算を出すと言われたのだが、手配するのが面倒くさかったので、小百合を起用することにした。

当日、約束の午後二時ちょうどぴったりに、絹江は美和子をマネージャーのように従えてあらわれた。小百合は「どうも、わたしがカメラマンです」と、「そうです、わたしが変なおじさんです」と全く同じイントネーションで自己紹介し、二人と握手した。そのとき、なぜか美和子のことを、親の仇のように睨みつけていた。体形が似ているから、ライバルとでも認識したのだろうか。

今日の絹江は白のノースリーブのブラウスに白の細身のパンツというい で立ちだった。引き締まった二の腕が金の延べ棒のようにきらきら輝いていた。本日の最高気温はおそらく二十二度前後、半袖さえ肌寒い。が、おしゃれは我慢というやつなのだろう。

小百合はどこで調達したのか、照明器具をトレーニング室に設置した。そして、準備が整うと、一眼を手持ちで絹江を撮影しはじめた。絹江もやる気満々の顔で、ランニングマシーンを背景にポーズをとった。その様子を見ながら、「うわあ」という感想しか湧いてこなかった。絹江の表情も、そのポージングも、小百合の「いいですよ、きれいですよ、い……いいですよ」という謎の声掛けも、すべて「うわあ」である。

トレーニング中の会員やトレーナーたちも、冷ややかな目で二人を見ていた。俺はもはや耐えきれず、「お茶でもどうですか?」と美和子を休憩室に誘った。美和子が我々への差し入れにおいしそうな塩大福を買ってきてくれたので、熱い緑茶と一緒に二人で食べることにした。

「本当は、教室を見学しなさいって、絹江さんに言われてるんですけど」

そう言った後、美和子は決して小さくはない大福を、一口でぺろんと頬張った。まんが日本昔ばなしみたいな食い方だと俺は思った。

そのとき、ふと脳裏に記憶がよみがえった。「もしかして……」と口をついて出る。「美和

子さんって、前に大食いの番組に出てませんでした？　出てましたよね？　名前は、えっと
えっと……アナコンダ！　アナコンダ松浦《まつうら》！」

「ちがいます！」と即答した美和子の顔が、真っ赤だった。

「そうですよね？　いや、そうだ。間違いない。いや、びっくりです。俺、大食い番組を昔からよく見てて、アナコンダさんのファンだったんですよ。これからもっと強くなりそうってところで、急に番組出なくなっちゃいましたよね？　残念だったなあ。いやあ、それにしてもびっくりだ」

あれは、今から十年ほど前のことだろうか。彼女をはじめて大食い番組で目にしたときの、強烈なインパクトは忘れがたい。この人は絶対にいつかチャンピオンになると、テレビ画面にかじりつくようにしながら俺は確信したのだ。

今と同じように、大人しく控え目で、ふっくらとした丸い顔の地味な女性だった。人の拳ぐらいの大きさのものなら、一口で丸飲みする戦法から、「アナコンダ松浦」と命名された彼女は、俺の記憶が正しければ、二年ほど活動した後、ぷっつりと姿を消した。

「アナコンダさんの初登場戦、はっきり記憶してますからね！　メンチカツ対決でしょ！　くう〜！　半端なかったっす。硬球みたいに大きくてまん丸のメンチカツを一口で、しかも無表情で淡々と飲み込んでいくんですもん。大げさでなく惚れこみましたよ！　大食いって、小刻みにせわしなく食べるやつとか、ボロボロこぼしてむちゃくちゃな食い方するやついるじゃないですか？　俺、ああいうのイヤなんすよ。黙々と、無表情で食い続けるファイター

に、超人的なもの、そう、神々しさすら感じます。なんでやめちゃったんですか？　ご結婚されたから？」

興奮して、つい、しゃべりすぎてしまった。しかし美和子は聞いているのかいないのか、残りの大福を横目で凝視している。俺が彼女の前にすっと移動させると、一瞬ためらった後、一個だけ手に取って、丸飲みした。

「すげえ。もっと食ってください」

「これ以上は……やめときます。絹江さんに怒られちゃうから」

「ああ、そっか」俺は絹江のおっかない笑顔を思い浮かべた。「もう大食いはやらないんですか？　今でもやっぱり、食う量は多いんですか？」

美和子は観念したようにため息をつくと、言った。「もう何年もやってないです。もともと普段の食事量は普通なんですよ。いや、普通ということはないかな？　普通の人よりちょっと……いや結構多い……かな？　最近は食べすぎないよう、気をつけてるけど、なかなか」

「あの、つかぬことを伺いますが、ダイエットしたいと、本気で思ってます？」

美和子はハッと傷ついたような顔になった。

「あ、違うんです。責めてるわけじゃなくて」と俺はあわてて言った。「その、絹江さんはああ言ってたけど、ダイエットなんて、したいと思ってるならやりゃいいだけで、人から強制されるもんではないんじゃないかなと思って」

「……自分でも、このままではダメだとは、思ってます」美和子は申し訳なさそうにうつむいている。「さっきも絹江さんに、『これまでの人生で、太ってていいことあった？』って言われて。本当だ、一つもないなあって思ったんです」

そんなこと、と言おうとして口をつぐんだ。それに続くフォローの言葉が思いつかなかった。女性が太っていていいこと——何か一つでもあるのだろうか、俺にはわからない。

「大食いだって、この体形のせいでやめることになったし」

「え！　そうなんですか？」

「大食い番組に出ている人って、意外とスリムな人、多いじゃないですか。とくに女性は、小柄でかわいいけどたくさん食べるっていう人が人気ですよね。病的なほど痩せてる人も中にはいるけど。当時、自分は誰より強いって自負はあったんです。でもあるとき、プロデューサーに言われて。『君が勝っても絵にならない、いい加減負けるか、吐くなりなんなりしてせめて痩せてくれ』って」

そのとき、脳裏にまた記憶がよみがえった。「あ、思い出しました。確か三連覇がかかった大会の準決勝で……そうだ、麻婆豆腐対決だ！　辛いものが苦手だからって、急に極端にペースが落ちて、そのまま敗退したことがありましたよね？」

美和子は目を丸くした。「よく覚えてますね」

「もちろんですよ。いつも録画して何回も見てましたから。あのとき、ちょっと不自然だな、もしかしたら体調が悪いのかもなって思ったんですよ。あの試合、わざと負けたんですか？」

「違います」と美和子はそれまでとは違う、強い口調で言った。「わざと負けるようなことは、絶対しません。ただ、本当に辛くて。対戦相手は、激辛大会にも出てる人だったから」

「あの麻婆豆腐対決が、最後でしたっけ」

「いえ、その次の会も出ました。なぜかシードをもらえなくて、予選から。でも、新人の若い女の子に僅差で負けました。カレーパン対決だったんですけど、わたしにだけ、激辛カレーを用意されてたみたいで……」

「なんとまあ」と俺は思わず腕を組んだ。「テレビの世界は、やっぱ黒いっすねえ」

「いいんです。目立つのはもともと好きじゃなかったし。それに、結婚も決まってたんで」

そこまで言って、美和子はハアとため息をついた。「……わたし、また言い訳してる」

「言い訳？」

「いつも、絹江さんに怒られるんです。なんでも言い訳するのが癖になってるって。ダイエットも、まずやってみようともせず、仕事や家事が忙しいって、できない言い訳が先に出る。大食いも、結局は逃げたんです。いつか負けて、まわりの人に見捨てられるのが怖くって。どんな意地悪をされたって、勝とうと思えば勝てたのに。結局、自分から勝負を捨てたんです」

しょんぼりと語る彼女を、俺はとても責められない。勝負は怖い。当たり前の感情だ。できる限り勝負事は避けながら生きていきたいと願うのが、人情というものだと思う。スポーツ選手とか棋士とか全員変態だと俺は常々思っている。

なんとなく、会話が途絶えてしまった。美和子は相変わらず塩大福に熱視線を送っていたが、勧めていいものかどうかわからなかった。

それからしばらくして、小百合と絹江がやってきた。よほどいい写真が撮れたのか、絹江は何時にもまして上機嫌顔だった。

「ねえ、あんた、今週の日曜日は何してるの」小百合が聞いた。嫌な予感。俺は「えっと、社長の自叙伝の原稿が、まだ終わってなくて」とモゴモゴ答えた。

「ほーん。そんじゃ、あたしが社長に締め切り延ばすよう掛け合うから、日曜日、丸一日あけときなさい」

「……なんすか？」

「うちの庭でバーベキューしましょうってお誘いしたんです」絹江が言った。「毎年、春にご近所さんを呼んで、料理をふるまってるんです。小百合さんってとっても面白い方だから、ついお誘いしちゃいました」

あきれた。このプレデターの人心掌握術は一体どこで身につけられたのか。叔母といい、絹江といい、とくにクソババア系にその能力をいかんなく発揮している。

当のプレデターは、なぜかまたしても美和子を鬼の形相で睨みつけていた。

美和子はそれにも気づくことなく、塩大福を凝視していた。

なんとか理由をつけてドタキャンしようと思っていたが、結局、俺は日曜日に二子玉の山下邸へ再び出向いた。別にドタキャンする勇気がなかったというのでなく、もう少し美和子と、大食い時代のことを話してみたかった。

時間より少し遅れてしまったが、小百合の姿はまだなかった。広い庭にデッキチェアが並べられ、絹江夫と美和子夫、それにもう一人、二十代後半ぐらいの男がビールを飲んでくつろいでいた。室内では絹江と美和子ともう一人、細身の綺麗な女性が、キッチンとダイニングでバタバタと料理の支度している。山下家の二人の子供たちは、今日も外出しているようだった。

細身の女性が、ダイニングテーブルでもやしのひげ取りをはじめた。手持無沙汰だった俺は、それを手伝うことにした。

その女性、エリカさんは、庭にいる若い男と交際中らしい。どちらも美形で似合いのカップルだったが、二人の年齢差を聞いて驚いた。なんと十九歳。

「わたしとエリカ、高校の同級生なの」とキッチンカウンターから顔をのぞかせて、絹江が言った。「見えないでしょ。エリカはいつまでも若くてキレイ。ずーっとスリムだし、二十八歳ぐらいで時が止まってるわ」

「太らないのは家系なの。絹江は頑張ってダイエットして偉いよ。全然リバウンドしないじゃん」

「してるってー。最近、ちょっとずつ増えてきてるからヤバイ。このまま太り続けたら、そう遠くないうちに九号が入らなくなっちゃう」

「あ、わかる。わたしもこの間、お葬式があったんだけど、七号の喪服のファスナーあがらなくて焦っちゃった」

「エリカはいいよね、体が全体的に薄くて。子供も産んでないし。わたしはどうしても胸でつっかえちゃうから、どれだけ落としても、九号より下は厳しいんだよね」

一体、どんな顔をしてこの会話を聞けばいいのか。まるでわからない。そのとき庭の窓越しに、絹江夫が俺を手招きしているのが視界に入った。これ幸いと、外に出た。

「いやあ、なんだか居心地悪そうにしてるから、呼んでみました」絹江夫は以前会ったときとは違い、感じがよかった。「女は女、男は男同士で、こっちで楽しくやりましょう」

エリカの彼氏がクーラーボックスから、ヱビスビールの缶を出してくれた。デッキチェアに腰掛け、彼らと乾杯した。今日は今年一番の夏日で、隣の家ではプールを出して子供たちをあそばせているようだ。きゃっきゃと楽し気な歓声が、さわやかな風に乗って聞こえてくる。脳内に「フィ〜リング〜♪」とISSAの澄んだ歌声が通り抜けていく。

しかし、そんなフィーリングッドな気分も、しばらくするとあっけなくかき消された。こっちはこっちで、絹江夫の俺様すごいぜ独演会が開催されていたのである。

「今やってるプロジェクトがさ〜」「先月の出張先のイタリアで〜」「早慶以下の大学出てるやつなんて〜」。そういった、動物のクソより役立たない（動物のクソは堆肥になるから、こいつの話より一億倍役に立つ）戯言の合間に、「だから君はダメなんだよ」と美和子夫を貶すのだった。「そんなんだから給料があがらない」「いい嫁も捕まえられない」「若い女にもモテない」「俺はこの先の人生、あんな豚みたいな嫁としかセックスできないなんて考えられない」と、言いたい放題。そこまで言われても、美和子夫は笑顔でうんうんと聞いているだけだった。一方エリカの彼氏は、つまらなそうにスマホをいじっていた。ふと画面がチラッと見えた。誰かとＬＩＮＥで会話している。「今、クソみてーなジジイのクソ話聞いてる。今夜、家いっていい？　フェラして」

なぜ見てしまったのだろうか、俺は。

家の中でも外の庭でも、人々が心と心の殴り合いをしている。ここは世田谷のコンクリートジャングルだ。

そのとき、ピンポーンとインターホンが鳴った。続いて、何かよくわからないことを叫ぶ女の声が聞こえた。小百合だ、と気づくと同時に、きてくれてありがとう、と俺は素直に思った。

小百合は大きな段ボール箱を胸に抱えていた。絹江たちが困惑した顔で、玄関に駆けつけた俺のほうを振り返る。

「たのもー！」小百合がやおら叫んだ。「アナコンダ松浦！　勝負を申し込む！」

「一体、なんなんですか」俺は小百合が抱えている段ボール箱の中を覗き込んだ。「あ、これトッポギ？　差し入れですか？　大量すぎませんか？」

「知り合いの韓国料理屋に頼んで仕入れてもらった」

「一体、なんでまた……」

「たのもー!」

「声が大きいですよ!」そこで俺は、ハッと気づいた。「……今、アナコンダ松浦って言いませんでした?」

「言いましたとも」

「なぜその名を……」

「たのもー!」

「いや、だからもうそれはいいです」

「アナコンダ松浦! あたしのことを覚えているだろう。忘れたとは言わせない。出てこい!」

美和子は絹江の背後に隠れていた。助けを求めるように俺のほうをチラチラ見てくるので、仕方なく俺が代わりに言った。「ビタイチ覚えてないみたいですよ。あなたは一体誰ですか?」

「あれは十年前……」と小百合。「大食い番組の予選会、会場は回転寿司屋。あたしはたった一皿の差でアナコンダ松浦に負けて、テレビ出演を逃した。……アナコンダ松浦さえいなければ、あたしは今頃、人気大食いタレントになっていたかもしれない」

「逆恨みじゃないですか」

「違う。あれは八百長なの！　あたしの前には、タコとかイカとか食べにくいネタしか流れてこなかった。アナコンダの前にはマグロとかサーモンとか食べやすいやつばっかりきてたのに。すべて出来レースだったんだよ」

「いや、こんな鮮やかな逆恨みははじめてです」

「とにかく、あたしはリベンジを果たしにきた。三十分一本勝負。このトッポギをたくさん食べたほうが勝ち。正々堂々、うけてたて！」

深いため息がこぼれる。「まず自分が全く正々堂々としていないじゃないですか。相手が辛いもの苦手なのを知っていて、このチョイスですよね？　卑怯。ただ卑怯。今度、『小百合の卑怯を直す会』やりましょう」

「黙れ。お前はあたしのカメラで動画を撮影しなさい。映像は、あたしのユーチューブチャンネルにアップする」

「あなた、ユーチューバーなんですか？」

「そうだよ」と小百合は得意満面の顔になった。「大食い動画をアップしてる。もうすぐ登録者十万人だよ」

そのとき「あ！」と誰かが声をあげた。エリカだった。「わたし、この人の動画、見たことある！　いつもロリータ服とかセーラー服とか変な服着てカップ焼きそばとか大食いしてる人だ。コメント欄が『死ね』とか『デブス』とかばっかりで毎回荒れまくってる人。えーっと、確か名前は……」

「いかにも、あたしが小百合フォーエバーだ」

なんなんだ、そのネーミングセンスは。俺が一週間頭をひねっても絶対にでてこないよ。

「登録者十万人？」絹江が疑わし気に口を挟んだ。「ホントにそんなに見てるの？」

「それはない。もっと少ない。わたしも登録はしてない」とエリカ。

「勝負するのか、しないのか」小百合は靴を脱いで玄関をあがり、美和子ににじりよった。

「あたしは覚えてるよ。昔、大食い番組であんたが言ってたこと。大食いは、自分が一番うまくできて、一番やりたいことだから、人生を賭けたいって。その気持ち、今でも心の奥でくすぶっているんじゃないの？」

しーんとその場が静まり返った。しばらくして、絹江が言った。「やめといたほうがいいんじゃない？」

全員の視線が絹江に集まる。すると、彼女は満足そうに微笑んだ。「だって、撮影するってことは、不特定多数の人に見られるわけでしょ？　しかも大食い？　なんていうか、恥さらしって感じじゃない？」

とっさに俺は小百合を見た。どうでもよさそうにあくびをしていた。

「まあ、それでも、どうしても人前に出たいなら、せめてもう少し痩せてからにしたら？　ネットっていやなことを書かれたりするし、美和子さんが傷つく……」

「あんたの話はどうでもよし！」小百合が大声で絹江を遮った。「勝負するのか、しないのか」

美和子は自信のなさそうな様子で、まわりを見回している。が、誰も助け船を出そうとしないことを悟ると、ボソボソとつぶやいた。「うーん、やめとこう……かな」

「なぜだ」

「もう現役を離れて長いし、確かに絹江さんの言う通り、ネットに顔を出すのは怖いし……あ、それに今はダイエット中だから」

「え？　ダイエットしてるんですか？」反射的に俺は聞いた。「いつはじめたんですか？」

「いや……」

「というか今、あなたがおっしゃったこと、全部いつもの言い訳ですよね？」

俺は自分を棚に上げて、何を偉そうなことを言っているのだ。美和子も困り果てているじゃないか。でも、ここで引き下がるのはイヤだった。

美和子を、いやアナコンダ松浦を、勝負の場に引きずり出したい。

「だから、その……今日もまた、言い訳しちゃっていいのかな？　ってことなんですけど。となると、明日も明後日もまた、言い訳することにならないかな……ええ、はい……なんかすみません」

美和子はしばし口をつぐんでうつむき、それからまたサッと顔を上げた。「じゃあ、一回だけ……あ、やっぱり今日は、えっとえっとやっぱり……」

「よーし、決定！」美和子の逡巡を、小百合が大声でかき飛ばした。「皆さん、準備を手伝ってください」

またシーンと静まり返った。誰も手伝うと言い出さないまま企画倒れになるのかと危ぶまれたその刹那、「よしきた！」と声をあげたのはエリカだった。

「調理はわたしにまかせて。わたし、韓国料理屋でバイトしてたことある！　メンズたちは手分けして、試合会場のセッティング開始！」

男性陣は最初指示を無視してじっとしていたが、なぜか妙にはりきっているエリカに「はやくしなさい」と怒鳴られると、戸惑いつつも動きだした。絹江が台所を明け渡すのを拒否したため、エリカが隣の家から秤やら木べらやら借りてきた。その際、山下家の庭で大食い対決をやると喧伝してきたようで、水浴びをしていた子供たちとその親が観覧にきてしまい、絹江は完全に怒っていたが、この場を去ろうとはしなかった。小百合は撮影のセッティングを済ませると、衣装に着替えると言って、しばし姿を消した。戻ってきたとき、水色のチャイナドレスを着ていた。

やがて、すべての準備が整った。

庭に出したテーブルを前に、小百合と美和子が横並びで座っている。それぞれの前には、紙皿に盛った具ナシのトッポギ、三百グラム。一皿ごとに秤を使ってきちんと計測した。トッポギは調味料付きの鍋一つで作れる簡単なもので、庭に出してあった山下家自慢のキャンプ用巨大グリルで、約六キロ分を数回に分けて調理した。韓国からの輸入品らしく、一口味見したが、結構辛い。ハングルが読めるエリカによれば、パッケージに〝辛口〟を意味する単語が記載されているらしい。具はないが、よく見ると青唐辛子の欠片がちらほら見える。

ほかに、それぞれが希望した飲み物（美和子は牛乳、小百合は冷えたウーロン茶）。また、味変用の調味料として、マヨネーズやチーズなども用意されている。

二人の背後に、エリカが立つ。テーブルの両サイドには、トッポギ配膳係の美和子夫とエリカ彼氏。俺はカメラの前にいた。絹江夫妻はデッキチェアでふんぞり返っている。エリカがスマホのストップウォッチを操作しながら言った。「正々堂々と、よくかんで、できるだけきれいに食べてください。では……」

次の瞬間、俺は思わず「ああ！」と叫んだ。小百合があからさまなフライングをしたからだ。ほかのギャラリーも、もちろんエリカも気づいたようだが、試合は止めなかった。

「えーっと、よーい、はじめ！」

小百合は皿を口につけ、ものすごい形相でトッポギを搔っ込みはじめた。赤い汁を周囲に飛びちらし、不快としか言いようのない音をたてながら餅をすすり上げる様は、まさに人肉をむさぼり食う地球外生命体そのものだ。

冒頭のフライングといい、その下品極まりない食い方といい、ギャラリーたちは明らかに困惑し、動揺していた。しかし、誰かが「ていうか左の人、すごくない？」とつぶやいた瞬間、皆の注目の矛先が変わった。

俺も美和子を見た。そしてその食べっぷりに、胸をズキューンと射貫かれた。

ああ、この人こそ、と思う。この人こそ。俺が心から憧れたフードファイター、アナコンダ松浦だ。

スプーンでトッポギを大量にすくい、口に入れるとほとんど咀嚼することなく飲み込む。そのときにはすでに次のトッポギが持ち上げられている。その一連の動きをプログラミングされたロボットのようだった。辛いものは苦手のはずなのに、眉一つ動かさないのはどういうことだろう。汗もかいていない。一方小百合はというと、大量の汗と落ちた化粧が顔面でもはやヘドロ化しており、しかも一皿食べ終わる前にウーロン茶を三杯も飲み干してしまった。

最初の「おかわり!」を宣言したのは、小百合だった。しかし、すぐにエリカに大量の食い残しを指摘され、器を突き返された。

「おかわりください」

とその約十秒後、アナコンダ松浦がそっとつぶやいて、控え目に手を挙げた。すかさずエリカ彼氏が次の一皿を彼女の前に差し出した。もちろん、アナコンダの勢いはまだ衰えない。まるでそれが最初の一口であるかのように、大量のトッポギをズルッと吸い込んでいく。すでに勝負はついているかに見えた。が、小百合もさる者、これ以上ないほど汚らしく食い散らかしながらも、しぶとく食い下がる。さすが、プレデターとしてこの世に生を受けた女だけある。二皿目はほぼ同時だった。三皿目はやや、アナコンダがはやかった。その頃になると、若干彼女の額にも汗のようなものが浮かび、ちびちびと牛乳を口に含む回数も増えた。そのとき、小百合がウーロン茶の氷を皿の中にぶち込み、さらにマヨネーズを大量に注ぎ込むという、ギャラリー全員ドン引きの戦法を駆使しはじめて突如スピードアップ、四皿目のおかわりの時点で小百合が一分ほどリード、五皿目でさらに三分、六皿目で五分近くまで広がった。

が、小百合の天下もそこまでだった。六皿目の途中で、ピタッと手が止まってしまったのだ。

「マヨネーズがくどい」小百合はそう、涙目になってつぶやいた。当たり前だ、かけすぎだと思った。

まあ、マヨネーズがなくても、胃の容量的にもキツくなっているのではないだろうか。なんとか六皿目は完食したものの、七皿目はトッポギ一本を半分だけかじると、「やっぱ辛い」とつぶやき、そのまま死んだようにぴくりとも動かなくなった。

この後は当然、アナコンダ松浦の独壇場だった。

さすがにペースは少し落ちた。が、決して止まらず、リズムも乱れない。八皿目まで視線もほとんど動かさなかったが、横目で小百合が脱落したことを確認すると、はじめてスプーンをテーブルにおいた。

「首が……熱い」

エリカが慌てて濡れタオルを用意し、彼女の首筋にのせた。再びアナコンダはトッポギを飲みはじめた。九皿、十皿、十一皿……やがて……。

ピピピピ、とストップウォッチの音が鳴り響いた。

「終了でーす！」

エリカの宣言と同時に、ワーッと拍手がわいた。最終的には十二皿を完食した。小百合はぐったりとうなだれている。ギャラリーが勝者の周囲に集まり、口々にねぎらいはじめた。俺も思わず駆け寄って、無意識のうちに彼女に握手を求めていた。

「すごくかっこよかったです！　これからも少しずつでいいので、大食いやってくださいよ」

美和子は困惑した顔で俺を見る。「こんなことが、本当にかっこいいですか？」

「もちろん。人ができないことを、あなたはいとも簡単にやってのける。食べ物を残さず、きれいにたくさん食べられる人間が一番偉い！　これは世界の真理です」

美和子の暗い顔に、花が咲いたように笑みが広がった。そして、「あー、辛かった」とつぶやく。「でも、おいしかったな」と、そう言って、フフフッと小さく、満足気に笑った。

俺は不満だ。不満極まりない。なぜなら、またしても小百合だけが叔母からの報酬を受け取ったと、今、知らされたからである。

小百合は指をベロンと舐めると、全校生徒から嫌われている教頭先生みたいな顔で、また札を数えはじめた。

「何回数えても八枚より増えないですよ」

「へっへっへ」

「全く、最初に彼女にコンタクトとったのは俺なのに」

「でも、説得したのはあたしだから」

そうなのだ。小百合はあの大食い大会のあと、LINEはブロック、電話も着信拒否されていたにもかかわらず、山下邸にしつこく赴いて絹江を説得し、うちで最近はじめた「スタイルアップ強化コース」に入会させたのだ。こちらは専属トレーナーが二人もつくので、費用がかなり高額だ。そんなわけで、報酬額もアップされたらしい。

「それにしても、もう十分痩せてるあの人を、どうやって説得したんですか？」

「心がデブなのよ、あの女は。客観的に見てどれだけ痩せているか、なんてことは意味ないの。そこのあたりをちょいちょいとつつけば、簡単よ。あと姉に対するコンプレックスがえぐいわね。あれはいつか血を見るわよ」

「ハア」

「あの女の闇は深いわ。ちょっと気の毒だけど、しょうがないわね」

言葉巧みに気持ちを操り、高額なダイエット教室に入会させるなどといった詐欺まがいのことをしておいて、なんという言い草だろうか。この女の血は何色か。ドドメ色か。

「あ、そういえば、アナコンダ松浦の動画見た？」小百合が言った。

「一本目、アップされたんですか？　はやいですね」

「そう聞いたけど」小百合は不満げに口をとがらせる。「旦那が撮影とか編集手伝ってくれるんだってさ」

俺はスマホでアナコンダ松浦のユーチューブチャンネルを確認してみた。すでに動画が二本、アップされていた。初回は三人前のチャーシュー麺を食べている動画で、彼女のことを覚えている人は多いのか、はやくも五万回以上も再生されていた。

その動画は八分ほどの短いものだった。本当にアナコンダが黙々と食べているだけで、チャンネルの説明も簡素な上、三人前と量も控え目だが、逆にその無理のなさが視聴者に好感を持たれているようだった。編集もシンプルだが、素人くささもなく見やすかった。美和子夫はああ見えて勤務先ではデザイン関係の業務についているそうなので、このぐらいは朝飯前なのかもしれない。

俺は二本目のオムライス四人前動画も見てみることにした。楽しく鑑賞していると、小百合が「なんかさ、うるさいよね。この旦那」とスマホをのぞき込んできて言った。

確かに、アナコンダが食べている間、撮影係の夫は「がんばれ！」とか「お茶飲んで」などとけなげに声をかけ続けている。小百合はうるさいと言ったが、「ほほえましい」「こんな旦那さんほしい」「夫婦の日常動画を出してほしい」というコメントが散見されるので、視聴者にはやはり好評のようだ。

俺はしみじみ考える。これまで若干ぎくしゃくしていたはずの美和子夫妻が、あの大食い大会以来、どういうわけかうまくいきだし、こんなふうに二人でユーチューブチャンネルを運営しだしたのだから、男女のことはよくわからない。山下夫妻と付き合う前は、妻の外見について小言を言うような夫ではなかったようなので、絹江夫の悪影響が大きかったのだろう。

「ふん」と小百合は鼻を鳴らす。「こんな、チビ、ハゲ、デブの三重苦の旦那と一緒にいて楽しいのかしら？」

「あなたは妬み嫉み僻みの三重苦ですね」

「じゃあ、あんたはこの二人がうらやましい？」

俺は何も言わなかった。正直、うらやましいといえば、うらやましい。が、美和子みたいな女と結婚したいかというと……なんか違う、という感覚が胸をよぎる。もっと痩せていて、かわいくて。例えば、向日葵みたいな。本当はみんな、向日葵みたいな女がいいと思っているんじゃないか？　美和子夫だって、心の中では……。

本当にそうだろうか。そんな考えに縛られ続ける俺が、間違っているのだろうか。

「あ、そうそう。それで、次はこの人に連絡してみなよ」小百合がまた誰かの入会書類を押し付けてきた。「社長の友達で、しょっちゅうダイエットしてはリバウンドしてるんだってさ。そろそろまた戻ってくるころだからって」

ふーん、と思いながら、チラッと写真に目をやった。そして度肝を抜かれた。

とんでもない。とんでもない女だった。

誰のためのあんこ断ち

「なんというか……これまでとはレベルが違いますね」あまりのインパクトに、書類に添付されている写真から、なかなか目が離せなかった。「身長百五十九センチ、体重九十九キロかあ。俺、この人とケンカして勝てるかな」

「秒殺だろうね。顔面にケツ乗っけられて窒息死」

なんと恐ろしい死に方だろうか。

「この人、社長の友達らしいの。一回、うちの教室に入会させようとして書類も作ったんだけど、直前で逃げられたんだって。でも最近、好きな男ができたとかで、ちょっと体形気にしてるようだから、揺さぶりをかけてみろだって」

年齢は五十三歳。ザ・おばさんな顔面。上から見ても下から見ても横から見ても斜めから見ても、おばさん。この人に好かれている男とは、どんな人なのだろうか。十五歳年下とか、そんなんじゃありませんようにと俺は心から祈る。

「じゃ、あたしはこれから社長の講演会の付き添いで沖縄だから。めんそ～れ～」

ちょうど頼まれていたホームページの更新作業が終わったところだったので、さっそくその叔母の友人だという巨漢ウーマン、霧島幸子《きりしまさちこ》に電話をかけてみた。仕事中なのか出なかった。その晩にもう一度かけてみたが出ず、仕方がないので、叔母の紹介で連絡しているという旨だけ、留守電に残しておいた。すると翌日の昼、先方から折り返しがあった。しかし、「お宅のバカ高いダイエット教室なんかに入る余裕はありません！」と一方的に切られてしまった。

終〜了〜。どうしようもない。諦めよう。俺はさっさと彼女の資料をしまい、通常業務に戻った。

が、三日後、再び彼女のほうから電話があった。なぜか若干トーンが穏やかになり、なんとなく入会に興味がありそうな口ぶりだったので、「一緒に和菓子でも食べながら、お話ししませんか？」と誘ってみた。叔母から、「あの子は警戒心が強いタイプだけど、あんこが大好きでどら焼き一個で簡単に釣れる」と聞かされていたからだ。すると、どうだろう、幸子は二つ返事で了承した。もしかすると、俺が今回勧誘しようとしているのは、ドラえもんかもしれない。

そして当日、待ち合わせ場所は、先方が指定した三越前の文明堂カフェ。時間ちょうどに現れた彼女は、まさにリアル・ドラえもんといった風体だった。

巨大な顔に巨大な胴と巨大な尻。人はたいてい縦長のかたちをしているが、彼女の場合は球体のほうが近いのではないか。見た目にはあまり頓着しないタイプのようで、白髪のまじった髪は頭頂部がやや薄くなっており、やけに白いファンデーションを塗っただけの顔は色みがない。身に着けているものは黒一色。

正直なところ、ぱっと見、男か女かもよくわからない。

「すみません、待たせちゃいました？　ああ、暑い暑い」

そう言って、幸子はムチムチかつシワシワの手で顔を扇いだ。「まだ四月なのに、真夏の暑さですね。あ、もう何か注文されました？」

「いや、まだ……」

「あ、じゃあせっかくだからお茶だけじゃなく、何か食べません？　この店、スイーツがとってもおいしいんです。なにせあのカステラで有名な文明堂のカフェなので」

嬉しそうに巨体を揺らしながら、メニューを開く。俺はいい意味で面食らっていた。電話での印象や見た目の感じより、明るく気さくで、とてもいい人そうだ。幸子は、ああでもないこうでもないと散々悩んで、どら焼きがパンケーキ風に盛り付けられた「焼立て〝三笠〟パンケーキ特製餡とホイップクリーム抹茶アイス添え」を注文した。俺は彼女に勧められるまま「あたたかいカステラと林檎のコンポート」にした。飲み物は二人とも、ホットコーヒー。

「叔母から聞きました。和菓子がお好きなんですよね？」俺は言った。

「やだ、真知子さんったら、おしゃべりなんだから」ウフフフと恥ずかしそうに笑う。「そうなの。ご覧の通り、わたしは食べることが大大大好きなんだけど、和菓子にはとくに目がなくって。実はここに来る前に、せっかく日本橋にきたからと思って、うさぎやでどら焼き買っちゃいました」

ほら、と、袋を開けて中を見せてくれる。大きなどら焼きが五つも入っている。

「うわ、旨そう」

「よかったら一つどうぞ。ああいいの、遠慮しないで。わたし、おすそ分けするのが趣味みたいなものなんです」

ありがたく、一ついただいた。手に持ってみるとずっしりと重い。きつね色の皮がとても美しく、食欲をそそるルックスだ。

「ここのどら焼き、とってもおいしくて大好きなんです。生地はふんわり、しっとりで、ほのかに卵の風味がして、それが優しい甘さの小豆とぴったりなの。ボリュームはあるけど、決してくどくはないから、一個じゃものたりないかも」

「どら焼き、あんまり食べないけど、以前もらっておいしかったやつがあるんですよね。有名な店のものらしいんだけど。皮の色がこんなふうに均一じゃなくて、まだら模様で……」

「もしかして、東十条の草月の黒松じゃないかな？　あれもおいしいですよね」

それから、俺たちはダイエットそっちのけで、好きな飲食店や料理の話題で盛り上がった。彼女の食についての守備範囲は相当広く、和菓子から高級フレンチ、ラーメンまでなんでもこいだった。俺もつい、気に入っている店や得意料理の話をしてしまい、気づくと二時間以上もお互いくっちゃべってしまった。

「ふふふ、なんだか恵太さんと、女子会してるみたい」幸子はニコニコと子供みたいに笑いながら、追加注文したカステラを頰張っている。「あ、思い出した。本当はダイエット教室の話をしにきたんじゃないんですか？」

ったです」

「ええ。まあでも、興味ないですよね。いいですよ。俺も今日は楽しくお話しできて、よか

「いや、興味がないわけじゃないんですけど、そういうわけじゃないんですけど……。ダイエット、しなきゃダメかなあって、最近思いはじめていて」

「あの、もしかして、失礼ですが、好きな男性ができて、その方のためにダイエットを考えてらっしゃるんですか？」

「え！　やだもう、真知子さんったら、おしゃべりなんだから。……写真見ます？」

「あるんですか？　見ます見ます」

老眼のせいだろう、喉にめり込みそうなほど顎をひきながらスマホを操作して、幸子は俺に画面を見せた。

「……これ、芸能人ですよね」

「そうなの！　加藤《かとう》ジョージ君。ここ二年ぐらい、ずーっと好きなの」

最近、中高生向けの恋愛映画などによく出ている若手俳優だ。年は十九か二十歳ぐらいだろうか。確か、元バレエダンサーという触れ込みだったはずだ。

そういえば、と俺は思い出す。幸子と叔母は何らかの推し活動を通して知り合った仲だと、小百合が言っていたのだ。

「実は、夏にファンミーティングがあって、真知子さんに、一緒にいかないかって誘われてるんです」

「いいじゃないですか！」と俺はやや大げさに言ってみた。「周りの女性はみんな推し活楽しんでて、うらやましいぐらいですよ」

しかし、「うーん」と幸子は冴えない顔で首をかしげる。「最後はハイタッチ会もあるらしいんです。わたし、好きな俳優やアイドルのトークイベントとか試写会なんかにはよくいくんですけど、直接触れ合うようなイベントは、極力避けてるんです」

「なぜですか」

「だって、気の毒じゃない。こんな太った怪物みたいなおばさんと、握手やハイタッチさせられる相手が」

そのシリアスな言葉とは裏腹に、幸子は明るくフフフフと笑った。何の根拠もないが、この人は一生を通して、男性とあまり縁がなかったのではないか。多分、当たっている気がする。

「でも、今回は、せっかくだからいってみようかなって思ってて。もう、どうしたっておばさんにはかわりないんだし。それに向こうだって、おばさんにファンサするのも仕事のうちなわけだしね。やりたいことをやらなきゃ、もったいないでしょ」

「確かに」

「え？」

「あ、いや、おばさんどうこうじゃなくて、どんな人もやりたいことをやるべきだし、おばさんだから、なんて自分を不当にさげる必要はないですよ」

「そ、そうかな」

「そうですよ」と俺はつい強い口調になって言った。

「でも、ダイエットはね……。真知子さんにこの間、『ジョージ君に会うなら、少しでも痩せて綺麗になろうとするのが、女として最低限のたしなみよ』なんて言われちゃったんだけど、うーん」

あのクソババア、金欲しさになんて失礼なことを言うんだ。俺が恥ずかしいじゃないか。

「わたしね、若いときに無茶なダイエットが原因で体をこわしてしまったことがあって。だから、無理をするのは少し怖いの。それに痩せたところで、何かがよくなるとも思えない。何度も同じことを言って申し訳ないけど、もうおばさんだしさ。今さら何がどうなるっていうんだろう」

確かに、とまた言いそうになって口をつぐむ。この人がせいぜい十キロ痩せたとして、何がどう変わるのか、俺にもわからない。

「でも、実は……」

「実は？」

「この間の健康診断の結果が、もうむちゃくちゃ悪くて。わーん」幸子は両手で顔を覆った。

「このままの生活を続けたら、いずれそう遠くないうちに透析ですって。やっぱりダイエット、しなきゃダメかも。うえーん」

おどけて泣き顔を作りながらも、幸子はカステラを頬張る。それから、またへへへと笑った。朗らかで、とても、とってもいい人だな、と俺はまた思った。

なんとなく話し足りなくて、俺たちはその後、幸子の提案で日本橋のお多幸本店へ場所を変えて二次会に突入した。日本酒と一緒に味のしみた関東風のおでんをもりもり食べながら、幸子の波乱万丈人生話を聞いた。

岐阜の田舎町で代々続く薬問屋の一男一女の長女として生まれた彼女は、強権的な父親に、かなり厳しく育てられたそうだ。小さな頃から体は大きく、中学までは柔道の有力選手だったが、ケガで引退した。それ以降は体重ばかりがどんどん増えて、中三で百キロを超えたという。その頃、クラスメイトから「牧場」とあだ名をつけられ、いつも笑われていた。

商業高校を優秀な成績で卒業した後は、地元のガス会社に就職。しかしそこで壮絶ないじめにあい、摂食障害になってしまった。体重が五十キロも落ち、やむなく退職、その後は精神病院への入退院を繰り返していた。体調が回復しかけた数年後、父親の策略で二十五歳も年上の県会議員と結婚させられそうになり、それから逃れるため、勘当上等で上京したのが、二十九歳の秋。

上京して一人になると、不思議と摂食障害の症状はおさまった。仕事はしばらく安定せず、一時はアルバイトを三つ以上掛け持ちしていたこともあったが、三十五歳のとき、都内のスーパーに正規の事務員として採用され、今も同じ仕事を続けている。月給は手取りで二十二万。昇給はほとんどなし。ボーナスは出るときと出ないときがある。結婚は一度もない。父親も、父親の言いなりだった母親も、すでに亡くなった。

「普通の女性が普通に経験する普通の幸せが、何一つ手に入らない人生だったわね。でもまあ、一人も気楽でいいものよ」つゆがたっぷりとしみた大きな豆腐のおでんが茶飯にのっかる、名物「とうめし」をワシワシ食べながら、幸子は言った。「とにかく、この先もずっと一人きりで生きていかなきゃいけないからね。できるだけ、質素に暮らさないと。ダイエットするにしても、真知子さんの教室は、やっぱりわたしには身分不相応かな」

店にいるときは顔色もほとんど変わらなかったので、この人は酒が相当強いんだなと思っていた。しかし食事を終えて外に出てみたら、幸子はほとんど歩けなくなっていた。俺はタクシーを拾い、彼女の自宅まで送ることにした。

幸子は練馬区の地下鉄駅から徒歩二十分ほどのところにある、古い木造アパートの一階で暮らしていた。六畳の1K。小さな部屋は、整理整頓が行き届いていた。が、どことなく黴臭かった。

窓の前に、ミシンが置かれた机があった。裁縫が趣味のようだ。ベッドはなく、部屋の隅に、布団がたたんで置いてある。薄く、しけった布団だった。敷いてやると、幸子は服を着たまま、歯も磨かず寝てしまった。蛍光灯の笠に、ほこりがうっすら積もっていることに、俺は気づく。彼女は、今、目の前にいる女の姿は、二十数年後の俺かもしれない。共通点があまりに多い。強権的な父。さえない学生生活。就職先の人間関係で精神を病み、退職したこと。そして、生涯を通して、異性に縁がないこと。

「鍵、ドアポストから入れておきますね」

そのむなしい問いかけは、虚空にすうっと吸い込まれる。山なりの大きな腹が、上下に動いている。

玄関へ向かい、少し迷って、俺は振り返った。

「あの、もしよかったら、一緒にダイエットしませんか？　ジョギングとか、一緒に……」

そのときだ。突然、幸子がガバッと起き上がった。

「やります！　ありがとうございます！　ダイエット、頑張ります！」

そして再び、バタンと倒れた。まもなく、コホーコホーとダースベイダー調のいびきをかきはじめた。

翌日の昼、幸子から電話があった。きっと何も覚えていないだろうと思っていたのだが、何もかもすべてしっかり覚えていて、「ジョギング、いつからやります？」とノリノリで言った。

誘ったのは俺だ。が、いざやるとなるとちょっと面倒だった。いやちょっとどころじゃない、相当面倒だ。家もまあまあ遠い。が、お人よしの俺は今さら断るなどということもできず、幸子にあれこれ仕切られるまま、これから週に二度ジョギングに付き合い、さらにダイエットメニューの提案をする約束までしてしまった。一応、月々五千円の謝礼を出してくれるらしい。

「あんた、それマジでやるわけ？」

電話を切るなり、正面の椅子に座ってペヤング超大盛にキムチと生卵をぶち込んだものを食べていた小百合が言った。

「しってます？　ペヤングって、ヤングのペアに一つを分け合って食べてほしいっていう願いをこめてつけられた商品名なんですって」

「あんたがさ、あのおばさんに色恋営業しかけて、『俺とちゃんと付き合いたいなら、うちの教室入ってよ』とか言って入会させたほうが、よっぽど儲かるし楽じゃん。週に二度のジョギングで月五千円と、一回の枕営業で五万。コスパが段違い」

「地獄に落ちろ」

「で？　今日からジョギングするの？」

「いや、なんかスーパーの仕事が忙しいらしくて、すぐは無理そうです」

「ふーん、場所は？」

「まだ決めてないです」

小百合は何食わぬ顔をしているが、俺は確信していた。何らかのよくないこと、邪悪なことを企んでいる、と。俺も最近、ようやくこのプレデターの行動が予測できるようになってきた。

いずれにせよ、情報漏洩には気をつけなければなるまい。それ以降、俺は幸子との連絡用に、新しいフリーメールのアカウントを取得し、なるべく家のＰＣをつかってやりとりをするようにした。

幸子の勤め先のスーパーが新店舗を出すことになり、その事務作業で多忙のようで、結局、初回のウォーキング（かかりつけのマッサージ師に、その体形で走ったら膝が崩壊する、と忠告されたそうだ）は五月の連休明けまで延びてしまった。

そして当日。場所は、彼女の自宅からほど近いところにある大きな公園に決まった。夜八時過ぎ、同居人の憲二に借りた原付で、彼女のアパートへ向かった。

頬にあたる春の夜のなまぬるい風がここちよかった。最初は面倒に感じていたが、気づくと幸子に会うのを楽しみにしている自分がいた。あれから電話やメールで何度もやりとりをしたが、なんだか妙に気が合うように感じるのだ。それに思えば自分だって、最近はろくに体を動かしていない。これを機会にそろそろ運動を習慣づけてみるのもいいかもしれない。

そんなことを考えつつ、鼻歌交じりで最後の角を曲がる。そのとき目に飛び込んできたのは、黒地に金色のロゴが入った揃いのジャージを着た小百合と幸子が、路上で手をたたき合いながら爆笑する姿だった。

失望。その二文字が、脳裏にでかでかと浮かんだ。なぜ、小百合がいる。ずっと慎重に行動していたのに、どうしてバレた。アパート前に原付を止めて降りようとしたら、膝に力が入らずそのままへたりこんでしまった。

「ちょっとちょっと、大丈夫～？」

ババア二人が駆け寄ってきた。「な、なぜ……」と小百合を指さすだけで、俺は精一杯だった。すると小百合が早口で、実は二人が数カ月前から叔母を通した知り合いだったということを説明しはじめた。しかも最近は韓国アイドルの推し活動を一緒にやっているらしい。ジャージもそのアイドル関連のグッズだそうだ。そんなことはどうでもいいからとりあえず家に帰ってくれ、と俺は思った。

そのとき、はっと思い出した。実は小百合も先日実施された健康診断で、入院寸前の数値をたたき出していたのだ。俺たちのダイエット計画に、ただ乗りする気なのだ。

「二人から三人に増えて、とっても嬉しいの！」と幸子は手をたたいてはしゃいでいる。無力。俺はあまりに無力。すべてを受け入れるしかないのか。

……どうやらそのようだ。

数分後、俺は、クソババア一号とクソババア二号を左右に引き連れ、だだっ広い夜の公園のジョギングコースをウォーキングしていた。

太った中年女のハアハアという荒い息遣いが、サラウンドで聞こえていた。俺は、俺は、一体何のために生きているのか。まっすぐ前を向いて歩きながら自問自答する。答えは出ない。意地になって、少しスピードを速めてみた。幸子は案外余裕しゃくしゃくでついてくる。学生時代に激しい運動をしていたときの貯金がきいているのか。一方、小百合は「ああ、もう無理、ナンマイダ〜」と叫びながらあっけなく脱落した。その後も幸子はしぶとかった。俺からやや遅れつつも、一定のリズムをキープしたまま、ついてくる。結局、予定通り一時間きっかり、一度も止まることなく歩ききった。

数十分遅れてようやく追いついた小百合を迎えると、公園のベンチに座ってミネラルウォーターで乾杯して、今日のトレーニングを締めた。そのままババアたちはその場で井戸端会議をはじめ、なぜか俺も付き合わされる羽目になった。最初は韓国アイドル界の現状と今後についての不毛な激論をかわしていたが、いつしかそれぞれの学生時代の苦労話に移り変わっていった。

「昔ってさ、体育祭のフォークダンスってのがあったじゃない。あれがイヤでさ」と幸子。「順番に手をつないでいくやつ。男子がわたしのところにくるときだけ、みんなものすごくイヤそうにするの。『きたねえから触るな』なんて怒鳴られたりして。しかも、体育祭の前に、何度も何度も練習するんだよね。そのたびにバイ菌扱いされて、もうみじめでしょうがなかった。結局、本番はどうしても耐えきれなくて、トイレに逃げ込んじゃった」

「わーかーるーわー」小百合が自分の膝をバシバシたたいて言う。「席替えとかもイヤじゃなかった？　あたしと隣がイヤっていう理由で男子が泣いたの、一度や二度じゃないよ」

「わたしは泣かれたことはないけど、意味もわからず怒鳴られたり喧嘩売られたりはあった。目があっただけで、『ブスこっち見んな！』って言われたり」

「わーかーりーすーぎー。すれ違いざま『ブス』とか『デブ』とか言ってくるやつ、いるよね。昔は言われるたびに、死にたくなってた」

俺は思わず顔をあげて小百合を見た。この人にも、そんな時代があったのか。

「今はそんなことでいちいち傷つかないし、放置もしないけどね」小百合は言う。「謝るまで一時間でも二時間でも追いかけまわしてやる」

「わたしが一番ショックだったのは、お弁当の時間にウサギの形に切ったリンゴを食べてただけで、『デブがそんなもん食うな!』って弁当箱ごと投げ捨てられたこと。当時、うちの母の体調がよくなくてね。台所に立つのもしんどかったのに、それでもわたしのためにってがんばって切ってくれたリンゴだったの。だから、悲しくて仕方がなかった。今でも思い出して、涙が出てきちゃう」

どんな顔をしてこの会話を聞けばいいのか。全くわからない。はやく時間よ過ぎ去ってくれと願いながら、俺はミネラルウォーターのキャップをあけたり閉めたりをひたすら繰り返していた。

「あんたのその顔はなんなの」すると、小百合が俺を見て言った。「その、泌尿器科で順番待ちしてる尿道炎のオッサンみたいな顔」

「……泌尿器科にいったことないし、尿道炎にもかかったことがないのでよくわからないんですけど」

「恵太さん、あの、失礼を承知で言いますけど」と幸子が言う。「恵太さんって、本当はブスとかデブとか嫌いですよね」

「ええ!」俺は驚いて思わず声をあげた。幸子にそんな辛辣なことを言われるとは、予想もしていなかった。

「ごめんね、失礼なこと言って。あ、嫌いは言い過ぎかな。でも、見た目が悪かったり太ってたりする女が、調子に乗って明るくふるまってるのを見ると、イラっとする人でしょ?

自信満々でいるんじゃねーよって思うタイプでしょ？」

「そうです。その通りです」小百合が言った。「寸分の狂いもなくそうです」

「勝手に答えないでください」

「どんな外見であろうと、笑ったり喜んだりするのは自由なのに、男の人ってどうして必要以上にブスやデブを嫌って攻撃的になるのかしら。放っておいてくれたらいいのに」

「いや、俺は攻撃なんかしないですよ、少なくとも」

「うん、それはわかってるの」と幸子は、あくまでにこやかに言う。「でも学校で、男子にいじめられてるブスやデブの女子を見ても、当然の仕打ちだと思わなかった？　助けず、ただ傍観してなかった？」

「……そんなひどいこと、そもそもあったかなあ」

「そうか。度を越したブスやデブは記憶すらしたくないって人ね？」

「あ、いや、そういうことじゃなくて」

「誤解しないでね。別に恵太さんを責めてるわけじゃないから。たいていの男の人は恵太さんと同じだし。今更、憎むも何もないの。ただ、なんでかなあって」

俺はもう何も言えなかった。何を言っても、言い訳めいてしまう気がした。

それに。

幸子の指摘を、本当に否定できるのだろうか、俺は。見た目の美しくない女が楽しそうにしている様子を見て、イラついたり、むかついたりしたことが、本当に一度でもないのだろ

「今日はこのへんで帰りましょうか」

「汗かいたから、なんだか冷えてきちゃった」幸子はおどけて、肩をすくめる。

うか。

それから、幸子をアパートまで送り届けると、俺はまたバイクに乗って家路を急いだ（小百合を駅まで送っていく義理はない）。夜風が、さっきより少し冷たく感じるのはなぜだろう。走りながら、また自分に問いかける。見た目は美しくないが、明るく自信に満ちている女に対して、イラッとした気持ちを抱いたことがこれまで一度もなかったか。いや、あった。間違いなくあった。見た目が劣っている女は、その分だけ、おとなしく、静かに、自信がなさそうに、オドオドとまわりの目を気にしながら謙虚な態度でいるべきだ。俺は心のどこかで、ずっとそう思っていたのかもしれない。

それ以降、このウォーキング会は、幸子の仕事がはやく終わる火曜と木曜に行われるようになった。

一時間みっちり歩いて、その後は一時間、みっちり井戸端会議。議題はたいてい、若い頃の苦労話。俺はいつも尿道炎を患っているオッサンみたいなツラをさげて、黙って聞いている。

食事面でも、幸子はしっかり節制していた。朝は一汁一菜、昼は野菜多めでご飯を通常の半分にした手弁当、夜は野菜とタンパク質のみ。好物のあんこは二十キロ減量成功するまで断とうと二人で決めた。

一カ月もすると、目に見えて効果が出てきた。とくに腹回りはだいぶすっきりして、全体的なシルエットも一回り小さくなった。そのせいか、あるいは何か他に嬉しいことでもあったのか、最近の幸子は、雰囲気や言動がさらに明るくなった。

一方、プレデターは全く変化がない。当たり前だ。毎度ウォーキングには律儀に参加するものの、「運動すると腹が減る」などとのたまい、コンビニで買ったシュークリームなど食いながら歩いている不届き者だからである。

そんな六月の半ばの、ある夜のこと。その日もいつものように一時間歩いたあと、これまたいつものようにベンチに並んで井戸端トークしていた。

「さっちゃん、もうすぐジョージ君のファンミじゃない？」ウォーキングの途中で脱走して仕入れてきたらしいみたらし団子をむさぼり食いながら、小百合が言った。「社長が最前列確保したらしいよ。今度さ、服買いにいこ！　あたしが選んであげる」

「う、うん……」と答える幸子は、どこか気乗りしていないようだ。

「さっちゃんてさー、いっつも服が全身真っ黒でお通夜みたいなんだもん。もう十年以上、新しい服買ってないんでしょ？」

「え……うん、そうだね」

「どうかしたんですか？」俺は聞いた。「今日、ちょっと元気ないですね」

「実は……」と幸子。「今、悩んでいることがあって」

そう言いつつ、なぜか嬉しそうにニヤつきだした。こういうときは興味のあるふりをしてやるのが、親切というものだろう。

「あ！　何かいいことがあったんでしょ？　どうしたんですか？」

「なんにもないって。たいしたことじゃないから」とまんざらでもなさそうな顔で、幸子は手を振る。

「いやいや、教えてくださいよ」

「そんなに聞きたいなら……。あの、前に、好きな人ができたって話、したことあったでしょ？」

「ああ、そのジョージ君ですよね？」

「あれ、嘘なの」

「え！」

「あ、ジョージ君が好きなのは本当だけど、でも、実はほかに、ずっと気になってる人がいて。その人のために、痩せたかったの。もちろん、芸能人じゃない人」

「誰ですか？　職場の人ですか？」

「ううん、違うの、ウフフ」幸子のうるんだ瞳が、自販機の光をきらきらと照り返している。

「わたしの、初恋の人」

その男の名は宗次郎。地元の柔道教室の先輩で、幸子の兄の後輩でもあるという。当時、交際していたわけでも、告白されたことがあるわけでもないが、幸子の主張によれば、二人は長年〝両想い〟の関係であったらしい。

宗次郎は柔道の有力選手として、地元ではちょっとした有名人だった。が、大学へは進学せず、調理師を目指して上京。やがて、都内の有名ホテルのシェフ見習いになった。

「彼のことを、ずっと忘れられなかったの。これまで生きてきて、わたしのことを女性として見てくれたのは、彼ただ一人だから。家を出て東京に出てきたのも、本当は彼を探すためだった。でも、当たり前だけど、全く見つけられなくて……」

幸子がちょうど今の職場の正社員になった頃、宗次郎がすでに独立して、都内のどこかで洋食屋をオープンさせたという話を親戚から耳にした。以来、これまで百軒以上の洋食屋を訪ね歩いたという。しかし、彼を知っているという人すら、見つけられなかった。

「もう今となっては、わたしは家族も含め、地元の人間とはほとんど関わりもなくなっちゃって。彼がまだ東京にいるのかどうかすら、確かめる方法もないの。だから、もう半ばあきらめてたんだけど……」

ところが、今年のはじめ。休日、いきつけの手芸店へ出かけたときのこと。買い物を終えたあと、たまにはコーヒーでも飲みながら本を読もうかと、いつもよく前を通る喫茶店にふらっと入ってみた。すると……。

「彼がいたの。洋食屋じゃなくて、喫茶店だった。手芸店にいくたびにあの店の前を通ってたのに、全く気づかなかった」

「それで、どうなったの？　まさか付き合うことになったとか？」小百合が焦り丸出しの顔で聞いた。出し抜かれた、とでも思っているのだろうか、バカめ。

「まさか。向こうははじめ、わたしのことに気づきもしなかった。こんなおばさんになっちゃったんだもん、仕方ないよね。でも、声をかけたらすぐにわかってくれて、うれしかったな」

「それで？　で？　どうなったの？」

「それから、月に一回か二回くらい、店に通うようになったの。あくまで、手芸店のついでって感じよ。店が忙しくなければ、カウンターで思い出話したり……」

「向こうは結婚はしてるの？」

「わからない。怖くて聞けないよ、そんなの」

「ふーん」と小百合は少しほっとしたような顔になる。「まあ、いい年だし、してるだろうね」

「わたしもずっとそう思ってたんだけど、もしかしたら、してないかもしれない」

「え？　え？　なんで？」とまた焦りだす。「何を根拠にそう言い切れるわけ？　なんで？　教えて？」

「実は、この間ね。彼から突然、『来週、店を貸し切りにするから、二人きりで話せない？』って言われたの。これって、これって……そういうことだよね？　キャー」幸子は両手をグーにして頬にくっつけ、体を左右に揺さぶった。「痩せてよかった。頑張ってダイエットしてよかった。ここまで待ってよかった。これって、告白されるってことでいいんだよね？」

「そうとは限らないと思うけど？　宗教の勧誘とかかもしれないよね？」

小百合が俺に向かって言う。俺は無言を貫いた。

「わたし、本当に本当に、こういう、恋愛っていうの？　そういう経験がないから、二人きりなんて言われても、彼の前でどうふるまえばいいのか想像もつかなくて。どうしたらいいと思う？　恵太さん」

「あ、いや……」

「じゃあ、うちらがついていってあげるよ」小百合が言った。

いや、うちらってなんだ。俺もか？

「最初の数分だけ一緒にいてあげる。で、場が温まったところで、『ここからは若い二人に……』っていなくなってあげるから。まあどっちも若くないけど」

「本当？　嬉しい！」

いや、いいのかよ。断れよ。

しかし。

正直、いろんな意味で、その現場をちょっと見てみたいと俺は思った。思ってしまった。

そんなわけで、それから約一週間後、その喫茶店の最寄り駅で俺たちは集合した。

そのつい二日前のウォーキングのとき、新しい服を買い、メイクもきちんとしてくるように小百合にさんざん言われていたのに、幸子はいつもの全身真っ黒お通夜スタイルで現れた。

さすがの俺も、茶色でも灰色でもいいから、せめてもう一色、別の色を組み込んだらいいのにと思った。

喫茶店は駅から五分ほどの、商店街から一本入ったところにあった。ガラスのショーウィンドーにパフェやナポリタンの食品サンプルが展示されているような、昔ながらといった感じの雰囲気の店だ。幸子曰く、あえてこの古めかしい雰囲気を演出した造りになっているらしい。木のドアのノブに、本日休業の札がかかっている。

店の前で幸子はこちらを振り返り、いつになく緊張した面持ちで俺と小百合を見た。

「まず、どんな様子か店内を見てみるね」

そして背を向け、ハッと気合いをいれるように息を吐き出してから、ドアを開け、中に入っていく。

数秒後、真っ青な顔で戻ってきた。

「二人についてきてもらって、正解だった」

「どうしたの？　やっぱり女がいたの？」

「いや……」と幸子が再び店のドアを開けた。俺と小百合は一緒に隙間から中をのぞいた。

屈強な体つきをした六十歳前後の男が二人、こちらを睨みつけるようにしながら、テーブル席に並んで座っていた。その姿は全日本プロレスのジャンボ鶴田と天龍源一郎による鶴龍コンビを思わせた。横で小百合が「スタン・ハンセンとテッド・デビアスかよ」などと言っている。だんだんこのプレデターと思考回路が似てきた気がする。イヤなことだ。

背後で幸子が「あれが兄です」とつぶやいた。俺と小百合は同時に「どっちだよ」と言い返した。

向かって右の、オレンジ色のポロシャツを着て鼻の下に髭をたくわえたのが、幸子の兄、真蔵。左の白いポロシャツ姿で、後ろ髪を志村けん風に結んでいるのが、この店の店主で幸子の初恋の相手、宗次郎。小百合が真蔵の正面に、幸子が宗次郎の正面に座った。俺はその横のカウンター席に腰掛けた。カウンター内にはパートさんだろうか、四十代半ばくらいの地味な女性が一人いて、俺たちにコーヒーを出してくれた。

「元気か、幸子」

そうたずねる真蔵の声は、ガッスガスにかすれていた。以前、幸子に聞いた話だと、彼は剣道四段の元体育教師。長い教師生活で、少なくとも二千回は生徒をぶん殴っている。これは推定でなく、断定である。

「病気はしとらんか、幸子」

幸子は返事をしなかった。ぼんやりと宙を見ている。見かねた宗次郎が優しくなだめるように「真蔵先輩、ずっと心配してたんだよ。二人だけの家族じゃないか」と声をかけても、やっぱり無反応だった。

するとと鶴龍コンビは顔を見合わせた。宗次郎のほうが立ち上がり、パートさんに合図する。パートさんはカウンターの中から、Ｂ４サイズの茶封筒を出した。

それを真蔵が受け取って、中身を取り出す。見合い写真だろうか……と思っていたら、なんとびっくり、本当に見合い写真だった。

しかも、そこに写る人物は想像の斜め上をいった。いききった。

老人。

その単語から、一ミリもはみ出しようもない人物。

幸子は写真をチラッと見て、うんざりしたようにため息をついた。

「二郎さんだよ」真蔵が妙に穏やかな口調で言った。「お前が小さいとき、毎日うちにビールをケースで持ってきてくれとった酒屋の二郎さん。今年でもう七十五だけど、老人会の幹事やったりして、ピンピンしとる。ここんちは長寿の家系だから、あと二十年は生きるぞ」

幸子は何も言わない。死んだような目で兄を数秒見たが、すぐにまたそらして虚空を見つめる。

「二郎さんなあ、五年前、三番目の奥さんに先立たれてなあ。以来、身のまわりの面倒を見てくれる人がおらんくて、必死で再婚相手を探しとる。嫁さんほしい、ほしいって嘆いとって、気の毒で仕方ない」

この兄貴は、妹の人生をなんだと思っているのか。なんとなく小百合のほうをチラッと見ると、なぜか真顔で俺のことを凝視していた。なんだよ。怖いよ。

「……どうせ二郎さんのお金目当てでしょ?」そのとき、幸子がはじめて口を開いた。「先代が持ってた土地に、今タワーマンションが建っているの、わたし、知ってます」

「ねえ、さっちゃん」宗次郎がまた優しく声をかける。「真蔵先輩は、決してお金目当てでこんなことを言っているわけじゃない。ただ、さっちゃんの人生が不憫に思えてしょうがないんだよ」

「不憫って、何が？」

「つまり、その……いまだに独身でさ、一人きりで生きていることが」

重たい沈黙。小百合は相変わらず、俺をじっと見ている。だから、怖いよ。

「この間、話してくれたよね？　こっちでもずっと恋人ができなくて、ずっと一人だったって。それを聞いて、俺、本当に悲しくなっちゃったよ。そこでまず、嫁さんに話してみたんだ」

「え！」と幸子が声をあげた。「結婚してるの？」

「え！」と今度は宗次郎が目を丸くした。「そりゃそうだよ。俺、いくつだと思ってるの。しかも二回したよ。あそこにいるのが、二番目の奥さん。十五歳下」

「……そう」

「一度も男に愛されたことがない人生なんて、あまりにむなしすぎるって、嫁さんも言ったんだ。なあ、そうだよな？」と宗次郎はカウンターにいる〝嫁〟を振り返る。彼女はなぜかうなずきもせず、無反応だった。

「幸子よ、お前さ」真蔵がテーブルに肘をついて前のめりになる。「女としてうまれたんだ。女の幸せをしりたくないんか？」

「二郎さんと結婚するのがわたしの幸せだって言うの？」

「いい加減にしろ！」真蔵は拳をガンとテーブルに打ち付けた。「お前、もういい歳のバアさんなんだから、分をわきまえろ」

それから真蔵は、いかに幸子が女として不毛な人生を生きているか、あれこれと言い募った。女として生まれたなら母になる幸せを享受すべきだの、いい歳して白馬の王子様が迎えにくるのを待っているだの、昔から男に好かれる努力を全くしない怠け者だのと、よくもまあ、本人を前にこれだけ言えるものだと、呆れを通り越して感心してしまうぐらいだった。

「だいたい何だ、お前のその体形は」

真蔵はさっきから唾を前方にビュンビュンと飛ばしている。正面の小百合はメニュー表で巧みにガードしていた。

「どこまでもぶくぶく太って、みっともないと思わんのか」

「その点、二郎さんはさ、もうあれこれ相手に注文つけられる歳でもないしね」宗次郎のほうは相変わらず、うすら寒い笑みを浮かべている。「意外にさっちゃんとぴったりじゃないかな」

おかしいな、と俺は思いはじめていた。いつもだったらそろそろ小百合がブチ切れ、何かガツンと言ってやるところだ。が、どうでもよさそうな様子で、真蔵の唾をガードする合間に、メニュー表をチラ見しているだけなのだ。なんだ？　腹が減っているのか？

そんなことを考えていたら、再び小百合が俺をじろじろと凝視しだした。そのうち、口パクで何か言いはじめた。俺に何かさせたいようだが、よくわからない。

俺はさっと小百合から目をそらした。すると次の瞬間、椅子を後ろに倒しそうなほどの勢いで、小百合が突然立ち上がった。そして俺を指さして、やおらこう言った。「こいつ、童貞なんすよ！」

……は？

「三十過ぎて童貞なんです！　信じられないでしょ？　風俗にもいったことないんですって。怖いから！」小百合は仕返しとばかりに真蔵に唾を飛ばしている。が、相手は全く意に介していない。「男のくせに男のくせに！　相手から誘ってくるのを待ってるクズなんすよ！」

「え、それは……ダメだわ」真蔵が少し戸惑いつつも、言った。

「うん、それは君、男としてどうなんだい？」と宗次郎。

「もっと言ってやってください！」

「だって、一体何が楽しくて生きとるの？」

「このまま死んだら後悔するよ？」

彼らの矛先が、完全にこちらに向いてしまった。童貞なんか守っても一円の得もないだの、俺なんか十四歳のときに捨てただの、そのあと百人以上の女を抱いてもう数は覚えてないだの、俺は百五十はやっただの、いや俺はもしかしたら二百は超えているだの……うるせえよ、うるせえんだよ……。

「うるせえよ！」

と叫べたら、どんなにいいだろうか。しかし、そんな勇気はとてもわいてきそうになかった。が、そのとき、視界の端にすがるような幸子の顔が映って、俺は、俺は――

ここで怯んだら、それこそ死ぬときに後悔する……かもしれない。

「た！」と俺は言った。

続きの言葉が、のどでつっかえる。

「た？」と小百合が、あおるようにこちらに顔面を突き出した。「た？　何？　田母神俊雄の話でもしたいの？」

「た……た……たたたた他人が性行為をしてようとしてまいと、どうでもいいでしょう」

俺はようやく言った。よし！　俺！　もっとガンバレ！

「なぜ、恋愛や性行為をしたことがないからって、無条件で見下していいことになるのか、お二人は真剣に考え直したほうがいいですよ。歳をとっているからって老害とか言われて若者にバカにされたら不快でしょう？」

真蔵が急に前のめりになってにらみつけてきた。のどが一瞬、きゅっと絞まる。

「とととにかく、あなたたちに心配されなくたって、幸子さんはきちんと仕事をして、自分のご飯代は自分で稼いで、趣味に打ち込んで、適度な運動もして、まっとうで充実した人生を生きてます！　以上！　帰ります！」

と堂々帰宅宣言をしたものの、幸子も小百合もなぜか立ち上がろうとしない。幸子はあっけにとられている様子だった。小百合はなぜかニヤついていた。このプレデターのことはもうしらん。俺は幸子の、とても太くて妙に温かい手首を握りしめると、無理矢理立たせ、ひっぱるようにして店を出た。

外は小雨が降っていた。俺と幸子は傘もなく、そして言葉もなく、路上に立ち尽くした。何か言ってやるべきだとわかっているが、何も思いつかない。

「……わたし、もういきますね」やがて、幸子が言った。顔がいつもの倍、白い。便器かっていうぐらい白い。「手芸店に寄って帰ります」

「あ、あの、幸子さん待って」俺はとっさに彼女を呼び止めた。「あ、あの、ウォーキング、やめますか？」

「え？　なぜ？」

「あ、いや、やめないなら、いいです」

「そう。じゃあ、今日はここで」

「あ、待って」

幸子は再び、ちょっと面倒そうに振り返った。

「あの、幸子さん。これからも、ダイエット頑張りましょうね。今日のことは残念でしたけど、でも、この先、何があるかわかりませんから」

「どういう意味？」

「だから、えっと。ダイエット続けてもっと綺麗になったら、もしかしたら恋人とかできるかもしれないし、そういうのって、年齢は本当は関係なくて。とにかく、もっと痩せてもっと幸せになって、あいつらを見返して……」

「わたしは」遮るように幸子は言った。「男の人のためにダイエットしなきゃダメなの？」

「え？」

「あんな格好いいこと言っても、結局、恵太さんはあの二人と同じなのね。恋人がいない人生は無意味だって思ってる。人生で一度も男の人に愛されたことがないわたしは、救いようもなく不幸な女って思ってる」

「いや、そんなことは」と言ったきり、俺は言葉が出なかった。なんてダメなやつなんだ、俺は。

「なんだか、ごめんね」そう幸子は言って、ニコッと笑った。「今の恵太さんの言葉で、気づいたわ。誰かに愛されたことがないわたしは不幸って、まず自分がそう思ってた。でも、そういうのはやめる。わたしは自分のために仕事をして、自分のためにダイエットして、楽しく生きる。それでいい。男の人に認めてもらえなくてもいい。今日はありがとう。また、来週のウォーキング会よろしくね」

幸子は背を向け、丸い体を左右にゆっさゆっさと揺すりながら去っていく。その背中はなかなか小さくならない。そもそもが大きいから。俺はその場をしばらく動けなかった。

小雨は降り続く。濡れそぼる東京の路地は、油とカビのにおいがする。

「お前はどうしようもないクソ童貞だよ」

小百合がすぐ後ろにいた。

「あたしがあんたをバカにするのは、童貞だからじゃない。よい童貞とクソな童貞がいる。お前はクソクソ童貞だ」

「わかってますよ」

そう力なく答えることしか、俺はできなかった。


「見て、これ」

小百合のスマホ画面を見て、俺はつい「わお！」と声を上げてしまった。「すげえ。この服、どこで買ったんですか？」

それは先日行われた加藤ジョージのファンミーティングで撮影したという、加藤ジョージと幸子のツーショット写真だった。本来、イベントでのファンとのふれあいは握手のみなのだが、叔母があらゆる人脈を駆使し、楽屋に三人で侵入したらしい。

幸子は真っ赤なフリルスカートに、これまた真っ赤なレースのカーディガンを着ていた。メイクもそれにあわせて真っ赤な口紅と、バッチバチのつけまつげ。小百合の普段のメイクと似ているので、小百合がやってやったのだろう。

「買ったんじゃないよ。さっちゃんが自分で作ったの。洋裁、得意じゃない」

「へえ。すげえ」

「このフリル、すごく細かくて、小さなビーズがいっぱいついてて、全部手縫いなの。実はね、楽屋にジョージ君をバレエダンサー時代から推してる有名な華道家の先生がいてさ、さっちゃんのこのフリルのスカートに感動して、お衣装作ってほしいって依頼されたんだって！」

「へえ！」

「あんたさっきから、へえ、しか言ってないけど」

「いや、それ以外、言葉が出てこないです。いつも真っ黒な服着てたあの人が……」

「まあね。最近のさっちゃん、すごく変わったと思わない？　ダイエットも頑張ってますます痩せちゃって、本当に彼氏できるんじゃないかってあたしは思ってる。さっちゃんはそんなのどうでもよさそうだけど」

確かに、最近のウォーキング会で会う幸子は、生き生きとして楽しそうだ。あの日、宗次郎の喫茶店の前で自分が彼女に言い放った言葉を思い出し、また恥ずかしい気持ちになった。幸子はまわりの目を気にするのをやめて、自分の生き方を自分で認めるという道を選んだ。対して俺は……。

そのとき、スマホが鳴った。画面を見て、イヤな予感が全身を駆け抜ける。叔母からの電話だった。

にんにくの効能

「今の、和美《かずみ》ちゃんのリバウンドの話でしょ？」

叔母との電話を切ってすぐ、小百合が言った。

「なんで知ってるんですか？」

「あたしがうちの教室に入会したとき、ちょうど和美ちゃんも一緒で、ちょっと仲良くしてたんだよね。共通の趣味があってさ。あの子、激痩せしてはリバウンドするのを繰り返してるんでしょ？　この間、社長がぼやいてた」

和美は俺の父親の兄の長女で、俺にとっては父方の従姉妹ということになる。年は六歳上のはずだから、今は三十七、八か。子供の頃はよく一緒に遊んでいたが、大人になってからは数年に一度、冠婚葬祭関係で顔を合わせる程度で、個人的な連絡先もしらない。

「なんでも数年前の妊娠をきっかけに激太りしたそうなんですけど、産後にうちに入会して、二カ月で十キロ近く落としたそうなんです」俺は言った。「もともとなんでもすごく努力する人なんで、相当追い込んだんでしょうね。でもそれ以来、リバウンドしてはうちに入会して絞る、の繰り返しだそうで。あまりにもその頻度が激しいから、社長がなんとかしろって、俺に無茶ぶりを……」

「あたしが言ってやったのよ。恵太さんなら、なんとかしてやれるんじゃないですかって」

「……ハア?」

「あんたさ、悩んでいる女の話を聞いてやるの、なんかうまいじゃん。あんたが黙ってても、相手が勝手に心のうちをしゃべりだすでしょ。たぶん、話しやすいオーラが出てるんだと思う」

「いやだからって、勝手に……」

と言いつつ、内心ちょっと嬉しかった。実は自分でも最近そう思いはじめていたのだ。俺ってもしかして、案外聞き上手なタイプなんじゃないかと。

じゃあなぜいつまでたっても彼女が……いや、今は難しいことを考えるのはよそう。

「和美ちゃんね、何か月か前に八キロ落として休会届出したんだって。いつもだったらあと一、二か月でリバウンドして戻ってくるらしいの。だから、それを阻止できたら、和美ちゃんがすでに預けてる次の二カ月分の会費をまるまるうちらにくれるらしいよ」

「え! そんなこと言ってませんでしたよ、今」

「いやあたしは聞いた。しかも、時給百円アップ」

「ええっ!」

「やるしかないでしょ」

「いや、でも、そんなにうまくいくかな」

全くしらない女性ならともかく、相手が和美となると話は大分違ってくる。何年も会っていない親戚に、そんなに簡単に心を開く気になるだろうか。

子供のときはいつも優しくしてくれたし、大人になってからも会えばにこやかに接してくれる。でも、和美は内心では俺のことをバカにして笑っている気もするのだ。彼女は人気ファッション誌の編集者で一児の母。対して俺は、失職して叔母に面倒を見てもらっている未婚の童貞。バカにされて当然……なのかもしれない。

などと考えている間に、小百合が勝手に俺のスマホを手に取り、画面ロックを解除して（一昨日変えたばかりなのに、どういうことだよ……）どこかに電話をかけはじめた。

「あ、和美ちゃん？　あたし、小百合。覚えてる？　福田小百合。そうそう、ダイエット教室で一緒だった。……うん、そう、今、真知子先生の下で働いてるの。それでね……」

俺はうんざりだという顔を作りつつ、でも、小百合のこの強引さ、押しの強さのおかげでいつも物事がうまく進展していくな、俺たちって案外いいコンビなのかも、などと考えていた。……いやいや、そんなことはありえない。今日の俺はどうかしている。こんな、ペヤングに納豆をぶちこんだものを週に三日は食っているような女と名コンビだなんて。

結局、小百合は「ちょっと相談したいことがあるの。どうしても和美ちゃんじゃないとダメで」などと調子のいいことを言いながら、あっという間に二人で和美宅を訪問する約束をとりつけてしまった。

和美は絵にかいたような優等生だった。

成績優秀、スポーツ万能、しかも容姿端麗。学校でも多くの友達に慕われているようだった。うちの親父など親戚の集まりがあるたびに、和美の本当の父親は自分だ、だから恵太と和美を交換すべきなどと、今考えたら信じられないほど失礼な発言をよくぶちかましていたものだ。

俺の知る限り、去年のはじめに離婚するまでの彼女の人生は、順風満帆そのものだった。国立大学を卒業後、大手出版社に就職。三十歳前後で結婚し、その後まもなく、男の子がうまれた。最後に会ったのは、三年前の俺の弟の結婚式のときだったと思う。夫の姿はなかったが、離婚の話は出ていなかった。相変わらず美人で、身に着けているものすべてが高級品(推定)で、笑顔がキラキラと輝いて、それはそれはまぶしくてまぶしすぎて、彼女を見ていると目がつぶれそうだったいやマジで。

その週の土曜の晩、小百合と和美の共通の趣味である株式投資(初耳である)を俺もはじめてみたいので相談したい、という名目で、マカロンとかいう高いだけで綿埃の味がする菓子を持って、俺たちは和美宅を訪れた。

和美は品川区にある1LDKのマンションで、一人で暮らしていた。独身の頃、自分名義で購入した部屋だという。職場は前と同じファッション誌の編集部で、今は編集長をやっている。有名私立幼稚園に通う息子は、世田谷区にある和美の実家で、両親が面倒を見ているらしい。

「仕事柄、毎日遅いでしょ。無理してわたしと暮らすより、じいじとばあばのところで健康的に過ごすほうがいいと思って。子供の世話は、うちの親が専門家みたいなものだし。すっかりおばあちゃん子で寂しいときもあるけど」

和美はそう言って少し悲しそうに笑うと、大きなグラスに注いだワインをあおった。俺の記憶が正しければ、伯父は税理士だが、伯母は元保育士だったはずだ。

「でも、四十歳までには会社辞めて独立して、そしたら息子と一緒に暮らしたいと思ってる。それまでコツコツお金貯めなきゃ。母ちゃん、頑張るよ」

事前にうちの資料を確認したところ、前回退会時は身長百六十六センチに対し、体重五十六キロだった。今はひょっとすると数キロ程度は戻っているかもしれない。決して太っているわけではないが、女性にしては骨太でがっしりした体格をしている。そのあたりを本人は気にしているのだろうか。

それでも、お洒落であか抜けていて、いかにもキャリアウーマンといった雰囲気は相変わらずだった。いつも通り、身に着けているものもすべてが高級品（推定）だ。離婚の理由はしらないが、少なくとも痛手にはなっていないように見える。三十過ぎてアルバイトの身分であり、下着まで合わせて全身一万円以下で収まってしまう自分がみすぼらしく、だんだん情けない気持ちになってきた。

小百合も俺と同じ気持ちだろうか、と思いながら、彼女を横目で見る。和美が用意したローストビーフやスモークサーモンを、五日ぶりの食事にありついた野良犬の顔でがつがつ食べている。今日は幸子に仕立てさせたという、真っ白な総レースのワンピースを着ていて、ここへくる道中、すれ違うすべての人をギョッとさせていた。どうしてここまで人目を気にせず生きられるのだろうか。最近、ちょっとうらやましくなってきた。……いや、この人も、こう見えて心の中には、何らかの葛藤とかあるのだろうか。そうか？　ないんじゃないか？

俺には、わからない。

「ねえ恵太。今日さ、株のことなんかどうでもよくて、本当はわたしのこと心配してきてくれたんでしょ？　真知子叔母さんにも言われたの。わたしがリバウンドを繰り返してることを聞いて、恵太がとても心配してたって」

「いや、そんな……」と俺はもごもご答えた。和美が払った二カ月分の会費を俺たちで分捕ろうなどと考えていることは、決して知られてはなるまい。

「でもね、大丈夫。今度こそリバウンドしない。絶対にキープする。せっかく減量がうまくいってもさ、忙しいとついストレスが溜まって、夜中にワインあけてがぶ飲みした挙句、揚げ物とか作って食べちゃう癖があるの。でも、そういう悪癖はもう捨てる！　まず酒を断つ！」

そう言いつつ、またグラスにワインを注いでいる。

「今日は久しぶりに恵太に会ったから、特別」

えへへと舌を出して、笑う。華やかでくったくのない笑顔。彼女を嫌う人など、この世に一人もいないんじゃないかと思える。明るくて、気さくで、美人で、金もあって……ああ、まぶしい。相変わらず、すべてがまぶしい。見ているだけで、目がつぶれそうだいやマジで。

はやく、帰りたい。

「どうしたの？　居心地悪い？」和美が聞いた。そうなのだ。人の気持ちを察するのも、彼女はうまいのだ。

「あ、いや……」

「ねえあのさ、恵太って昔から、わたしといると居心地悪そうにしてたよね？」

「え……いや、そんなことは……」

「この際さ、ぶっちゃけようよ。ずっと思ってたの。恵太って、わたしのこと嫌いだったでしょ」

「そんなことないよ。ただ……」

「ただ？」

「和美ちゃんは昔から美人で、頭もよくて、みんなの人気者でさ。引け目を感じてたんだと思う。情けないんだけど」

へへへと俺は卑屈に笑いながら、彼女の顔を上目遣いで見た。

ドキッとした。見たこともないような暗い表情を浮かべていた。

けれど次の瞬間、スイッチで切り替えたように、すぐに笑顔になった。

「そんなこと感じる必要ないのになあ。わたしなんて、みんなが言うほどたいしたもんじゃないよ。わたしの本当の姿を知ったら、みんな幻滅するよ」

「いやいや、うちの親父なんか、俺じゃなくて和美ちゃんが自分の子供だったらよかったのにって、結構本気で言ってたよ」

「恵太だって、昔から優秀だったじゃん。理数系が得意で、うらやましいなと思ってたよ。わたし、そっち系苦手だったからさ。高三の大事な時期に数学のテストで十点取って、先生に首絞められたこともあるもん」

そう言って、ガハハハハ、とことさら豪快に和美は笑った。少し芝居がかっているようにも見えた。

「うちの親父は、盆や正月に和美ちゃんと会うと、帰ってきてからもずっと和美ちゃんの話をしていたよ。美人だ美人だって」

「へえ」とつぶやくその顔が、少し引きつっている。俺は思わずほくそ笑む。うちの親父のことを気持ち悪がっているに違いないのだ。ざまあみろ、エロ親父と心の中で悪態をつく。

「ねえ、ワイン、もう一本あける？　恵太、まだ飲めるでしょ？」

「あ、いや、もうそろそろ終電が……」

「あけて！」と小百合が必要以上の大声で言った。「あと、マッシュポテトおかわり！」

「了解！　もう、今日は泊まってってって。あー、小百合ちゃんの食べてる姿見てると、わたしの分まで食べてくれてるみたいで嬉しい！」

結局、俺たちはその後、ウーバーイーツで中華やらチキンやらを注文して食い散らかしながら、ワインも三本あけてしまった。

俺は多分、午前二時過ぎには意識を消失していたのだと思う。いつの間にか、テーブルの下にもぐりこんで眠りこけていた。

　ハッと目を覚ますと、部屋中、真っ暗だった。起き上がってまわりを見渡したが、二人の姿は見当たらなかった。少しして、どこかからねちゃねちゃと妙な音が聞こえてくることに気づく。どうやら音の出どころはキッチンのようだ。

　そのとき、俺は悟った。誰かがキッチンカウンターの内側に立ち、残り物をつまみ食いしているのだ。そんな意地汚いことをする奴は、一人しかいない。息を殺し、怪物を一発で仕留めるべく、腰をかがめてそちらへ近づいた。そしてカウンターの外側までたどりつくと、ふうとひと息ついてから、勢いよく立ち上がった。

　内側に立っていた相手と目が合った。俺のほうがびっくりして「うわああ」と叫びながらひっくり返ってしまった。

　和美だった。

　口と手をべっとりと油やトマトソースで汚しながら、残ったピザを貪り食っている。背後にある冷蔵庫の扉が開いていて、中の明かりが後光のように差していた。その姿は、どことなく神々しくもあって、不思議と目が離せなかった。

「和美ちゃん、なんで、こんなこと」

「わからない」と和美は泣いている。「食べないと、イライラして、気が済まないの」

「和美ちゃんみたいな人が、何をそんな……」

「わたしみたいな人が何？」和美は目を見開いて、床に尻もちをついたままの俺の顔を、覗き込むように見た。「わたしみたいな人ってどんな人？」

そんなふうに聞き返されると思わず、困惑した。「えーっと、あの……要するに、えーっと、頭がよくて、いい会社に勤めてて、美人で……」

「美人って言われるの、大っ嫌いなんだけど」

大きな声が、暗いキッチンに反響した。

和美はしばらく俺の顔をじっと見下ろしていた。それからふいに「ごめん」とつぶやいた。そして手に持っていたピザを流しにたたきつけるように捨て、足早に自分の寝室へ去っていった。

「……やっちまったなあ」

小百合の声だ。キッチンの中だ。赤ちゃんのハイハイの要領でカウンターの内側に回り込む。いた。食器棚と流しの間にあったワインセラーを勝手にどけ、空いた隙間にデカい体を無理やりねじ込んで座り込み、ビールを飲んでいる。

「なんでそんなところにいるんですか」

「わかんない」とろれつの回らない口調で、この奇妙な生き物は言った。「酔うと狭いところに入りたくなるの。あたしの前世、猫なのかもしれない」

「……」

「それよりも、あれ、和美。あれはヤバいよ。あたしずっと見てたけど、多分、あのドカ食い、しょっちゅうやってるんだと思う。重症だね、あれは」

早朝、俺は気まずさのあまりあいさつもせず、和美の家を出た。そのまま一度も連絡しなかった。

結局、約二カ月後の九月はじめまでに、和美は十二キロ近くリバウンドして教室に戻ってきた。

俺は罰として、年内いっぱい時給を百円下げられることになった。クソックソックソッ。

あれから、和美は忙しい仕事の合間をぬって、二日に一度は教室に顔を出し、トレーナー達ですらドン引きするほどの長時間、筋トレや有酸素運動に勤しむようになった。小百合によれば、ここ最近に口にしているのはブロッコリーと鶏肉（もちろん、脂と皮は取り除く）と卵白のみで、見る間に痩せていっているという。

小百合も、俺も、そして叔母も、これをいい兆候とはもちろんとらえていなかった。また同じことを繰り返すだけなのは、火を見るより明らか。叔母の命令で緊急会議を開くことになり、その結果、まずここ数年の和美の身辺に何が起こっているのか、詳しく調べてみようということになった。

俺はとりあえず、和美の母親、つまり俺の義理の伯母に電話で連絡をとってみた。伯母とは特別親しいわけではないが、ふくよかな見た目の感じのいい人という印象はあった。

そして彼女はとくに面倒がるわけでもなく、和美のことをいろいろと教えてくれた。伯母も当然、和美のリバウンド癖に心を痛めているようだったが、うちの社長のほうの叔母と自分の夫の折り合いが激しく悪いせいで、様子を探ることができなくて困っていたらしい。伯母の印象では、昔から和美は体形を気にしがちだったが、食べることも好きで、手料理はいつも残さず食べていた。が、結婚した途端、実家に帰ってきたときなどに好物を作ってやっても、ほとんど残してしまうようになったという。

伯母によると、和美は二十九歳のとき、結婚相談所を介して元夫の毅と出会った。これは初耳だった。あれほどの美人がなぜ結婚相談所？　と意外に思ったが、伯母曰く、和美は三十歳までに結婚したいとほとんど強迫的に考えていて、当時はかなり焦っている様子だったらしい。

毅はニューヨーク生まれのシカゴ育ち、大手新聞社勤務の絵にかいたようなエリートだった。しかも背が高く俳優みたいな見た目で、さらに社交的で話し上手。一度だけ法事か何かで会ったことがあるが、彼と比べたらゴミカスも同然の俺の目を見てきちんと自己紹介をしてくれた上に、理由はわからないが新品のネクタイをくれた。まさに非の打ち所のない人物だった。嫉妬する隙さえなかった。

和美はそんな毅に対して、勝手にプレッシャーを感じていたのではないか、というのが伯母の見解だった。仕事も子育ても完璧にこなす妻でいなければ、そして、いつまでも美しいパートナーでいなければというプレッシャー。それに勝手に押しつぶされそうになっていて、妊娠後期頃にはかなり精神的に不安定になっているように見えたという。そして息子が生後三カ月の頃、毅のただ一度きりの浮気が発覚すると、和美はすぐに家を出て、ろくに話し合いもせず穀に離婚をつきつけた。そのことについて、伯母はこう言った――「きっとプライドが傷つけられて、勢いで離婚しちゃったの。今になって後悔してるんじゃないかな、あの子。あんないい人と離婚なんかするんじゃなかったって」

電話を切って間もなく、出先から小百合が戻ってきた。そしていつものようにデスク前の椅子に腰かけると、栗羊羹らしきものを切りもせず、棒のまま丸かじりしはじめた。俺はその点には一切触れず、伯母から聞いた話を簡潔に報告した。

「とにかく、伯母さん的には、元夫に対する未練から、リバウンドを繰り返してるんじゃないかってことのようです」

「あたしの考えとは違うわね」

「どう違うんです？」

「あたしすっかり忘れてたんだけどね、この間、あんたが寝たあと、和美が前の夫のことを少し話してたんだよ。なんだか周りの人が思ってるよりずっと、幼稚な人だったみたいよ」

「というのは？」

「わざとなのか無自覚なのか、二人きりでいるときは和美のことをずっとからかってくるんだって。ちょっと料理の味付けを失敗しただけで、いつまでもそのことをねちねち言い続けたり、何か言い間違いをしたら、その晩寝るまでそれをあげつらったりさ。バカな小学生男子が、好きな女子をしつこくからかうじゃない。あれが家庭内でずーっと続いている感じだったって」

「確かにそれはうざいなあ」

「また当然のように、和美の体形のこともからかってくるわけよ。とくに妊娠して、お腹が大きくなってきたときに、肉団子ってあだ名をつけられて、『おいしそうな肉団子ちゃん』とか『肉団子が肉を食ってる』とか、毎日しつこく言ってきたらしいの。それが本人は、結構きつかったみたい」

「なんでそんな重要な話を今するんですか?」

「だから忘れてたって言ったじゃないこのボケナス」小百合は羊羹をかじりながら話を続ける。「たとえ冗談でもさ、家族とか身近な人間に毎日のように容姿のことをからかわれると、その言葉が高野豆腐の汁みたいに脳にしみこんで、何やってても自分は醜いってことばかり考えるようになっちゃって苦しいのよね。自己肯定感っていうの? そういうのが地に落ちるわけよ。わかるわー。まさに呪いよ、呪い」

しかし、それでも、と思う。和美ほどの美人が、幼稚な夫からのくだらないからかいぐらいで、その自己肯定感とやらを失うものだろうか。

いやでも、あの晩、そう、残り物のピザをむさぼっているのを見つけたときの、和美の言葉。

——美人って言われるの、大っ嫌いなんだけど。

なぜ、大嫌いなのだろう。

「だから、元夫の浮気が発覚したときは、和美的にはまさに渡りに船って感じだったみたい。

未練なんか一切ないと思うね」結局、あっけなく羊羹一本食べ終えてしまった。「ただね、養育費を踏み倒されてて、その点はちょっとどうしようか手をこまねいているらしいわ。そろそろ弁護士に相談しようかって考えてるようだけど」

「へえ。エリートなのにケチ臭いっすね」

「もしかして、向こうは金に困ってるのかな？　今は子会社の出版社に出向になってるらしいけど。それって左遷？」

「いやいや、そうとは限らな……あ、ちょっと待てよ。あの新聞社系列の出版社って。俺、知り合いがいるかも。大学のとき、麻雀同好会で一緒だった……」

「つべこべまどろっこしい説明いらないから、はやくそいつに電話して聞いてみろよ、童貞」

俺は小百合をにらみつけた。謝罪を受けるまでやめないつもりだったが、なぜか小百合が立ち上がってこちらにつかつか歩みよってきたので「すみません」と頭を下げ、自分のスマホを手に取った。

理不尽。俺の世界はあらゆる理不尽でうめつくされている。

久しぶりの電話を隆二は意外なほど喜んでくれ、こちらの用件を伝える間もなく、そのまま飲みにいくことになった。そして翌日、オフィスにいくと、小百合が珍しく俺よりはやく出勤して、俺のデスクに勝手に座っていた。

「えっと、とりあえず昨日の件ですが」と俺は言った。「俺の友人、和美の元夫を知ってました。経済系の新書を作る部署にいるらしいです。それで、面白いことを聞きましたよ」

「ほう。聞かせなさい」

「出向はやっぱり、左遷に近いものみたいですね。若い新入社員の女性にセクハラで訴えられたらしいんですけど、その新入社員が強力なコネ持ちだったとかで、社内で大問題になったみたいです。それだけじゃなくて、最近は仕事で知り合った経済ライターにそそのかされてFXに手を出して、貯金を全額溶かした挙句、借金までこさえたって話です」

「絵に描いたような転落ぶりね」

「『もうあいつは終わりだよ』って俺の友人も言ってました。ちなみにアルコール依存ぎみで、今、百キロ近くまで太ってるらしいっす」

「昨日、あたしもトレーニング終わりの和美に声をかけて少し話したんだけどさ。養育費踏み倒されてるだけじゃなく、実はそもそも結構な額の金を貸してるらしいんだよね」

俺は腕を組んで考えた。これらの新情報を、うまく利用しない手はない。

「一度、直接会ってみるのはどうかね、その元夫に。どうせ話し合わなきゃいけないこともあるわけだしさ」

「そうですよね。こっちはちょうど痩せて綺麗になったところだし、それに、結婚生活で嫌だったことを本人の前できちんと口にしたら、すっきりするかも。元夫は飲みの席で『前の嫁とよりを戻したい』ってよく話してるみたいです。呼び出すのは案外簡単そうです」

その晩、小百合が和美に交渉してみたところ、はじめは難色を示したが、「今の和美ちゃん、痩せてとっても綺麗。その姿を見せつけてやろうよ」などと言葉巧みに誘導した結果、しぶしぶ了承したという。そこで次は俺が隆二を通し、毅とコンタクトをとってみた。先方にメールアドレスと電話番号を渡してもらったのだが、なかなか返事がこず、あきらめかけた二週間後、「では今週日曜、午後二時に渋谷のセルリアンタワーのラウンジにきてください」と一方的なメールが届いた。

そして、当日。

俺は席を確保するため、二十分ほどはやめに到着した。小百合と和美は時間通りにやってきた。しかし、毅はいくら待っても、姿を現さなかった。

待ち合わせの時間からちょうど三十分過ぎたとき、ラウンジの店員がやってきて、半分に折られたメモ用紙を和美に渡した。毅からのメッセージだった。なんでもあの男は午前中にここへきて、このメモを置いていったのだという。渡す時間も指定していったらしい。広げると、信じられないほど汚い字で「今日も鏡に肉団子が映っていたかい？」と書かれていた。

「あんな奴はどうでもいい」と帰りの地下鉄の中で、和美はつぶやいた。

「今日ね、自分なりに目いっぱいお洒落してきたの。このワンピースも今日のために買ったの。時計も指輪もネックレスも、あいつと別れてから自分の給料で買ったもの。わたしのこといつも安月給扱いしてたし、それにファッション誌編集のくせして服がダサいって言われてたから、見返してやろうと思って。でも、渋谷にいく途中、全部どうでもいいって気づいた。今更あいつに会っても、何も変わらないって」

「だけど結婚してた頃、ずいぶん嫌な目にあってたんだよね」俺は聞いた。「もしかしたら、それがトラウマみたいになって、その、和美ちゃんは過食を……」

「過食は、結婚前からしてたの。十代の頃から。食べ吐きしてたこともあるよ。今はやらない。吐くと、体が本当にボロボロになるから」

知らなかった。そんなふうには、全く見えなかった。

「食べ吐きのことは、誰も知らない。話したこともない。もしかしたら、母は気づいてたかも。でも、気づかないふりしてる。だからね、わたし、元からおかしいの。壊れてるの」

俺はもう何も言えなかった。やがて、和美の実家の最寄り駅に着いた。今日の夜はこっちで家族と過ごす予定だというので、彼女のことが心配だった俺と小百合は、家まで送ることにしたのだ。

地下鉄の出口から、地上に出る。外はまだ明るかった。三人でのどかな住宅街を歩きながら、和美がひとりごとのようにポロポロと言葉をこぼすのを聞く。

「あいつみたいな立派な肩書の男と結婚したら、もう一生みじめな思いはせずに済むと思ったんだよね。結婚の動機はそれだけ。そんな結婚は、失敗して当然だよ。だから離婚は、わたしのせいなの。ほかの人だったら、あいつももっとうまくやったのかも」

みじめ？　和美がみじめ？　俺には全く、これっぽっちも理解できない。

駅から歩いて十分ほどで、和美の実家に着いた。俺がここにくるのは二十年ぶりぐらいだった。前は標準的な日本家屋だったが、三年前に建て替えたらしく、ＣＭで見るようなしゃらくさい三階建ての四角い家になっていた。

ガレージにある車から男が一人出てきた。俺と和美は同時に「あ！」と声を発し、顔を見合わせた。

向こうも俺たちに気づいたようだ。背が高く、背筋がすっと伸び、自分以外の人間は全員大馬鹿者だと信じて疑わないような自尊心満タンの目つきで、世界を見渡している、白髪頭の男。

まごうことなき、俺の親父。クソ人間選手権東京地区壮年の部代表のうちの親父だ。

親父はこちらに向かって悠然とした足取りで歩いてきながら、俺を一瞥した。ここ一、二年まともに顔も見てない息子がなぜここにいるのか、不思議がってもいいはずなのに、驚く素振りさえない。そのかわりに、ニヤニヤといやらしい笑みを浮かべて和美を見る。そして、悪の大王かというような威圧感しかない太い声で、「和美！」と呼んだ。

「久しぶりだなあ、元気か？」

「お久しぶりです、勝太叔父さん」

和美はあからさまな愛想笑いを浮かべていた。親父はもちろんそれには気づかない。

「叔父さん、今日はどうしてうちに？」

「征太兄に会いにきたんだよ。うちを康太のところとの二世帯住宅に建て替えることになったから、その相談がてら、一緒に食事でもしようと思って」

初耳だった。そして弟よ、と思った。すっかり見限られた俺の代わりに、あいつはこのクソ人間が死ぬ日まで捕らわれの身になる覚悟をしたということなのか。ああ、弟よ、弟よ。今でも鮮明に覚えている。あいつの結婚式、披露宴の新郎父のあいさつのところで、このクソ人間は新婦のことを『あいさつもろくにできない嫁』などと言い放ったのだ。そのときの、弟の死んだような目。ああ弟よ。

「それにしても和美、随分と久しぶりだなあ。長い間、顔も見せないで。一体何年ぶりだ？　今、何歳になった？」

和美は引きつった笑みを浮かべるだけで、何も答えなかった。親父は意にも介さず続ける。

「そろそろ四十か？　そうだろう。なんだか老けたなあ。再婚はまだか？」

俺は恥ずかしさのあまりうつむいた。どうして俺は、こんなクソみたいな奴の息子なんだろう。

「昔はあんなに美人だったのに。お前でも子供を産んで歳をとると老けるんだな。おじさんが昔、言った通りになったなあ」

ハッとした。そうだ。思い出した。ていうか、俺、思い出すのが遅すぎだろう。何をやっているんだ。和美は困ったように首を傾げて、へらへらと笑っている。しかし、その目。すべてをあきらめたような、よどんだ目。

昔も見た。

「昔、おじさんが何度も言ってやっただろ？　お前は美人だけど、ちやほやされるのは若いうちだけだぞって。お前はお前の母親に似て老けやすく太りやすいから、気をつけなさいって。そうだ、今、真知子のダイエット教室に通ってるんだろ？　あんなぼったくり教室に通ったって、無駄だ、無駄。和食を食べなさい。どうせパスタだのピザだの、そんなものばかり食べているんだろ？　だから太る」

親父の真っ白でふさふさの髪が風になびいている。年齢の割に信じられないほどの毛量だった。

「ま、何か困ったことがあったら、いつでもうちにこい。女一人で生きていくのは、大変だろ？」

そう言って、シワシワでシミだらけの手を和美の肩に置いた。そのままその手を首の後ろに回してなでまわした。和美はへらへら笑っているだけだった。

そしてクソ人間代表は、また悠々とした足取りで家の玄関の方へむかって歩いていく。ふいに振り返って、一瞬だけ俺を見た。死体でも見るような目をしていた。

俺が思い出したのは、和美が中学三年、俺が小学四年のときのことだ。

その年の秋、法事かなにかで親戚一同が集まった。和美の姿を見て、みんながとても驚いていた。その前の盆の時点ではスリムだった彼女が、まるまると太っていたからだ。

バスケットボール部を引退した途端こうなってしまったと、彼女は言い訳をするように言った。この時期の女子にはありがちなことなのかもしれない。大人たちは無遠慮に、彼女の体形変化についてあれこれ言い募った。とはいえ、「若いときはそのぐらいでちょうどいい」とか、「大人になったら自然と痩せる」などといった、あたりさわりのないものだ。が、いつも自信に満ちてキラキラしていた彼女が、そのときは人が変わったように恥ずかしそうに居心地悪そうにしていて、俺は子供心に、太っただけで性格まで別人のようになってしまうのかと不思議に思ったことを、うっすらと覚えている。

そんな中、うちの親父が遅れて現れた（あのクソ人間は合コンでわざと遅刻する女みたいに、どんな集まりでも必ず人より遅く現れ、それによって他人より優位な立場に立てると思っているクソオブクソなのだ）。そして、和美の姿を目にするなり、あのクソは言い放った。

「うわあ、太ったなあ。いくら顔がかわいくても、そんなに太っちゃ台無しのブスだなあ」と。

和美は、へらへらと笑っているだけだった。

しかしその直後、俺は見た。いや実をいうと、このあたりの記憶は曖昧で、今の今まで、俺が見たと思っているものは、妄想か、あるいはただの夢だったような気がしていた。なぜならそれは、普段の彼女とは、あまりにもかけ離れていたから。しかし今、はっきりした。あれは実際に、俺がこの目で見た彼女の姿だったのだ。

和美は昼食に出た寿司を、トイレで泣きながら吐いていた。のどの奥まで手をつっこんで、無理やり吐き出していたのだ。

ということは。

和美を長年苦しめていたのは、他でもなく、うちの親父が発した言葉だったということなのか？　そうなのか？　だとしたら俺はバカか？　そのことに、なぜ今まで気づかなかった？

そうだ。あのクソ親父の罪は、あの法事の日だけにとどまらないのだ。あのクソ野郎は和美に会うたび、失礼で無神経な言葉を浴びせていた。お前は歳をとったら台無しになるタイプの美人だの、母親と同じように太ったおばさんになるだの、はやく結婚しないと男に相手にされなくなるだの。

そして俺は。

それを横で耳にしながら、何の疑問も抱かなかった。

いやむしろ、親父の言っていることは極めてまっとうな真実であり、親切心から彼女に教えてやっているのだと思っていなかったか？

だって、女は太ったら、年をとったら美しくなくなる。男からの需要がなくなる。それはごく当たり前のことだから。そう信じて疑っていなかったから。

「このまま、品川帰る」

親父が家の中へ入っていった後、和美はどこか虚空を見つめながら言った。「あの中に入りたくない。一人になりたい」

そしてクるっと背を向け、一人でスタスタと歩き出した。って走りだした。俺も慌ててそれに続いた。

大通りに出たところで、小百合が和美を引き留め、タクシーを拾った。和美は抵抗せず、うながされるまま後部座席に乗りこんだ。俺は助手席に乗りこみ、運転手に行先を告げた。

発車して数分後、和美が窓の外に目を向けたまま、ボソッとつぶやいた。

「パスタが食べたい」

「え?」と俺は振り返った。「えーっと、じゃあ、どっか寄る? この辺にイタリアンってあったかな」

「パスタ十人前食べたい」

「じゅ、十人前? え?」

「よし!」と小百合が手を叩いた。「作ろう。十人前。いや、二十人前作ろう!」

そのあと、俺たちは行先を近くのイオンに変更してもらった。到着すると、大量のパスタ、野菜、オリーブオイルなどの食材、さらにパスタを茹でるためのアルミの大型鍋や大型フライパン、大皿などを購入した。

和美のマンションに着くと、俺と小百合はキッチンに直行した。和美が「十分以内に食べたい。食べないと死ぬ。あとめちゃくちゃ味濃くてニンニクがきいていてガッツリしてるやつじゃないと死ぬ和風パスタとか死ね」などと言うからだ。俺と小百合は手短に協議し、簡単にできて、なおかつガッツリとニンニクがきいているパスタを三種、手分けして作ることにした。

一品目は「小百合特製ペペロンチーノ・ニンニクストロングスタイル～あなただけ見つめてる～」。味のポイントはなんといってもとんでもない量のニンニクである。パスタ一袋五百グラムに対し、一玉半使った。半分はみじん切りにしたが、半分はつぶしただけで丸のまま投入した。

二品目は「小百合特製アラビアータ・ニンニク特盛バージョン～永遠の夢に向かって～」。ポイントは同じく大量のニンニク。要するにペペロンチーノにトマトソースが加わっただけで、そうたいした工夫はしていない。あと、それぞれなぜ大黒摩季の歌のタイトルがつけられているのか、俺にはよくわからない。

三品目は「いろいろキノコのバター醬油パスタ・恵太の気まぐれ木こり風」。時期的にキノコ類が安かったので、うっかり大量購入してしまった。そこで、あえて死ねとまで言われた和風に挑戦してみた。バターを多めに使用し、できる限りのこってり感を出したつもりだ。

和美が命じた十分以内にはさすがに間に合わなかったが、それでも三十分程度ですべて仕上がった。パスタは三袋使用した。ざっと十五人前といったところだろうか。

テーブルにすべて並べ、グラスにワインを注いだ。三人とも静かに席に着く。

そして。

食った。

乾杯もせず、というか「いただきます」すら言わず。黙々と、そして猛然と。だが、それでいい。マナーなんてくそくらえだ。

和美はまず取り皿にペペロンチーノを半人前ほど盛ると、フォークだけで器用に巻いて、品よく口に入れた。ニンニクの量に満足したのか、うんうんと頷いている。続いてアラビアータ。こちらは唐辛子が多めだったせいか、一口目でちょっとむせていた。が、二口目には慣れたようで、小百合に向かって親指を突き立てた。

そうして和美は、ペペロンチーノとアラビアータを交互に食べていった。なかなか木こり風に手をつけてくれない。しびれをきらした俺は、取り皿に木こり風を盛り、黙って和美の前に置いた。和美は一瞥しただけで無視した。

「いや、これも食べてよ」

「いらない。胃の残量がもったいない」

「だまされたと思って」

「和風パスタは死ね」

「そうだそうだ」小百合が追い討ちをかける。「作った奴も死ね。喉にキノコ詰まらせて死ね」

「うるさい！　人はいつか死ぬ！　とにかく、一口だけ食べて。お願い」

和美は大きくため息をつき、仕方ないとでも言わんばかりのだるそうな手つきで、木こり風をフォークで巻いていく。

そして、一口頬張る。次の瞬間、大きく目を見開き、驚愕の表情で俺を見た。

「……なにこれ。いい。ニンニク感、とってもいい」

「そうでしょ。実はおろしニンニクをスプーン二杯分入れたんだ。三つの中でこれが一番ニンニク感が強いかも。明日の口臭がやばいけど」

「いいよ、気にしない。これ、わたしの理想の味。こういうのが食べたかった。バターのコクとニンニクのパンチ力。あと、何かの出汁が効いてる？　それがいい仕事してるわ。お金とれるパスタだよ」

勝った。思わず目を瞑り、ガッツポーズしてしまった。

俺たちはまたそれぞれ黙々と食べることを再開した。満腹中枢に追いつかれないよう、金メダルを目指して走り続けるマラソンランナーのようにむさぼり続ける。なにせ十五人前である。勢いで作ってしまったものの、すべて食べきれる自信はあまりなかった。

半分まで減ってきたところで、徐々に三人ともペースが落ちてきた。が、それでも俺たちは誰ひとり、フォークを持つ手を止めなかった。「腹がいっぱいだ」と言えない空気が、この場に漂っていた。それを口にしたら、多分そいつは「死ね」と言われるのだろう。何と戦っているのか、もはやよくわからない。

木こり風が一番先に空になった。はじめは上品にフォークに巻いていた和美も、今では蕎麦のように音を立ててずるずるとすすっている。皿に口をつけて残ったキノコをすべて吸いこんだあと、彼女はついに、フォークをテーブルに置いた。

「あーしんど。いったん休憩」

「和美ちゃん、休憩したらもう入らなくなるよ。あたしみたいにマヨネーズ吸う?」小百合はさっきからチェイサー代わりと言いながら、パスタの合間に容器からマヨネーズを直接吸っていた。

「いらない。なんかさ、これだけ大量のニンニク食べてたら、いろんなことがバカバカしく思えてきた」

「あ、それ超わかる。ニンニクはさ、いろんな悩みや不安をバカバカしいものに変える効能があるよ。あたし今朝、バッグがスカートまくり上げちゃってパンツ丸出しの状態で横浜駅を歩いていたのね。ざっと二百メートルぐらい。それで今日、ちょっと落ち込んでたんだけど、これ食べてるうちにどうでもよくなってきたもん」

「バカバカしくなったって、例えばどんなことが?」俺は小百合を無視して聞いた。

「なんか、いろいろ」そうつぶやいて、和美は小さくフッと笑う。「自分の外見についての……不安とか?」

「あのさ、何がそんなに不安なわけ? こんなこと俺が言うのもアレだけどさ、うちの親父の言うこととなんか、気にすることないじゃん。あんなクソみたいなやつ。親戚中に嫌われてるの、和美ちゃんだってわかってるでしょ? それをしらないのは本人だけだよ。俺には全然わかんないよ。和美ちゃんみたいな美人が……」そこまで言って、俺は口をつぐんだ。

「美人が、何?」

「あ、いや」

「ねえ、一つ聞きたいんだけどさ」

和美はテーブルに肘をついて、前のめりになった。

「美人でなくなったら、そしたら、わたしはどうなるの？」

「え？」

「わたしの価値は下がるの？　人から見放されるの？」

「いや……」

「例えば、太ってしまったら？　例えば、病気になって髪の毛が全部抜けてしまったら？　例えば、歳をとって顔にシミやシワがいっぱいできてしまったら？　美人、美人って、さも正当な褒め言葉みたいに言うけどさ。どうして人は他人の外見をそう簡単に評価するわけ？　何様なの？　審査員のつもり？　なんの審査員？　この世の中全体の審査員？」

「いや……すみません」

「ねえ、聞いて。わたし、思うの。よく女優とかアイドルみたいな女の人がさ、病気になったり、あるいは夫に不倫とかされると、『どうしてこれほどの美人がこんな目にあうんだ、気の毒だ』って、みんな当たり前のように言うでしょ」

これもニンニクの効能だろうか。口調がものすごいスピードで熱を帯びていく。

「それっておかしくない？　だって、美人じゃなかったら病気になってもいいの？　美人じゃなかったら、不倫されても気の毒じゃないの？」

「……確かに、そうだ」俺は思わずつぶやいた。「そういう言い方よくするよな。なんで今まで疑問に思わなかったんだろう」

「バカだからじゃない」という小百合の言葉はもちろん無視することにした。

「そう、みんな大バカ！　なんの疑問も持たず、当たり前のように他人の外見をジャッジするの。男だけじゃない。女も。勝手に美人だなんだって。美人だから幸せ、悩みがない、人生楽勝って、何？　わたしの何をしってるの？　そういう他人の無神経な言葉が、とれない脂肪になって心にとりつくんだよ。わたしの心はもう脂肪でブヨブヨだよ。あんた、ちょっと聞いてるの？」

「はい、聞いています。恥ずかしい限りです」

「顔面偏差値って言葉あるじゃない？　あれってわたし大嫌い！　人の美しさなんて、人それぞれなのに。なぜ一定の評価基準があることになっているのか」

和美の目は赤く充血していた。俺はなんとなく、まだパスタの残っている大皿をテーブルの隅に寄せた。

「何してるの、まだ食べるし！」和美はそれを引き戻すと、大皿から直接パスタをすすった。そして、「うまい！」とテーブルを両手でバンと叩いた。「よし！　決めた！　わたし、決めたよ、恵太！」

「えっと……何をですか？」

「今日を限りに、全部捨てる！　わたしは美人でも元美人でもブスでもない。わたしはわたし」

和美は自分に言い聞かせるように、うんうん、と頷いている。

「美人って言われるたび、みじめでどうしようもなかった。一キロでも太ったら美人じゃなくなるのかな、とか三十過ぎたら誰からも相手にされなくなるのかな、とか。でもさ、ダイエットしてリバウンドしたあと、猛烈な勢いで体鍛えていると、こんなにみじめなのにこんなに頑張ってるって、なんだか悲劇のヒロインみたいな気になれるんだよね。それがやめられなくて、リバウンドを繰り返してたんだと思う。でも、やめる。とにかくもうやめる。そして、これを全部食う！」

再び和美は食べはじめた。もちろん、大皿から直食いだ。横から小百合も手を出している。もうすでに二人とも腹いっぱいのはずなのに、オオカミに育てられた野生児のようにむさぼり続ける。

その姿を見ているうちに、俺はなんだか妙な気持ちになってきた。

この高ぶるような感覚は、何だろう。

「何あんたその顔」小百合が言った。「なんで『昴』うたってるときの谷村新司みたいな顔してるの」

「いや、『昴』うたってる谷村新司がどんな顔かしりませんけど。ただ、俺は今、感動しています」

「は？」

「俺、この仕事をはじめて、いろんな女の人に会ったじゃないですか。みんなそれぞれ、他人の勝手な評価を気に病んで、苦しんで、それで食べすぎて太っちゃったり、あるいは無茶なダイエットして体を壊したりしてるじゃないですか。ずっとそういう境遇を恨んで、ウジウジし続けるのって、案外楽だと思うんです。でもみんな、最終的には自分一人の力で立ち直って、人生を変えようと先に進んでいくんですよね。すごい勇気だなあって」

「そうね、確かに。それに比べるとあんたはアレよね。モテないのは自分を認めない女のせいにして、いつまでも己を省みず、そのクソ童貞を捨てられない」

「え?」と和美が顔を上げた。「童貞なの? 終わってない?」

「さっき、他人を勝手に評価するのはよくないって、自分で言っていませんでしたか?」俺はまっすぐ和美を見つめて言った。「終わってるとか、余計なお世話ではないですか?」

「確かにそうだ。ごめんね。でもさ、彼女がほしいとか、誰かと触れ合いたいとか、思わないの? 別に思わないなら、好きにすりゃいいけど」

「思わなくなくなくなくないです」

「わたし、今日のことでちょっと気づいた」和美はそう言って、またパスタをズルズルとすする。「過去を振り返るのって、結構大事かも」

「過去?」

「そう過去。自分を変えて先へ進むために、一旦、蓋をして見ないようにしてた過去のその蓋を、勇気をもって開けてみるって、一つの方法だと思う」

「過去……過去……」と俺はバカみたいに繰り返す。

「何か、クソ童貞を捨てられない理由が、過去のどこかにあるんじゃない？　ちょっと話してみなさいよ、和美お姉ちゃんが聞いてあげるから」

「クソはやめて、クソは」

そう言いつつ、俺は頭の中で、すでに一つの苦い思い出をよみがえらせていた。

世界を牛耳るチキンドラム

それは俺が大学二年の、秋のことだ。

当時俺は、麻雀同好会の仲間の山本と一緒に、男女混合のフットサルサークルにも入っていた。いわゆるリア充的なものを志した奴らが集まっていたわけだが、俺たちみたいな者がなじめるわけもなく、山本は一カ月でやめた。が、俺は一年以上、ほぼ毎回律儀に参加し続けた。理由はもちろん、彼女がほしかったからだ。どうしても、どーーーーしてもほしかったからだ。

しかしそんな俺も、二年の秋になってようやく、やめようと決心した。遅すぎる決断だった。サークルの代表にその旨をＬＩＮＥで伝えたら、「まだいたの？」と返ってきた。

それから数日して、わざわざ俺の学部まで会いにきてくれたのが、一学年下の森下《もりした》美咲《みさき》だった。

俺がサークルに全くなじんでいなかったことを、いつも心配してくれていたらしかった。彼女自身もノリ重視の雰囲気に違和感を抱いているが、高校からの友達がいて、やめるにやめられないのだという。

それから大学の食堂で、彼女の愚痴を二時間近く聞いた。おもにサークルやバイト先の人間関係にまつわる話だった。とくにこれといったアドバイスはできなかったけれど、別れ際、美咲はほっとしたような笑顔になって「先輩に会いに来てよかった」と言った。

彼女はさらにこう、付けくわえた。

「また、話を聞いてもらっていいですか？」

「暇なときなら、いいけど」

精いっぱいかっこつけて、俺は答えた。

そのあとすぐ、俺は麻雀同好会のたまり場となっていた品川先輩のアパートへ向かった。

「それはお前、やれるやつだろ。クリスマスまでにやれるやつだろ」

品川先輩は常にセフレを三人は切らさないと公言する、俺にとっては神様みたいな人だった。全くのでまかせで、セフレどころか彼女がいたことさえなかったと発覚したのは、卒業した後のことである。

「女とのデートは三回までが勝負だぞ。一回目のデートで手をつなぐ。二回目でキスをする。そこまでいけたら、三回目はホテルに誘ってセックスできる」

品川先輩は自信満々の顔で言った。しけった座布団の上で、ランチパックのピーナッツをむしゃむしゃ食いながら。

「肝心なのは、絶対にオドオドしないこと。このぐらい当たり前だろ？　っていう態度で押し進めることだ。女に必要なのは、言い訳だ。『彼がしつこくて～』って友達に言えるかどうかが、大事なんだ。逆を言えば、女に判断させてはいけない。女は基本、断ることしかないんだから」

そして俺は品川先輩のありがたいアドバイスを胸に、映画のチケットが二枚余っていると
いう手垢まみれの手段で美咲を誘った。彼女は二つ返事でOKしてくれた。
土曜日の昼、新宿駅で待ち合わせて、ホラー映画を見た。そのあとマクドナルドでまた二時間、彼女の愚痴話（朝起きられない、友達に服を真似される、などといったどうでもいいものだった）を聞き、手をつなぐどころか肩先に触れることさえできずに、別れた。

一週間後、俺はまた品川先輩の指示のもと、映画を見ようとLINEを送った。映画以外の手段が俺も先輩も思いつかなかったのだ。美咲からは「映画は無理だけど、ちょっと話をするだけなら」と返事があった。

美咲の学部があるキャンパス近くのマクドナルドで会い、前回とほぼ同じ内容の愚痴話を聞いた。二時間ほど経って、彼女は唐突に「バイトあるからもう帰る」と言った。だいぶ秋が深い頃で、気づくと日も暮れかけていた。今日のうちに、最低でも手をつながなければと、俺は焦っていた。もしいけたら、キスも。

でないと三回目に、ホテルに誘えない。

「ちょっとその辺、散歩してから帰らない？」マクドナルドを出てすぐ、チワワのように震えながら、俺は言った。

「……バイトの時間までなら」と彼女はどこか、うつろな目をして答えた。

俺たちは微妙な距離感を保ったまま、そこから十分ほど歩いたところにある公園へ向かった。着くころには、あたりは真っ暗だった。チャンスだと思った。いける気しかしなかった。

美咲はいつもより若干おとなしい、というかやや暗い表情を浮かべていたが、何かを予感して、身構えているだけだと思われた。

——女に必要なのは、言い訳だ。

品川先輩の言葉が、頭の中をぐるぐる回っていた。

街灯から一番遠くにあるベンチを見つけ、俺は座った。美咲は少し離れたところに、立ったままでいた。

「どうしたの？」と尋ねると、しばらく間をおいて「もういかなきゃ」と小さな声が返ってきた。

「どうして？　バイトはじまるの、まだだよね？」

「ちょっとほかにやることがあって」

「あとどのくらいなら大丈夫なの？」

「五分ぐらい……」

「五分だけでもいいから、座ろうよ」

「……」

「お願い、三分でもいいから」

美咲はしばし逡巡した後、ベンチの端にちょこんと腰かけた。

二人の間には、ダルマ二個分ぐらいの距離があった。だから俺は膝と膝が触れるぐらいのところまで移動し、なぜか名探偵コナンの話を少しした後、「ねえ、ちょっと、十秒だけ目を閉じてくれない?」と言った。

我ながら、なんて自然なキスの誘い方だろうと思った。しかし、返事はなかった。彼女はうつむいているだけだった。

「ねえ、お願い、五秒でいいから」

すると美咲は、わずかに顔をあげた。そしてゆっくりと、観念したように目を閉じた――女に必要なのは、言い訳だった、やっぱりそうだったと思った。心の中で品川先輩に感謝の気持ちをささげながら、恐る恐る顔を近づけ、ついに俺は、人生初のキスをした。

その唇は、なんというか、思っていたより固かった。

その日以降、LINEを送っても既読スルーされるようになった。

クリスマスデートも初もうでデートも誘ってみたが無視された。春休みに入って、やっと返事があった。話をするだけなら会ってもいい、というような内容だった。

前回と同じマクドナルドで会った。彼女はいつもと同じ話をしていたと思うが、俺はうわの空で、正直ほとんど記憶がない。なぜなら、ホテルに誘うつもりだったからだ。三回目のデートなのだから当然だ。一時間ほどした頃だろうか、俺は体中の勇気を振り絞り、ずっと考えていたセリフを口にした。

「たまにはさ、カラオケとかいかない? いいところ知ってるんだ。そこ、ゲームもやれるしお風呂もあるんだよ。汗かいたらシャワー浴びたりもできるし。便利でしょ? いかない?」

「……キモッ」

「え?」

「超キモい」

そして、彼女は去った。永久に、俺の前から。

数日後、ある噂を耳にした。彼女がサークルの代表と肉体関係にあるというのだ。飲み会の途中、二人だけで去っていくのを複数人が目撃したらしかった。

「で? あんた、何が言いたいわけ?」

俺の話の内容がよほど気に入らないらしく、和美はワインを飲みながら、俺にメンチを切り続けていた。

「あの、だからね。あのときの俺にとっては、一世一代のアプローチだったんだよ。もちろん、やり方が大間違いだったのはわかってる。でも、面と向かって『キモい』なんて言われて、もう俺の中で、何もかもが怖くなったというか。自分から積極的にいったせいで、また女性からキモがられたらどうしようって考えちゃって……はい……」

和美は小百合を見て、「聞いた?」と口の動きだけで言う。しかし、小百合はさっきから俺の話に全く無関心そうだった。明太子をつまみに、焼酎のお湯割りをがぶ飲みしている。

「恵太、あんたって……」と和美はため息を深くついた。「自分のことしか考えてないわけ? その美咲って子に、自分が何をしたか自覚してる? 嫌がっている相手に強引にキスしたんだよ? 強制わいせつよ。逮捕案件よ」

「いや、そこまで……」

「そこまでのことをしたんだよ!」和美はバンッとテーブルをたたいた。「なーにが『女に必要なのは、言い訳』よ。女に言い訳が必要ってことを言い訳にして、男がやりたい放題したいだけじゃない。それにね、恵太、あんたが最低なのは、今に至っても、その美咲って子がサークルの代表とはあっさりセックスしたかもしれないことに、納得いってないってこと。そうでしょう!」

俺は何も言えなかった。和美の目がどんどんつり上がっていく。

「代表にもやらせたんだから、俺とだってしてくれてもよかったのにって、思い続けてるんでしょ? 心のどこかで」

「そんなことはみじんも思っていません」という自分の声が、電気シェーバーぐらい振動していた。

「あのね、恵太。よく聞きなさい。いい? 女にだってセックスの相手を選ぶ権利があるの。もし仮に、本当に代表とやってたとしても、それは代表とはしてみたかったけど、恵太とはしたくなかったって、ただ、それだけのことなの。でもね、あんたみたいな男は、女には権利も意思もなくて、男に押し倒されるのをただ待ってるだけだと思ってる。だからそういうキモい行動をとる羽目になるんだよ! クソ野郎!」

「いや、あの、さすがにクソ野郎はやめてよ、和美ちゃん」

「あんたはクソ! 決定! 大決定!」

和美は俺を両手で指さし、「チャッチャラーン」とファンファーレの口マネをした。「少し酔っぱらってるかも」

「少しじゃなくて、だいぶでしょ」

俺は新しいグラスにウーロン茶を注いで彼女に渡した。

「ありがとう。まあ、説教はこのぐらいにしておくとして。要するに、その件がきっかけで、自分から女性に積極的にアプローチできなくなった、と。だからいまだに童貞なんです、と。そういうことにしたいわけね？　恵太としては」

「したいというか、事実、そうだというか……」

「いやいや違うでしょ。その美咲って子は関係ないのよ。あんたは元からそういう男なの。勇気がなくて自分から向かっていけない。嫌われるのが怖い病。あわよくば相手からきてほしいなんて、都合のいいことまで考えてる、生まれつきの童貞なのよ」

「う、生まれつき……？　あ、あの、言ってる意味がちょっと」

「あのさ、向日葵とその美咲って子、同じタイプなんじゃない？」

明太子を一腹丸ごと口に入れ、そこに焼酎のお湯割りをあおりながら、小百合が口をはさんできた。

「清楚で家庭的に見えて、男に対しては意外と大胆。それにさ、サークルやめたあとに心配して会いにきたところも、かぶるよね。向日葵もあんたが会社辞めるとき、気遣って声かけてきたんでしょ？」

「誰なの？　向日葵って」

「前の会社の同僚で、こいつがずっと一方的に片思いしてる女。脈なんてありゃしないのに。あんた、何日か前にも向日葵のインスタに『こんなかわいい子と一緒にいちご狩りいけたら幸せだな』ってキモコメント書き込んでたでしょ」

なぜ知っているのか、という問いはあまりに愚問である。

「ははーん、なるほど」と和美は腕を組んで、訳知り顔になった。「その手の女が自分のことを好きになってくれたら、昔の屈辱がチャラになるような気がしてるのね。ははーん、なるほど」

向日葵に執着することで、俺は森下美咲に対する仕返しをしようとしているのか？　そう言われれば、そんな気もしてきた……って俺、単純すぎないか？

「まあ、大学時代のことは、もうどうにもならないわけだし、恵太に清算しなきゃいけない過去があるとすれば、その向日葵って子のことになるのかもね。いつまでもその子の幻想にとらわれているうちは、先に進めないいんじゃない？」

「それって、彼女にまた連絡をとってみろってこと？」俺は聞いた。「まあ、無視されるとは思うけど」

「案外、そろそろ向こうからくるかもね」和美は心底どうでもよさそうに言って、大あくびをした。「過去ってある日突然、自分を追い越して目の前に現れるものよ。フフフ……」

そのとき、どこかでブーンとバイブ音が聞こえた。三人それぞれ、自分のスマホを探しに立ち上がった。

鳴っていたのは、俺のスマホだった。「あ、ブー子さんからだ」

「あたしのところにもきてる」小百合が言う。「何々……えっ!?」

俺と小百合は顔を見合わせ、同時に和美を振り返った。

小百合が言った。「和美ちゃん、もしかしてノストラダムス?」


ブー子からのメッセージは、結婚パーティへの招待だった。彼女が少し前から熱心に婚活しているという話は小百合から聞いていたが、急展開でうまくいったのだろうか。メッセージの送信元はブー子だが、パーティの幹事は向日葵なので、参加できる人は向日葵に連絡するように、と書かれていた。いくべきかどうか迷う間もなく、小百合にスマホを奪われ、勝手にLINEを送られてしまった。

翌日、思えば約二年ぶりに、向日葵から返事があった。パーティの案内のみの明らかなコピペメッセージだったが、全く何とも思わなかったというと、嘘になる。大嘘だ。犬のように喜んでしまった自分が、情けなく憎い。

パーティの日時は、十一月はじめの日曜日夜。会場は池袋にある創作料理屋。小百合にブー子へのお祝いはどうするのかと聞いたら、お前頭にボウフラでも湧いてんのか、とでも言いたげな顔で見られたので、何も用意しないことにした。

当日、三十分ほど遅れて会場に着いた。わざとではない。俺は親父とは違う。どうしても片付けておきたい仕事があった。嘘じゃない。本当だ。

店はビルの地下一階にあった。階段脇の立て看板に「本日貸し切り」の札がかけられている。

この向こうに、向日葵がいる。ドキドキしすぎて、乳首取れそう。

よし、いくぞ。口の中で小さくつぶやいて階段を降り、ドアを開けた。

次の瞬間、上半身はブラジャーのみで腹丸出し状態のブー子が、左右に激しく腰を振りながら、バットマンのジョーカーみたいな顔でこちらに突進してきた。これは夢だ、そうでなければまもなく死ぬ、と俺は思った。

「え？ 結婚⁉ どこに結婚って書いてあるのよ。よくメッセージを読んでよ」

俺はスマホを出し、ブー子とのトーク画面を開いた。

「……思いっきり、結婚パーティって書いてありますけど。冒頭に。これ以上ないほど、はっきりと」

ブー子が横から身を乗り出し、画面をのぞきこむ。ブラジャーみたいな衣装から胸がこぼれ落ちそうで、思わず目をそらした。

「あ、本当だ！ ハハハ！ わかった。友達の結婚パーティの案内をコピペしてアレンジしたつもりだったんだけど、土肥ちゃんと小百合のだけ、やりかけの文章を送っちゃったんだ。めんごめんご」

今日、俺が呼ばれたのは、ブー子の結婚パーティではなく、ブー子と向日葵が通っているベリーダンス教室の発表会だったのだ。さっきはパーティのオープニングを飾る、ブー子渾身のソロダンスだったのである。

客は全部で三十人ほどだろうか。老若男女、様々な人がいる。向日葵目当てと思われる前の会社の男たちも何人かいた。今はダンスの合間の食事タイムで、みんな思い思いに、ビュッフェスタイルの創作料理を楽しんでいた。ベリーダンスに合わせて、中東風の料理もいくつかあった。俺もケバブや野菜料理を食べてみたが、なかなか旨かった。

「小百合、結局こなかったね」

ブー子が言った。俺がぼっちなのを気遣って、さっきから隣にいてくれるのはありがたいのだが、胸元と丸出しの腹が目のやりどころに困るので隠してほしい。しかしダンスのおかげか、気にしていた下っ腹がずいぶんと引き締まっていて、あれからたくさん努力したんだなと感慨深かった。

「まあ、前の会社の人たちに会いたくないか」ブー子が言う。「昔、いろいろあったしね」

「それより、なんでベリーダンスなんかはじめたんですか?」

「うーん、何か、男以外に熱中できるものを見つけようと思って。相変わらずいろいろとうまくいかないことばかりでさー。でもつまらないことで毎日ウジウジしてるのも、もったいないでしょ。ベリーダンスは前から興味あったの。向日葵からずっと誘われててさ。はじめてみたら、すっかりハマっちゃった」

「あ、あの……彼女は今、どこに?」

「ねえ、それより、最近の小百合、すごく変わったと思わない? とくに土肥ちゃんと一緒に仕事するようになってから」

「……そうっすかね。俺には今も昔も、ただの恐ろしい人食い怪獣にしか見えないですけど」

「なーんていうのかな。前はこう『あたしはあたし』って態度をとりつつも、それは強がって無理してそういうふうでいないと、つらすぎて生きていけない、みたいなところがあったと思うの。だからときどき他人を激しく妬んでは攻撃して、その上、自分をこんなふうにイライラさせる周りが悪いって思ってるみたいだった。だから、あの会社でもトラブルメーカーだったじゃない?」

トラブルメーカーなんてかわいいものではなかった。トラブルトルネードだった。

「最近、本当に強がりじゃなく『あたしはあたし!』って信じられてるんだなって、わかるの。何より、人にやさしくなったよ」

「はあ……。あの人に、つらいことってあるんですか」

「あるよ。当然じゃない」

「そうですか」

「ダイエット教室って職場は、小百合にとても合ってると思うわ。意外と、人の苦しみや痛みに敏感な質なのよ」

「それはちょっと、よく言い過ぎでは……」

そのときだった。

視界の端に、彼女の姿が映った。

彼女もすでに、俺に気づいているようだ。従業員用のドアのあたりから、小走りでこちらに向かってくる。白いワンピース姿。頭にも、白いリボンをつけている。

「土肥さん！」目の前までくると、向日葵は息を弾ませて俺の名を呼んだ。俺のために、俺のために走ってきたのか？　そして俺の名を呼んだのか？そうなのか？

「久しぶり！　元気だった？　ごめんね、ずっと連絡しなくって。実は母が重い病気にかかってしまって、その看病で忙しかったの」

そう言うと、向日葵は俺の向かいに座った。

「でも、今日は土肥さんに会えるから、すごく楽しみだったんだよ。来てくれて、本当によかった」

これは現実か？　俺、明日死ぬのか？

「あ、あの、田川さんもこれから踊るの？」俺は平静を装いながら、そう聞いた。

「わたし？　わたしは、今日は踊らない。少し前に肩を脱臼しちゃって。だから今日は裏方。ブー子さんは初心者なのにすごく上手なんだよ。もううちの教室のエース候補！」

「そ、そうなんだ」と言いながら横を見たら、いつの間にはブー子は席を立ってどこかにいなくなっていた。

「ねー、土肥君って、今は彼女いるの？」

「え？」

なぜだ？　なぜそんなことを聞くんだ？

「い、いないよ」

「じゃあさ、前にLINEで、今度一緒に食事にいこうって誘ってくれたじゃない？　あれ、まだいきてる？」

いつの話をしているのだろう。既読&未読スルーされすぎて、もはやわからなかった。

「もし、まだ大丈夫なら、今度おいしいもの食べにいかない？」そう言って、小首を傾げる。

「よかったら、二人で」

「でででも、そんなことしたら、かかかか彼氏に、怒られない、かな？」

すると向日葵は目を伏せ、困ったように口元をすぼめた。「うーん、彼氏、彼氏ね」

「まだ付き合ってるの？　あのユーチューバーの彼と」

「付き合ってるって言ったら、食事にいってくれない？」

「えっ」

「って、嘘だよー」向日葵は小さな手で口をおさえてキャハハハと笑った。「わたし、そんなあざといこと言う女じゃないよ。別れてるよ、もうとっくに」

「そ、そっか、へへへ」

「うん。ということは、わたしたち今、お互いにフリーだね」

なんだか。

なんだか、今、俺たち、ものすごく。

いい感じじゃないか？

「いついこうか？　向日葵ちゃんは、何食べたい？　もしよかったら、俺がうちで手料理を
……なんつって。へへっ」

「ねえ、恵太君ってさ、あの有名な真知子式ダイエットスクールで働いてるの？　福田さんからLINEで聞いたんだけど」

「え、まあ、うん」

「代表取締役副社長に就任したんでしょ？　すごいね、大出世じゃん」

「え……」

「港区のタワーマンションに住んで、車も買ったってブー子さんも言ってたけど、本当？　何乗ってるの？」

「えっと、アウディ」

嘘ではない。うちの社用車にアウディが一台あり、俺はそれに二回、乗ったことがある。

「すごい！　ねえ、今度乗せてほしい。ドライブいきたい」

それから向日葵は目をキラキラさせて、二人のドライブデートプランを語りはじめた。まず向日葵の自宅までアウディで迎えにいき、その後、鎌倉の海を見にいく。それから宇都宮の実家へ出向いてご両親にあいさつし、最後はその後また向日葵の実家に戻って、俺が彼女

の家族に手料理をふるまうという流れだった。

「あ、向日葵、いたいたー」

そのとき、ピンク色のギンガムチェックのワンピースを着たふくよかな女が、俺たちのテーブルのそばにやってきた。チキン南蛮が山盛りになった大皿を抱えている。

「あ、ちーちゃん、バイキングなんだから、お皿ごと持ってきちゃだめだよ」向日葵が女に言った。

「違う違う、店長さんがわたしのためだけに作ってくれたの。全部食べていいですよ、だって。ご飯持ってくる！」

女はそう言うと、大皿を俺たちのテーブルに置き、またトコトコとビュッフェコーナーへ戻っていった。

「今の、誰かわかる？」向日葵が意味ありげな笑みを浮かべて、聞いた。「日村千絵だよ。わたしたちと同期の」

「え！」

俺は振り返って、彼女の姿を確かめた。ニコニコと幸せそうな顔で、どんぶりに白飯を盛りつけている。しばらくして、片手にタルタルソースがたっぷり入った器、もう片手に白飯のどんぶりを持って戻ってきて、向日葵の隣に座った。

「向日葵も食べるでしょ？」と取り皿にチキン南蛮を分けながら、日村千絵らしい女は俺の顔を見た。「そちらの方も召し上がり……って、あ！　土肥君！」

俺は彼女の顔を、正面から見る。記憶の中の日村千絵とは、やはりまるで違う。肥満ぎみであるという点以外、何もかも。しかし、見つめているうちにどことなく面影があるような気もしてきた。

記憶の中にいる日村千絵は、全体的に灰色のイメージだ。モノトーンの服を着て、肩までの髪で顔を覆い隠しながら、いつも猫背で座っている。年齢は向日葵の一つか二つ上。同期の中で最も影が薄く、とくに男の同期は、彼女の存在すら認知していない奴も多かった。俺がなぜ彼女のことを記憶しているのかといえば、いつも昼休みの食堂で、定食を三人前食べていたからだ。

窓際の隅っこのテーブルに座り、A定食、B定食、ヘルシー定食のすべてのおかずを並べて、大盛りご飯を片手にひとり黙々と食べていた。俺も同じことをやってみたくてたまらなかった。心底うらやましかった。が、男の俺でも羞恥心が勝ってしまい、どうしてもできなかった。

そうなのだ。あの頃、あの会社のあの食堂で、俺は毎日のように、彼女の姿を羨望のまなざしで見つめていた。

「やだ、向日葵と楽しそうに話してるから、新しい彼氏かと思った。土肥君、久しぶり！」

日村千絵は鼻にシワを寄せて、くしゃくしゃの笑顔を作った。俺の戸惑いに気づくと、彼女はいたずらっぽく、ふふふと笑った。

「わたし、変わったでしょ。どこが変わった？　当ててみて」

「えっ、どこがって……。いろいろありすぎて、一つに絞り切れないんだけど」

「一つだけ、大きく変わったところがあります！」まん丸の顔の横で、ムチムチの人差し指を突き立てる。「正解者には豪華賞品プレゼント！」

「えーっと、髪の色？」

「ぶっぶー。正解は、瞼でーす。一重からぱっちり二重になりました！」

「……」

「ちょっと、ちゃんと見て！　前は貯金箱の小銭入れるところみたいだったのに、今は広瀬すずと全く同じでしょ」

言われてみれば確かに変わった気がする。広瀬すずと全く同じかはしらないが。メイクが派手になりすぎていて、違いがよくわからなかった。

「あの、整形したってこと？」

「うん！」と千絵は臆面もなく頷いた。「必死でお金貯めて、顔のコンプレックスを全部直したの。鼻も顎も歯も全部やった。でも、目がパッチリになったのが、自分の中では一番大きな変化かな」

「整形して、中身まで別人になったよね」向日葵が言った。「おしゃれもして、お化粧もして、最近のちーちゃんは自信に満ち溢れてるもん。わたしも整形しようかな」

「うん、したいなら、すればいいと思う！　個人の自由だよ」

向日葵が一瞬、不満げな表情を浮かべたのを俺は見逃さなかった。「整形なんてする必要ないじゃん」的なことを、言ってほしかったのかもしれない。そしてもしかして俺が今、それを言えば、俺たちはもっといい感じになれるのかもしれない。

しかし、俺はそれを言わなかった。

なぜなら目の前で、千絵がもう十分にタルタルソースがかかっているチキン南蛮の上に、さらに倍量のタルタルソースをぶっかけはじめたからだ。

そして、大きめにカットされた鶏のから揚げに甘酢とタルタルソースをこれでもかと絡め、一口で一気に頬張った。そこにすかさず白飯で追いかける。飯は炊き立てで湯気が立っていた。

「うーん、サイコー。うんま！」

口のまわりにタルタルソースをつけたまま、千絵はうっとりと目を閉じた。その顔は、なんだか妙にセ……セクシー。俺は不思議と、体の末端まで熱くなっていくのを感じていた。なんて、なんて素晴らしい食べっぷりだろうか。この姿、いつまでも見ていられる。いや、いつまでも見たい。なんだったら毎日見たい。

「相変わらず、よく食べるね」向日葵があきれたように言った。「本当、すごいわ」

「だってとってもおいしいんだもん。チキン南蛮を考えた人って天才じゃない？　から揚げを甘酢につけて、さらにタルタルソースぶっかけるって常人の発想じゃなくない？　歴史の教科書に名前載せるべきだと思う。ていうか向日葵もはやく食べなよ。冷めちゃうよ」

向日葵は取り分けられた三切れのチキン南蛮を見下ろした。やがて、割り箸の先でタルタルソースをけずりとりはじめた。その後、少し迷った末に衣もはがしていった。

「あ、向日葵！　なにしてるの！」

そう言いながら、千絵は白飯にタルタルソースだけをのっけてむしゃむしゃかっ込んでいる。いいぞ、俺もそれ、好きだぞ。

「だってー、こんなの食べたら太りそう。最近、二の腕に肉がついてきちゃって。そうだ、土肥君のところのダイエット教室入ろうかな。ちーちゃん、一緒にやらない？」

「ダイエット？　あー無理無理無理。わたしね、体形はもう捨ててたから。体形を捨てるために、顔を直したようなもんだもん」

「体形を捨てるって、どういうこと？」俺は聞いた。

「うーん、ちょっと待って、これ食べてから説明する」と千絵は言って、また一つチキンを頬張る。「……あのね、わたしの見た目って、前はいいところなしだったでしょ？　一重瞼で歯並びもちゃがちゃで、しかも太ってる。子供のときから家でも学校でデブデブブスブス言われ続けて、もう世の中すべてを恨みながら生きてたの、ずっと。生きる貞子って感じ」

「貞子は痩せてるよ」と向日葵が言った。

「あ、ほんとだ、アハハ。まあとにかく、そんなふうだから、食べることだけが楽しみだったのね。でも、高校生ぐらいになると、まわりの女の子たちが、もっとどんどんかわいくなっていくでしょ？　おしゃれしたり、メイクしたり。そんな周りと自分を比べて、ますます卑屈な性格になっていっちゃって。食べることに罪悪感っていうの？　そういうのを感じるようになっていって。でもあるとき、気づいたんだよね。せめて顔が普通になれば、少しは自分を好きになれて、食べることもまた楽しめるようになるかなって」

　そう話している間にも、白飯とチキン南蛮はもりもりと口に放り込まれていく。彼女の話をちゃんと聞きたいのに、その食べっぷりに、つい意識を奪われそうになる。

「頑張ってお金貯めて、整形して、ダウンタイムも終わったあとに鏡を見た瞬間から、わたしの人生は何もかも変わったの。あ、待って、土肥君の言いたいことはわかる。『人生変わるほどかわいくなってなくね？　普通じゃね？』でしょ？　大丈夫、自覚してるから。ブスが普通になっただけ。でも、とにかくこの普通の顔なら、おいしいものを心からおいしく食べられる。だから今は幸せ。食べることだけが、わたしの生きがいだから」

　ついに、チキンが最後の一切れになった。その一切れに残っている甘酢とタルタルソースを可能な限りたっぷりと絡めると、一口で頬張って、名残惜しそうにゆっくり咀嚼していく。

「でも、最近のちーちゃん、さすがに食べ過ぎだよ。もうすぐ百キロなんでしょ？」

　向日葵が言った。確かに、服装や化粧、表情の変化で気づかなかったが、体形も以前と比べて一回り以上大きくなっている。

「それ、それよ」と千絵。「さすがにさ、百キロはまずいよね。迫りくる死を感じるよね。この間の健康診断で医者にバチギレされたからね。明日死んでもおかしくないって」

「あ、あの、だったら」俺は口を挟んだ。「うちの教室で新しくはじめた食事指導、受けてみない？　少しずつ食事量を減らすプログラムで、無理なく……」

「やらない！」

「厳しくないし、あの……」

「ダイエットorダイ！」

「いや、それは意味不明だけど。あの、運動とかしなくてもいいし、食べ過ぎちゃう人が、少しでも制限できるようになるためのプログラムで、内容も個人個人に合わせられるし、よかったら一度、教室に見学だけでも……」

「だから、いかない！　そんなところにいく時間あったら、ケンタッキーいく」

「……」

「じゃじゃじゃじゃあ、今度、一緒にケンタッキー食べにいきませんか？」

「え？　みんなで？」

「ふ、二人で！」

「えっ」

「あっ」

そのとき、あたりが突然暗くなった。と同時に、奇妙な音楽が鳴りはじめた。そして店の奥にスポットライトが当たると、金色の衣装を着たブー子がどこからともなく現れ、世にも不思議なダンスを踊りはじめた。

ダンスが終わり、照明が戻ると、千絵の姿が消えていた。

店中探したが、パーティがお開きになった後も見つからなかった。

「ほーん。で？　千絵はそのまま消えて、向日葵からは毎日ＬＩＮＥがくると。そういうことね？」

小百合は今、俺の目の前で、コンビニのカレー弁当の上にカラムーチョを一袋分バリバリ割りながら振りかけている。これがカレーの一番旨い食べ方らしい。

「で、相変わらずのクソ童貞のくせに、それを未読スルーしていると」

俺はスマホの画面を見る。あれから三日。向日葵からの未読メッセージ十五件。立場がまるっきり逆転してしまったかのようだ。

「立場が逆転していい気味だこのクソビッチって思ってるわけ？　あんたって本当に……。あんたの親父も草葉の陰で泣いてるわよ」

「親父は残念ながらまだ死んでないし、そんなふうには思ってません。ただ、なんて返していいのかわからないんですよ。おはようとか、おやすみとか、そんなこと突然、毎日送られても」

「おはようイコール抱いてって意味に決まってるでしょ？　バカじゃないの？　あんたの頭につまってるの、脳みそじゃなくて八丁味噌じゃないの？」

もし小百合の言う通りだとしても、自分でも意外なほど、向日葵に対して気持ちが盛り上がらないのだ。あんなに執着していたのが、嘘のようだった。この心変わりの原因はなんだろう。箸でチキン南蛮をつつきまわしていたからか？　それとも、俺が取締役副社長と知った途端、態度を変えたからか？

いや、違う。そんなことすべて、どうでもいい。それよりも……。

日村千絵。なぜなのか。どうしてなのか。あれからずっと、彼女がチキン南蛮を幸せそうに食べていた姿が、頭にこびりついてはなれない。

「あの、一つ、あなたにおたずねしたいことがあるのですが……」俺は言った。

「うむ、なんでも聞きたまえ」

「えっと……とくに理由はないんですけど、向日葵に、日村千絵の連絡先を教えてくれって頼んだら、やっぱり不快にさせてしまいますかね」

「ブチギレだろうね。挙句、『土肥君って童貞なのに性病持ちな上、ネズミ講にハマってるらしいよ』かかわるのはやめときなよ。なんて千絵に吹き込むだろうね」

それがあながち間違ってもなさそうなのが、恐ろしいところだ。俺はうーんと頭を抱えた。

「ていうかあたし、千絵の電話番号ならしってるけど」

「え？　マジ？　なんでもっとはやく言わないの？　バカなの？　頭につまっているのカレーじゃないの？」

「前の会社にいたとき、あたしを自分の仲間だと思ったのか、突然『友達になってください』って言われて、何度か一緒にランチバイキングにいったんだよ。毎回、あたしのほうが多く食べるのが悔しかったのか、途中で距離をおかれてＬＩＮＥもブロックされたけど」

距離をおかれた理由は絶対にそれじゃないだろう、と俺は思ったが、今、口に出すべきではない。

「お願いします。教えてください」

「相談室の件、考えてくれたらいいよ」

俺は小百合を睨みつけた。相談室とは、小百合が叔母に提案した俺たちの新しい仕事で、会員の個人的な相談に有料で応えるというものだ。相談の内容はダイエットにかかわることでもそうでなくてもいい、ということにするらしい。

正直、俺はあまり乗り気ではなかった。端的に、面倒だからだ。どうせ小百合は何もしないくせに、報酬は二人で等しく折半というのも気に入らない。

何より一番気に入らないのは、俺に全く自信がないということだ。

いくらとるつもりか知らないが、その料金にみあったサービスを提供できるのか？　この俺が？　ダイエットの専門家でもなければ、カウンセラーでもないのに。

……しかし。

「千絵に会いたくないの？　もう一回」

「いや、別に会いたいってわけじゃないです」俺はきっぱりと言った。「ただ、食事制限したほうがよさそうだったから、その、この機会に、勧誘してみようかと」

「お前、千絵のこと好きだろ」

「まさか、ハハハ、そんなわけないじゃないですか、ハハハ。俺はデブ専なんかじゃない、断じてデブせ……」

「それは建前のお前だろ。本音のお前は体が大きくて、たくさん食べる女が好きなんだよ。太った女が食べ物を掃除機みたいに吸い込む姿を見て、興奮する変態なんだ。ていうか、あの会社にいたときから、千絵に惚れてただろ」

「いや、さすがにそれは」

「お前が食堂でいつもあの女を監視してたことを、あたしはしってるよ。なぜなら、そんなお前をあたしは監視していたからだ！」

「……」

「やれやれ」と小百合は肩をすくめる。「あのね、わかんないみたいだから教えてあげるけど、あんたがそれを認められないのは、単なる見栄だよ。デブ専なんていう、この世でもっとも低俗な言葉に耐えられないだけ。あと、あの親父に難癖つけられるのも怖いのよ。だからあの親父が文句のつけようのない、若くて美人の女をつれて帰りたいって思ってる。あたしの言ってること、正しいでしょ。ぐうの音も出ないでしょ」

「……ぐう」

「デブ専なんていう言葉はね、女をモノとしか見ていない男の言葉なんだよ。あんたのまわりにいたクソみたいな男たちや、さらにクソまみれのあんたの親父のだよ。それでいいの？　あの親父と同じ生き方するの？」

「いやだ！」

「だったら！　今すぐ千絵に電話して、デートに誘え！」

小百合は俺のスマホを奪うと、例によっていとも簡単にロック解除し、勝手に千絵の番号に電話をかけた。

出なかった。

すると次に小百合は、ショートメールを送った。

思いのほか、返事はすぐにきた。

土肥君、連絡ありがとう！　わたしも土肥君と連絡とりたくて、向日葵に聞いてたんだけど、なかなか教えてもらえなくて困ってたの。あのね、やっぱり一度、ダイエット教室の見学にいかせてもらえないかな？

その後のやりとりの中で、あのパーティのときに突然姿を消したのは、ブー子のダンスに合わせて体をゆすっているうちに、ワンピースの背中部分が真っ二つに破れてしまったからだったということが判明した。チキン南蛮の食べ過ぎが原因であることは、疑いようがなかった。その上、先週ついに体重が百キロの大台に乗ってしまったのだという。

そんなわけで、翌週の土曜日の午前十時、千絵は横浜駅にやってきた。

黄色のコート、赤いエナメルのバッグ、さらに髪が金髪になっている。百キロの巨体にその派手なスタイルは、さすがに人目をひいていた。しかし、本人は全くのお構いなしで、

「電車ってあつーい」などと言いながら路上でコートを脱ぎ、半袖の白いニットワンピース姿になった。その腕、胸、腹。すべてがとんでもないボリュームだ。ミシュランマンという単語が、自然と脳裏に浮かんだ。

ドキドキした。

彼女と連れだって歩いている間、俺は完全に気もそぞろで、教室の案内をするときも全く集中力を欠いた状態だった。明らかに千絵は退屈そうにしていた。腕時計（その手首の太いこと。カツオの胴体ぐらいある）を何度も見ている。それでもなんとか場をつないで、ようやく午前十一時。まあ、そろそろいいだろう。

「あの、まだ時間、平気だよね？　実はお昼ご飯を用意してあるんだけど、一緒に食べない？」

「ごめん。今日のお昼は食べるもの、もう決めてあるの」

「フライドチキン用の肉が約五キロ分あるんだけど。これから揚げるから、揚げたてを提供できるんだけど」

「食べるに決まってる」

この数日の間に千絵のインスタアカウントを特定し、フライドチキンが大の好物であるという情報を入手していた。

俺は彼女を休憩室に案内した。数日前から「今週土曜はワックスがけのため、休憩室は使用不可です」と張り紙をしておいた。そのため、無人だった。

小百合も、今日は出張で不在だ。

休憩室の二口コンロだけでは心もとなかったので、小百合にカセットコンロを借りておいた。思いのほか簡単に貸してくれただけでなく、おまけでガスボンベまでつけてくれた。

用意したチキンはすべて、彼女が最も好きだという骨付きの脚の肉、いわゆるドラムと呼ばれる部位だ。昨日、肉屋を五軒回ってかき集め、今朝のうちに下ごしらえもすませておいた。

千絵は今、テーブルの前に座り、まるでクリスマスプレゼントをあける直前の子供みたいな顔で待っている。俺は休憩室の二口コンロと小百合のカセットコンロをすべて同時使用して、粛々と骨付き肉を揚げはじめる。合間にハーブソルトやハニーマスタード、ヤンニョムソース、マヨネーズ、大根おろしなどのトッピングを千絵の前に並べていった。

三十個ほど揚がったところで、大皿に盛り、テーブルに置いた。そして俺は、千絵の正面に座った。

「どうぞ、召し上がれ」

「すっごくおいしそう。いっただきまーす」

千絵はさっそくチキンを一つつかみ取ると、頭から勢いよくかぶりついた。

そのまま骨の部分をひっぱって、肉を一気にスポンッと抜き取ってしまった。俺は今、世界で一番かっこいいフライドチキンの食べ方を見た、と思った。ザクザクザク、という小気味いい咀嚼音を鳴らしながら、千絵は「んん～！」とうなって身を震わせる。

「おいしい！　百点！　衣がカリッカリなのに、お肉はジューシーで肉汁たっぷり。二度揚げしてたでしょ。わたし、しっかり見てたからね」

その後も千絵は次々とチキンにむしゃぶりついていく。軟骨まできっちりかじりとり、残るのは常にピカピカの骨だけだ。

「あー最高！　骨付きチキンをこうして手づかみで食べてるとさ、世界はわたしのものだって気持ちにならない？」

なんだかよくわからなかったが、俺は「そうだね」と答えた。しかし、俺の反応などどうでもよさそうだった。とくに返ってくる言葉もなく、相変わらずのペースで食べ続けている。

「ねえ、土肥君、あと少しでなくなっちゃうけど」

「あ、ごめん」

俺はあわてて立ち上がり、キッチンに立つと残りの骨付き肉をまた揚げていった。そうしながら、ときどき振り返って彼女の様子を確認する。

岩のように巨大な背中、丸太のように太い二の腕、満月のようにまん丸の顔。その表情はとても幸せそうで、作業の手をとめて、つい見入ってしまいそうになる。

……この胸の高鳴りは何だろう？　さっきから、鼓動がはやくて呼吸もしづらい。もしかして……俺、心筋梗塞？　死ぬの？

やがて、残りの骨付き肉がすべて揚がった。また大皿に載せてテーブルに持っていく。その頃には少しペースが落ちついていて、彼女は食べながら自身の近況を教えてくれた。

整形代をためるために、コールセンターと兼業で宅配ドライバーをやっていたこと。今はどちらもやめて、接客業のバイトをしながら、ネイリストになるための学校に通っていること。それから、なぜか千絵は小百合のことをやたら聞きたがった。

「わたし、福田さんがずっと憧れだったの」

「え、なんでまた、あんな物の怪を……」

「失礼だけど、わたしと同じぐらい太ってて、顔もまあ、ブスじゃん？　しかもわたしよりずっと年上なのに、好きな服着て、まわりに何を言われても気にせず堂々としてて。美容とか整形とかに一切興味なしって感じが、逆に潔いなって。わたしも、本当はああいうふうになりたいんだと思う。友達になりたくて何度かランチビュッフェに誘ったんだけど、いつもわたしのほうがたくさん食べるのが気に入らなかったみたいで、途中から無視されるようになっちゃった。LINEもブロックされたみたい」

あのプレデターめ。なぜ俺に対し意味のない見栄をはるんだ。

「この間のベリーダンスのときに、会えると思ったんだけど。なんでこなかったんだろ？」

「いや、ブー子さんも言ってたけど、前の会社の人たちに会いたくなかったんじゃないかな？　いろいろ、揉め事の多い人だったから。それにさ、今が幸せじゃないと、昔の知り合いに会いたくないっていうじゃん。俺も気持ちがわかるというか。まあ、そんなに自信満々で生きてるわけじゃないと思うよ、あの人も」

話しながら、少し残念な気持ちになった。いつの間に、俺はあの怪物についてこんなに詳しくなってしまったのか。一緒にいすぎなのだ。おきたい。距離を。

「どうして、小百合さんの今が幸せじゃないと思うの?」

「えっ。まあ、いまだに、独り身のようだし……」

「ふーん、そっか。でも、二人はいいコンビじゃない? さっき土肥君が話してた、二人で相談室を開くっていうの、絶対うまくいくと思う。土肥君もその仕事、向いてると思うし」

「そ、そうかな? どんなところが?」

「例えば今も、整形について話してるとき、余計なことを何も言わないでくれた。そういうところかな。黙って受け止めてくれてる感じがして、嬉しかった」

「それは」と言いかけて、俺は口をつぐむ。それは、そうじゃなくて。

「たいていの人は、何か言うの。痩せるだけでかわいいのにとか、やりすぎるとメンテナンスが大変でどうたらとか、年取ったらなんとかとか。親切心で言ってあげてる、みたいな顔をして。全部、わたしの勝手なのにさ。何か一言言わないと、気が済まない人たちばっかり」

「あの、俺が余計なことを言わないのは……」

「わかるよ」と千絵は俺を遮って言った。「人に嫌われたくないからでしょ?」

図星。最近、突かれることが多い。もしかして俺の図星は、散歩中の犬の肛門みたいに丸出しになっているのだろうか。

「でも、それは不用意に他人を傷つけたくないっていう、優しさの表れでもあるから。土肥君は自分のよくないところだって思ってるかもしれないけど、わたしみたいな欠点だらけの人間からしたら、とてもありがたいよ、土肥君のそういうスタンス」

自分のコンプレックス――己のちっぽけなプライドを守りたくて、常に人に対して及び腰なところ――をこんなふうに評価してもらえたのは、はじめてだった。嬉しくて照れくさくて、ついうつむいてしまう。

「とにかくさ、世の中の大半の人は、整形してるっていうだけで一段下の人間として見てくるの。とくにわたしはデブのままだから。インスタで整形垢やってるんだけど、『整形の前にやることあるでしょ』なんてコメントが毎日のように飛んでくるよ。別にどうでもいいんだけど。わたしは自分のために整形しただけだから」

と言いつつ、どこか釈然としないような口ぶりにも聞こえる気がした。明るくふるまってはいるが、彼女なりに複雑な思いもあるのだろうか。

「……ねえ、正直なところ、土肥君は今のわたしの顔、どう思う？」

「え？」

「前と比べて、ちょっとはよくなったと思う？　前はもう0点じゃん？　マイナス一億点という見方もあるけど、とりあえず0点として、今はそれと比べて何点？」

「いや、点数なんて……」

「正直に言って。別に嫌わないいし、怒らないから」

俺は彼女の顔を数秒見つめ、それからまたうつむき、黙り込んでしまった。

千絵の顔を見られないまま、時間がどんどん過ぎていく。彼女はふたたびフライドチキンを食べはじめた。しかし、そのペースは明らかに落ちている。ああどうしたらいい？　ご先祖様～。

「……変なこと聞いてごめん」しばらくして、千絵がつぶやいた。「わたしみたいなのが整形しようとしまいと、どうでもいいよね。調子にのってた、ごめ……」

「そうじゃなくて、えっと、あの、正直に言うと、日村さんの前の顔をあんまり覚えてないっていうか」

「え！　ひどい」

「あ、いや、ごめん。あの、覚えてないっていうか、覚えてるんだけど、今の顔との違いはどうでもいいというか。あの、整形して、明るくなったのは、とってもいいと思う。すごく、すごくいいよ。前より話しやすいし。前は話しかけづらいオーラがすごかったから。なんかもう、生きながら死んでるみたいで」

「なにそれ、やっぱひどい！」

「あ！　ごめん！　そういうことが言いたいわけじゃなくて。あの、顔は関係なく、俺は、日村さんのことが好きだってことを、その……」

沈黙。俺は千絵の顔が見られない。だからずっと、膝に置いた自分のこぶしを見つめた。換気扇のブーンという音がやたらとうるさく感じる。

「好きって」と千絵が口を開いた。「女として？」

「……いや、人として」

「そっか、そうだよね」

「はい」

「ふーん」

「……いや、女性として……かもしれない」

「かもしれない？　どっち？　はっきり言ってくれる？」

「あ、えっと、女性として、はい、えっと、たぶん、いや、やっぱりちが……」

「じゃあ、付き合う？　付き合おうか、わたしたち」

「えっ」

「うん、じゃあ、決まりね」


それ以降、まるでよくないハッパでも吸ってしまったかのように頭も体もふわふわしていて、自分が何をして何を言っているのか、よくわからないまま時が過ぎ、気づいたら千絵はいなくなっていた。ほとんど何も覚えてない。ただうっすらと記憶にあるのは、後片付けのときに床に油をぶちまけ、彼女の新品の靴を汚してしまったことと（弁償代として一万円渡そうとしたが、受け取ってもらえなかった）、彼女が去った後で小百合に借りたカセットコンロをしまっているとき、箱に盗聴器のようなものが仕掛けられていたことに気づいて今度こそあの怪物殺してやる、と思ったことぐらいだった。

その日から、俺と千絵は毎晩電話するようになった。

そのたびに千絵は、自分のどこが好きなのかしつこく聞き、俺は毎度答えに窮してしまう。「ただ好き」ではダメだと却下されるので、「たくさん食べるところ」「おいしそうに食べるところ」「整形して性格が前向きになったところ」などとひねり出してみるのだが、納得してもらえない。どうやら彼女としては、外見、中でもとくに顔のことを褒めてほしいようだった。が、俺は彼女の今の顔について、なんと言えばいいのか、本当にわからないのだ。明るくなった笑顔は、とても素敵だとは思う。でもそういった表現では、彼女はやっぱり納得しない。

「例えばわたしが殺人を犯しても好き?」「過去に違法薬物を摂取していたことが判明したとしても好き?」などというよくわからない質問もときどき飛んでくる。正直、わからない。そうなってみないとわからないというのが本音だった。だから、わからないと答えるしかないのだが、そうすると途端に口数が少なくなる。

俺のことも好きなのか、だとしたらどこなのか、俺も聞いてみたいが、聞けない。「ない」と言われるのが怖いし、多分、言われるような気がする。だんだんわかってきたが、千絵はただ彼氏ができそうなチャンスが目の前に転がってきたからとりあえずつかんでみただけで、俺でなくてもよかったのだ。その証拠に、電話だけでちっとも会おうとしないのだ。クリスマスも年末年始もバイトとネイルの勉強で忙しいとかわされ、俺は例年通り、ずっとひとりぼっちだった。

休み明けの初日、午前休みをとって午後から出社すると、小百合が勝手に俺のデスクに座り、右手にマクドナルドのてりやきマックバーガー、左手にビッグマックを持って交互に食べていた。

「あの、情報が渋滞起こしてて、どこから指摘していいのかわかりませんけど」

「あ、このカラコン？　きれいなブルーでしょ。ブー子からのクリスマスプレゼント。それより、あんたなんで、毎年恒例の職員全員参加の初もうでにこなかったの」

「いや、そんなの面倒くさいし」

「一緒に社長に相談室の件、プレゼンしようと思ったのに。まあ、いいわ。これを見なさい」

小百合は残りのてりやきマックバーガーを口に詰め込み、空いた手でハガキのようなものを投げてよこした。

俺はそれを手に取ると、隅から隅までじっくり読んだ。しかし、文字がすべって頭に入ってこないので、もう一度はじめから読みなおした。それでもわからない。理解できない。三度目、タイトルから音読した。「ハッピーウエディング、このたび岸田竜一くんと田川向日葵さんがごけ……」

「この岸田ってのは、なんか有名なＩＴ企業の役員らしいよ。四十五歳で、身長百八十九センチだって。あんた何センチ？」

「百七十一センチですけど何か？」

「百七十あればセーフって思ってるわけ？」

「あの、彼女はいつからこの男と……」

「付き合って一年ぐらいって、ブー子が言ってた」

「この間、彼氏はいないって……」

「ブー子によれば、あの頃はうまくいってなくて、他に女ができたかもって焦ってたみたい。それであんたに乗り換えようとしたわけね。全く、相変わらず姑息な娘ね。ところがどっこい、先月、妊娠発覚、急転直下で結婚ってわけ。式と披露宴はフォーシーズンズホテル東京大手町ですってよ、奥様、オホホ。そんなことより、この案内状の最後、読んだ？」

「最後って？　……えーっと、あ、この『二次会パーティでは仮装コンテストも開催します』ってところですか？　優勝者はアマギフ五万円分ですって！　よかったですね。はりきってコスプレしていったらいいじゃないですか」

「違う！」と小百合は言った。「その下の文だよ。『パートナーとお二人でご参加の方は、一人分の会費無料とさせていただきます。ぜひぜひカップルでお越しください』ってところ。どう思うよ、あんたこれ」

「どうって言われても……」

「どう考えても、あたしへの挑戦状でしょうが！」

そう叫んだあと、小百合は残り半分のビッグマックを丸飲みした。完全に頭がおかしい。

「あたしは誰にも負けない。今が幸せじゃないと、昔の知り合いに会いたくないだと？　お前みたいな産業廃棄物になぜそんなこと言われなきゃいけないんだ。あたしは、ずっと、誰よりも幸せだっ」

俺は深くため息をついた。「まあ、好きにしてください。俺のところには招待状がきてないので、どうぞ頑張って……」

「いや、あんたも参加することになるよ、絶対」

果たして、小百合の言う通りになった。そのあとすぐ千絵から電話があって、パーティに一緒にいこうと誘われたのだ。

結局それが、付き合うことになって以来、千絵とはじめて会う日になった。

会場となっている銀座のレストランは、なんでも向日葵の夫が友人と共同経営している店らしく、店内はかなり広々としていた。到着したときには、すでに二次会のパーティははじまっていて、DJブースにいるアフロヘアの痩せた女が音楽を流し、客たちは踊ったり、酒を飲んだり、壁にそって並べられたスツールに座ってしゃべったりしていた。仮装している人としていない人の数は、半々といったところだった。

俺は一周ぐるっとまわってみたあと、空いているスツールに腰掛けた。千絵はまだきていないようだった。披露宴にも参加していたことだし、そのうちくるだろう。白いミニ丈のドレス姿の向日葵は、DJブースのすぐ横でドラキュラ姿の新郎にバックハグされながら、延々とスマホで自撮りしている。すでに妊娠しているという話だったが、お腹はそれほど目立っていない。新郎は顔がイニエスタに似ている。それ以外、彼に関する感想はない。

「あら、王子様の格好、なかなか似合ってるじゃない。いいわねー」

そのとき、黒く大きなマントをかぶり、リンゴの盛られたかごをもった小百合が目の前に現れた。横には白雪姫姿のブー子と小人姿の幸子もいる。

幸子は小百合のパートナーという名目で、ただ飯を食らいにきた。四人の衣装はもちろん、その幸子の手製だ。どうせならみんなで白雪姫の仮装をしたい、というのはブー子のたっての希望だった。保育園のお遊戯会で鏡の役を押し付けられたときの負の記憶を、これを機会に成仏させたいらしい。うちの休憩室で泣きながら金魚鉢パフェを食べていたブー子を思えば、断ることなど俺にはできなかった。昨日、幸子から大きな四段フリルのついたドレスシャツと、黄色のかぼちゃパンツ、さらに厚手の白いタイツを渡されたときは、引き受けたことを死ぬほど後悔したが。

「なんだかすごいわねえ」と幸子が周りを見回しながら、感心するように言った。「今どきの若い子って、結婚式はやらずに写真撮るだけで終わりにする人も多いって聞いたけど、こんちは景気いいわねえ。バブル時代を思い出して、なんだか懐かしいわ。ゴンドラとかないのかしら？」

「向日葵のインスタ、見てみなよ」とブー子が言った。「ストーリーを三分おきぐらいで載せ続けてるよ。そんで旦那はXでいろんな人の仮装の画像をあげてバズりまくってる」

「へえ」と発しただけで、俺は何も返す言葉が思いつかなった。ただ、向日葵は俺みたいな小粒野郎には到底手に負えない傑物だったのだと今、心から悟った。叔母のアウディで宇都宮の実家まであいさつにいったりしなくて、本当に本当によかった。

「しっかし飯はケチくっさいね」小百合が言った。「ビジホの朝食かよって感じ。でも食べないのも癪だから、食いつくしてやるわ」

その言葉に幸子が「そうね、ただ飯食らいましょう」と腕まくりする。それから三人でビュッフェコーナーのほうへ去っていった。俺はぼんやりと彼女たちの様子を眺めた。皿を手にあっちへいったりこっちへいったりしながら、ときどき何事か言葉を交わしあい、腹を抱えて大笑いしている。よくわからないが、なんだかとっても楽しそうだ。

そのあと、俺はずっと一人で過ごしていた。千絵に何度かＬＩＮＥしてみたが、既読にもならない。

やがて、ゾンビの仮装をした司会者が現れて、新郎新婦クイズなるものがはじまった。とくに興味もなかったので、出入口の近くにあるソファ席まで移動した。

そこでしばらくまた一人でスマホゲームをやったり千絵のインスタを見たりして過ごしていた。が、少しして、隣のソファ席にいる男女が、なんだか興味をそそる会話をしていることに気づいた。俺はスマホ画面に目を落としたまま、聴覚に全神経を集中させはじめた。

女の名前はミチ。中東風の衣装を着ているが、俺には何のキャラクターの仮装なのかわからない。どうやら向日葵の高校時代の友人らしく、ちらっと見た限り、おとなしくかわいらしい雰囲気の女だ。男のほうはユウさんと呼ばれていて、声の感じからすると若くても三十代半ば、ひょっとするとイニエスタ新郎と同年代かもしれない。彼のほうはなんとなく怖くて、はっきり姿を視認することがいまだできていなかった。二人はこの場で知り合ったばかりのようだが、ミチがかなり赤裸々な恋愛相談を彼にもちかけているのだった。

「とりあえず、ここまでのミチちゃんの話を整理すると」ユウさんが言った。「ミチちゃんはその既婚の上司と真剣に付き合ってるつもりだったけど、実は彼には本命の彼女がいて、しかもそれは同期で仲良しのエリコちゃんで、その一方、合コンで知り合ったタカシ君から付き合ってほしいと迫られているんだけど、友達のチカちゃんも彼を狙っていることがわかったと。そういうことだね?」

ユウさんの情報整理能力の高さに、俺は思わず顔をあげて、彼のほうを見てしまった。目が合った。トランプマンだった。俺は静かに顔を伏せた。

「でも、それだけじゃなく、いろいろあって……」

ミチはまた、とりとめもなく話しはじめる。彼女の話はあっちこっちにとび、かなりわかりにくいのだが、どうやら単に、この五角関係(なのか?)で悩んでいるというのでもなさそうなのだ。彼女には仕事を辞めてイギリスへ留学したいという夢があるが、年齢的にあきらめてそろそろ真剣に婚活をすべきかどうか、その二択で揺れているらしい。となると、彼女の悩みの本質は、実は人間関係とは別のところにありそうだ。

「本当は三十になる前に結婚して子供もほしかったけど、でも、その前にどうしても一度は海外で勉強してみたいって思いもあって。でもこの間、お姉ちゃんに久々に会ったら、出産も子育ても若ければ若いほど楽って何度も言われて、お姉ちゃんは十九でできちゃった……」

「まー、ほんと、アレだよな。女の敵は女ってことだよな」

ユウさんはそう言って、ミチの話を突然ぶった切った。それから、聞かれてもいない過去のモテ自慢をべらべらしゃべりだした。

中学時代、学年一のイケメンだった自分をめぐって女子たちが内紛を起こしただの、自宅にセフレが三人鉢合わせして修羅場になっただの。その合間に何度も嬉しそうに口にされる「女の敵は女」。

「ほーんと、マジで女の敵は女だよ。さっきもそこで向日葵ちゃんの悪口言ってる年増の女がいたもんね。だいたい見た目の悪い女か年増の女が、かわいい子の足をひっぱるんだよ」

それとミチの話となんの関係があるのかよくわからなかった。ミチの顔を見ると、やはり困惑している様子だった。

その後もユウさんの話は止まらなかった。モテ自慢からきわめて自然な流れで、仕事自慢へ移っていく。ユウさんは高校中退したあとに世界を放浪し、帰国後にベンチャー系のゲーム会社に入社、そこで実績をつくって今の地位（とはいえそれがどんな地位なのか、俺にはよくわからなかった）にたどり着いた……らしい。

「俺に言わせれば、その辺の名の通った私大にいったって……」

「あの、すみません、友達に呼ばれてるんで、わたし、もういきます」

ふいに、ミチがそう言った。

「ええ？　いいじゃん、もう少しここに……」

「ごめんなさい」と言いつつ、ミチはすでに立ち上がっている。おとなしそうに見えて、意外ときっぱり意思表示できるタイプのようだ。

「ああ、あのさ、何か困ったことがあったら、いつでも相談にのるからさ」とユウさんはミチの細い手首を強引に握った。「よかったら、LINE交換しない？」

「わたし、LINEやってないんです」

チーン。終了。

ミチはユウさんの手を振りほどくと、逃げるようにその場を離れた。その直後、ユウさんが「ヤリマンが」と低くつぶやいたのを、俺は聞き逃さなかった。

そして、思う。

もしかして。

小百合や千絵が言っていたことは、本当なのだろうか。

女たちの話を黙って聞いて、受け止める。それは俺が思っているより、重要なことなのか。

もし世の男の多くが、ユウさんみたいな奴なら。会話の主導権を奪ったり、役にたたないアドバイスをしたり。そうだ、例えばうちの親父だ。母の愚痴を「くだらない」と切り捨て、長々と説教をたれる場面を、それこそ毎晩のように見てきたじゃないか。

とすると、こんな俺にも、人の役に立てる方法があるということなのか？

そのとき、「土肥ちゃーん」と俺を探すブー子の声がした。俺はソファ席を離れ、あたりをきょろきょろ見まわしているブー子に近づいた。

「ああ、いたいた土肥ちゃん。ビンゴはじまったよ。こっちこっち」

ブー子に誘導され、小百合と幸子が座っているところまで移動した。司会者が、ちょうど最初の番号を読み上げるところだった。

「景品、十五個もあるんだって」幸子が言う。「しかも一等は最新型のルンバ。太っ腹よね」

景品の豪華さもあって、結構な盛り上がりぶりだった。数分もすると、最初のビンゴが出た。手を挙げたのは、ラムちゃん姿の中年女性だった。景品はさらにくじ引きで決まるらしく、引き当てられたのは、十等の宝くじ三千円分だった。

その後も次々にビンゴが出たが、なかなか一等賞が当たらない。三十分ほど経過したところで、司会者が「次のビンゴが最後になります！」と宣言した。「一等賞があまっておりますので、次のビンゴの方は、無条件で一等賞となります！」

続けて読み上げられた番号は「13」。次の瞬間、驚くべきことが起こった。「ビンゴ！」ととてつもない大声を張り上げたのは、なんと小百合だったのである。

しかしそれからやや遅れて、男性の声でも「ビンゴ！」と聞こえた。司会者に呼ばれ、二人がＤＪブース横のステージにあがった。男性のほうは新郎の友人らしく、普通のスーツ姿で耳に長いピアスをつけた、うさんくさい雰囲気の男だった。横でブー子が「なんかマッチングアプリで知り合った女にいきなり『エッチ好き?』とか聞いてそうな男」と言った。それはよくわからないと思った。

「せっかくなので、かくし芸対決でもやってもらいましょうか」司会者が言う。「拍手の多かった方に、一等賞を贈呈します!」

ひときわ大きな歓声があがる。小百合もマッチングアプリ男も異をとなえなかった。じゃんけんで、先行はマッチングアプリ男になった。すると彼は唐突に「脱ぎまーす」と宣言し、本当に下半身裸になった。笑ったのは男たちだけだった。俺は注意深く観察したが、女たちのほとんどが、笑うどころか明らかにしらけ切っていた。彼はへらへらしながら、また静かにズボンをはいた。

司会者があわてて、小百合をステージ中央に呼び寄せる。小百合は全く緊張した様子もなく、名前を聞かれると「福田です」と言った。それから大きく深呼吸し、いきなりテレビアニメ「クレヨンしんちゃん」の主題歌『オラはにんきもの』を歌いだした。

驚くべきはその歌声だった。本格的なオペラ歌唱なのである。

みんな、あっけにとられた様子で、その〝美しい〟としか表現しようのない歌声に聞き入った。思わずブー子を見ると、彼女は訳知り顔で「彼女、昔、宝塚音楽学校の受験を二度失敗しているのよ」と言った。

小百合は堂々ワンコーラス歌いきった。最後はスタンディングオベーションとなった。そして小百合はステージの真ん中で、スポットライトを浴びて満足気に仁王立ちしていた。

その姿を見ながら、俺は思った——女の美しさとは、なんだろう、と。

まさに勝負あり。司会者が小百合にルンバを贈呈した。小百合は恭しくそれを受け取ると、天高く掲げ、野太い声で「エイドリアーン」と叫んだ。観客たちもその勢いにつられ、「うおー！」などと叫びながら拳を突き上げている。なんなんだ、全員バカか。

「このパーティ、バカしかきてないの？」幸子が言った。「おばさん、もうついていけないわ」

「ねえ、土肥ちゃん」ブー子がつんつんと横から肩をつつく。「あそこにいるの、千絵じゃない？」

振り返ると、誰もいない受付のすぐ横で、千絵が不安げな顔で佇んでいた。俺は小百合のこともルンバのことも頭から追いやって、急いでそちらへ向かった。彼女は結婚式と披露宴にも出席したはずなのに、どこで着替えてきたのか、ジーパンとスウェットという普段着だった。

「何度もLINEしたんだけど」と千絵は少しムッとして言った。

俺はあわててスマホを見る。「やっぱいけない」「近くにいる」「出てこられない？」などといったメッセージが数分おきに届いていた。

「あ、ごめん。いろいろあって、ありすぎて、見てなかった。どうしたの？　披露宴出たんだよね？　一旦帰ったの？　体調悪いの？」

などと俺が話しかけている間に、千絵がどこか遠くを見ながら、表情をこわばらせていく。

その視線をたどっていくと、向日葵が両手を振りながらこちらに向かってくる姿が目に飛び込んできた。

「ちーちゃん、どこにいたのー？　披露宴、途中で抜けたんでしょー？　なんでー？」

千絵は口をつぐんだままでいる。俺は二人の顔を交互に見た。

「もう、ユミの言葉なんか気にしなくていいのに。わたしもはじめてしったけど、差別とかしないから、心配しないで。ほら、職業に貴賤はないっていうじゃん。ねえ土肥さん」

「え？　何が？」

「あ、土肥さんもしらないんだー。千絵、整形代ためるために、風俗で働いてるんだよ。今も現役だっけ」

その瞬間、後頭部を金持ちの家にあるまあまあデカいサイズの金庫で殴られたような衝撃を感じた。俺はなんとか平静を装いながら、かろうじて「へえ」とだけ言った。

「ね？　土肥さんだって差別しないよね？　風俗嬢の彼女でも大丈夫だよね？」

向日葵はそう聞いておきながら、しかし俺の返事を待つことなく、「旦那が呼んでるから、もういくねー、きてくれてありがとー」とまた両手を振りながら去っていった。

千絵が風俗で働いている。それだけを言いにきたのか？　女の敵は女。やはりそうなのか？　ユウさんが正しかったのか？　いやいや、そんなことはどうでもいいんだ。向日葵もなんだかしらないが、いろいろ事情があるんだろう。大事なのは俺と千絵の関係だ。俺！　しっかりしろ！　どうするんだ？　この場をどうおさめるんだ？

「土肥君、とりあえずここ出て、二人で話せない？」千絵がか細い声で言った。

「えーっと、あ、ブー子さんに話があるって言われてて、まだ出られないや」

「そっか。じゃあ今晩、電話で話せる？」

「えーっと、ちょっと仕事残ってて、この後会社にいくから……」

「明日は？」

「明日は……法事なんだよね」

千絵はもう何も言わなかった。ふいにくるっと背を向けると、小走りで店の外へ出ていってしまった。

背後から、中年女のわざとらしい咳払いの音が、複数聞こえる。振り返る前から、そこに三人がいることに気づいていた。三人はそろって、恋愛対象は十八歳以下と言い張る五十男でも見ているような顔で、俺のことを見ていた。

「土肥ちゃん、サイテー」ブー子が言った。「法事って何よ。合コンで出会った脈なし男みたいな嘘つかないでよ」

「ほんとほんと。風俗女はイヤだとはっきり言ったほうがいくらかマシ」と幸子。「それでもサイテーはサイテーだけど」

「いや、別に風俗がイヤとかそういうことはなくて。本当に、そんなことはどうでもいいんです。ただ、どういう反応をしていいかわからなくて」

「『気にすることないよ、君が好きだよ』って言って抱きしめるの一択でしょ！」

ブー子が言った。俺にそんなことができると本気で思っているのか？

そのとき、ずっと黙っていた小百合がルンバを頭上に掲げ、また「エイドリアーン！」と叫んだ。よほどこのセリフが気に入っているようだ。とりあえず、小百合のことは無視することにした。

「彼女のこと、追いかけたほうがいいのかな」

「当たり前でしょ！」ブー子が言った。「はやくいきなさい！」

俺は、三人の顔を順繰りに見ていった。それぞれと目をあわせ、うなずきあう。それから、決意をかためるように息を一つつくと、店を出た。

一番近い地下鉄の入口を探すのに、少し手間取ってしまった。ようやく見つけた銀座線入口の階段を駆け下り、スマホで改札口に華麗にタッチしてフォームにたどり着く。するとちょうど電車が来たところだったので飛び乗った。

そのときになって、周囲の乗客が好奇の目でこちらを見ていることに気づく。

それで俺は、さらに気づく。四段フリルのドレスシャツにかぼちゃパンツ、厚手の白いタイツ姿の王子様スタイルのままだということに。

そしてさらにさらに、俺は気づく。

コートを着てくるのを忘れたことに。

ついでに財布の入ったバッグも忘れてきたことに。

スマホの電池も残り2パーセントということに。

渋谷で半蔵門線に乗り換えて千絵の自宅の最寄り駅についてすぐ、スマホが死んだ。千絵にどこにいるのかとLINEし、その後、何度も返信がないか確かめてしまったせいで、無駄に消耗してしまったのだ。

千絵の自宅の最寄り駅はかろうじて把握していたが、自宅そのものの場所は全くわからない。徒歩何分圏内かもしらない。聞いたことがあったかもしれないが、だとしたらすっかり俺は忘れている。

とりあえず、駅に二つある改札口のうち、広いほうから外に出ることにした。予備電力でなんとか改札は通過できた。

駅前はロータリー広場になっていて、大きな柱時計があった。時刻は午後十一時五分前。二月の寒空に、この薄着。とくに脚がたまらなく寒かった。真冬でもストッキングとスカートで街を闊歩している女性を見かけるが、今日の今日まで、彼女たちの感じているつらさ、苦しさ、寒さに思いをはせたことなど一度もなかった。あんな姿で真冬に外を歩いてはいけない。今後は見かけたら一人残らず注意していきたい。

さて。これからどうすべきか——

映画ならここでやみくもに走りだし、どこかその辺で彼女を見つけて抱き合って、くるくるしながらキスとかする展開になるのだろう。しかし、現実はそうはいかない。そのぐらい俺にだってわかる。とりあえず駅で待っているべきか？　いや、でも彼女がどこかに寄り道していない限り、もうとっくに家についていると考えるべきだ。ここで待っていたって、少なくとも今晩中は会えないだろう。

それでも、少し冷静になってみると、いくつか断片的な情報を思い出してきた。ローソンが何軒か隣にあって、よく夜中にからあげクンを買いにいっているといつだか話していたのだ。さらに彼女が住んでいるのは三階建ての木造アパートで、入口の庭先にたくさんのマリーゴールドが植えられている。家主の趣味らしい。そんなアパート、めったにないんじゃないか？　三階建ての木造っていうのも、なかなか珍しい気がする。案外、簡単に見つかるかもしれない。

俺は勇気を出して、そばを通りかかったサラリーマンにローソンの場所を聞いてみた。すると、このあたりには一軒しかないという。

空気はさっきよりさらに冷え込んでいる。歯がガチガチと鳴りだした。それでも俺は、千絵を探すことに決めた。サラリーマンに言われた通りのほうへ進むと、ローソンはすぐに見つかった。が、周囲は戸建ての家ばかりだ。しかし、このあたりで間違いないのだ、きっと。俺は小走りで周辺を回った。目印はマリーゴールド。絶対に見つかると自分に言い聞かせる。

待ってろよ、千絵——。

もしかして、マリーゴールドという花は冬季に咲かないのではないか、と気づいたとき、俺はすでにローソンの半径約二百メートルを十周はしていた。

俺は。

バカなのかなあ。

それとも、アホなのかなあ。

ドラマや映画じゃないんだから、こんなことして、見つかるわけないんだよなあ。

ローソンに寄り、一個だけ残っていたからあげクンレッドを、スマホケースに入れてあったクレジットカードで買った。食べながら駅に戻り、タクシーに乗った。パーティ会場へ戻るべきか迷ったが、家に帰ることにした。疲れたよ、パトラッシュ……。

タクシー内では運転手にときの政権批判を延々聞かされるという憂き目にあった。ようやく憲二のマンション前に着き、這う這うの体でタクシーを降りる。部屋の明かりがついている。出かけるとき、憲二は不在だった。だから、この姿を見られずに済んだ。しかし、帰宅したその瞬間、笑われるのは必至。どうしたらこの困難を切り抜けられるか、路上に立ったまま思案していると、背後から「王子様」と声が聞こえた。

千絵だった。マンション前の電柱に隠れるようにしてたたずんでいる。

「王子様、わたしのこと、探してたんでしょ。福田さんから聞いたよ」

俺は何も言えなかった。ただとにかくこの恰好でいるのが恥ずかしく、両腕で体を隠すことしかできない。

「なんでそんなもじもじしてるの」そう言って、千絵はこちらに歩み寄ってくると、鼻で笑った。「王子様、わたしに何か言いたいことあるんじゃないの?」

千絵が俺をじっと見つめる。おい! 俺! この期に及んで何を躊躇しているのか! はやく！　言え！　言うんだ！

……って何を？　風俗嬢でも好きです、ちゃんと付き合ってくださいって？　今更？　それで断られたらどうするの？　そんなことになったら俺もう、この場で死ぬしかなくない？

ハアア、と千絵は深くため息をついた。「相変わらず、意気地がないねえ。三十過ぎて童貞なだけあるわ」

ガーンと頭の中で音が鳴った。ガガガガーン。

「でも、いいよ、わかった」

彼女はニコッと笑ってこちらに近づいてきて、そして両手で俺の顔をパチンと挟んだ。

「三十過ぎて童貞で、意気地なしで、向日葵のインスタにキモいコメント書き込んでるあなたを、わたしがまるごと受け入れてあげるよ」

「もう書き込んでません！」

「あっそう。でも、前に書き込んでたことは事実でしょ。本当にキモいから、絶対にやめたほうがいいよ」

「すみません。あの、俺……」と言いかけた俺の口を、千絵が手でふさいだ。

「わたしが言う。言わせて。あなたが過去にどんなにキモいことを女性にしてたとしても、わたしは受け入れるよ。わたしを人間扱いしてくれたのは、あなただけだから。わたしたち、これからはちゃんとした、正真正銘の恋人同士になろう」

千絵はまたパチンと俺の頬を両側から叩いた。寒さのせいでしびれるほど痛かった。それから彼女は、ぷいっと消えるように夜の中へ去っていった。

「ほーん、それで、あんたはなんで、いまだに童貞なわけ?」小百合が俺の目の前で、ホールのアップルパイを箱から取り出しながら言った。どこかの業者からの叔母への差し入れらしい。切らずにそのまま一人で全部食べるつもりのようだ。

俺はまるで表彰盾のように棚に縦置きで飾られているルンバを見ながら、ため息をつく。ルンバの横には、あの日、四人で撮った写真も並んでいる。我ながら妙に楽しそうに笑っているところがなんとも腹立たしい。結局、仮装コンテストのアマギフ五万円は、地肌に真っ黄色の塗料を塗りたくったピカチュウ人間にとられてしまった。

「なんか、性行為とかそういうのは、しばらくしたくないらしいです。仕事で近いことをしてるから。もう一回、顎だかエラだか削ったら整形を終わりにするらしくて、そのお金がたまったら風俗もやめるつもりだそうです。でも、ひょっとしたらもう整形しないかも、なんてことも言ってます。どっちでもいいです、俺は。交際相手がいる。正真正銘の恋人がいる。それだけで、こんなにも満たされた気持ちになるなんて。あなたにもいつかこんな日がくるといいと、心から願っています。アーメン」

「お前なんて宝くじ当選したあとびっくりしすぎて心臓発作で死ね」

「ハイハイ。で?　これでいいですか?」

俺はドアに張り付けるプレートを小百合に見せた。ホームセンターで材料を買いそろえ、つい今しがた、完成した。

「『ダイエットの神様（の甥）の相談所』ね。まあ、正直ダサいけど、いいんじゃない？」

小百合は『痩せたらかわいくなるのにとか言ってくる奴ぶん殴る同盟横浜本部』がいいと強弁していたが、さすがに過激すぎるので却下した。

「じゃあ、これ、ドアに張ってきますね。誰も来ない気がしますけど」

結局、料金はとるが、三十分五百円と低価格にした。一日二人までにすれば、それほど他の仕事に支障もきたさないはずだ。教室内に張り出した告知には、「まともなアドバイスはできないかもしれません。ただ、友達や家族にも相談できない悩みや愚痴を黙って聞きます」と書いた。まあ、一日二人どころか、一週間待ってもゼロ人の可能性も十分ある。

俺は一旦部屋を出て、ドアに手製のプレートを張り付けながら考える。それでも、この仕事が俺の新しい一歩になりそうな気がしていた。俺一人だったらはじめられなかった。小百合がグイグイ進めてくれたからここまできた。

俺たちって、本当にいいコンビなのかな……。

「あの、すみません」

そのとき、背後から声をかけられた。振り返ると、身長約百七十五センチ、体重百キロ以上ありそうな大柄な女が立っていた。

「悩み事を相談できるところがあるって聞いたんですけど」

大きな体を精いっぱい縮めて、女は言う。何かつらいことでもあるのか、今にも泣きだしそうな顔をしている。俺はあわてて室内に彼女を案内した。すると小百合が俺の席に勝手に座っていて、「ようこそ『痩せたらかわいくなるのにとか言ってくる奴ぶん殴る同盟』へ。わたしが代表の福田です」と言いながら、アップルパイにかじりついた。パイのかけらが俺のパソコンのキーボードにバラバラバラバラーッと飛び散る。いますぐ死んでくれたらいいのにと心から思った。

カップ焼きそば自由闘争

ときどきふいに、思い出す。

はじめて、ペヤングを買って食べたときのことを。上京してまもない頃で、あたしは十八歳だった。

家を出て自由になれたら、絶対に絶対に真っ先にカップ焼きそばを食べようとずっと心に決めていた。高校生のとき、同級生が一口だけ食べさせてくれたカップ焼きそばの味が、どうしても忘れられなかったから。

当時、住みはじめたばかりのアパート近くのスーパーにいってみると、四、五種類ぐらいのカップ焼きそばが棚に陳列されていた。けれど、記憶の中にある商品は見つからなかった。このことから推測するに、おそらく高校のときあたしが食べたのは、北海道のローカルフードであるやきそば弁当だったのだと思う。母からインスタント食品やファストフードの類を禁じられていた上、テレビの視聴も制限されていたから、この手のものにとんと疎かった。

どれを選んだらいいのかわからず、途方にくれた。そのとき、大学生ぐらいの男の子が現れて、さっとペヤングを手にとってレジに向かった。気づいたら、あたしも同じことをしていた。

アパートに帰ると、大急ぎで湯を沸かした。作り方を間違えないよう、説明書きを何度も読んだ。お湯を捨てるとき、ステンレスの流しがベコッと大きな音を立てたので、ひっくり返りそうになったのを覚えている。真っ黒なソースとスパイスを麵にかけてかき混ぜると、これまでの人生で一度も嗅いだことのないような、甘く芳醇な匂いが立ち上って、口の中が唾液でいっぱいになった。

そして、一口すすった瞬間。あの独特な、ペヤング味としかいいようのないソースの味と、パンチのきいたスパイスが口の中ではじけ、目の前に火花が散った。この世にこんなにもおいしいものがあったなんて、と信じられない気持ちだった。ツルツルの細麵をすするたびに、脳の中で快楽物質がブシュッと音をたてて溢れるようだった。

我を忘れてすすりながら、どうしてなのか、あたしは少し泣きそうだった。あまりにもおいしかったせいか、あるいは、やっと自由を手にしたよろこびのせいだったのかもしれない。

だから、ペヤングはあたしにとって、自由を象徴する食べ物だ。

そんなことを考えながら、土肥のオフィスのドアを開ける。デスクで何か書き物をしている土肥をとりあえず睨みつけてやると、なぜかいつもと様子が違う、こちらを気遣うような視線が返ってきた。

「何、その顔」

「あの、えっと」と土肥は口ごもる。この男、なんでいつもこう、便意をこらえているみたいな顔と態度なんだろう。

「スマホ、どうしたんですか。電話、つながらないんですか」

「料金払い忘れた。何よ」

「あの、あなたのおばさんだっていう女性から、たった今、電話があって」

「えっ」

「お母さんが、危篤だそうです」

真っ先に頭に浮かんだ言葉は。

ざまあみろ、だった。


翌朝の飛行機で、約三十年ぶりに函館に帰った。

十八歳で家出をしたときは、お金がなかったから、鉄道とバスを乗りついでずいぶん長い時間をかけて東京に出た。今では飛行機で二時間もかからずひとっとび。しかも社長が航空会社の株主なので、格安でチケットが買えてしまった。おまけにプレミアムシート。なんだか、昔の自分がバカみたいだった。

搭乗口で待っているとき、理恵ちゃんから電話があった。

あの人がさっき、息を引き取ったそうだ。

悲しくなかった。

というより、何の感慨もわかない。膝の上に広げた焼き鯖すしをつまむ箸も止まらなかった。三箱買ったけど全然足りなかった。あたしとしたことが、大失敗だ。

やがて、搭乗の時間になった。プレミアムシートの座り心地は最高だった。小窓から外を眺めながら、子供の頃の自分を思う。そして、これまで何度も考えてきたことを、また考える。あの人――多分、何かの間違いじゃなければ、あたしの母だった人――は、あたしのことが嫌いだったのか、それとも、大嫌いだったのか。

うちは端的にいって、金持ちだった。母方の祖父が昔、株と土地転がしで大もうけして、親族の誰一人としてまともに把握できていないほどの資産がある、という話だった。

あの人は男四人、女三人の七人きょうだいの次女として生まれた。子供の頃から目立ちたがり屋で、虚栄心の強い性格だったようだ。あたしにとっては伯母にあたる理恵ちゃんは学校で「女優」とあだ名をつけられるほどの美人なのに、親族一の変わり者で、中一から高三まで坊主頭だった。一方、叔母のほうの美樹もアイドル歌手みたいにかわいらしい人だったけれど、スポーツ好きでいつも真っ黒に日焼けしているような野生児だった。中の下の容姿のあの人だけが、なぜあんな性格になってしまったのか。人間、うまくいかないものだなと思う。

あの人は中学を卒業した後、宝塚音楽学校の受験に二度失敗した。それから懲りもせず芸能界入りを目指し上京、祖父のコネを使って、大手プロダクションと契約した。しかし鳴かず飛ばずで、十九歳のときに瞼と鼻の整形手術を受けた。その甲斐あってかテレビドラマの準主役に決まったものの、途中で脚本が書き換えられて、たった数回の出演で終わってしまった。それが、彼女の女優としてのキャリアハイ。

二十一歳のとき、同じ中学の三年先輩で、当時医学生だった父と見合いをして、結婚。函館に戻ってきた。

一年後に兄が生まれ、さらにその四年後、あたしが生まれた。

子供の頃の自分の写真を見ると、ほぼすべて、あの人が作ったフリフリのワンピースを着せられている。顔はあの人の二番目の兄にそっくりで、ブス。笑っても泣いても怒ってもどんなにかわいい服を着てもブス。生まれたての赤ん坊のときですら、かわいくない。ブス。

園児の頃からピアノと歌とバレエと習字を習わされ、毎日目が回るほど忙しかった。何よりキツかったのは、体形維持のための食事制限だった。中学に入ってからは、夕飯を一日おきにしか食べさせてもらえなかった。バレエの先生に「ブス、いつまで生きてるんだよ」と殴られるのも、学校でクラスの女子にお気に入りの筆記用具やハンカチを盗まれるのも、男子にパンツを脱がされ池に放り投げられるのも、夕飯抜きの辛さに比べたらどうってことなかった。

そこまでして長年頑張ったのに、十五歳のとき、宝塚音楽学校の受験に失敗した。あの人と同じく、翌年も。踊りも歌も合格点だったと思う。けれど、応募資格の「要・容姿端麗」で問答無用の足切り。バレエの先生もあたしもわかっていた、受かるわけないと。あの人だけが、認めようとしなかった。

受験失敗後、あの人があたしに期待することは、いい結婚をすること。それだけになった。

でも、本当はあたしは、父と同じ医者になりたかった。学校の成績だってよかった。兄よりずっと賢かった。父だって認めてくれていた。でもあの人は、あたしの本当の才能に、決して目を向けようとしなかった。だらしなくてバカで嘘つきで、でも顔は理恵ちゃんに似て美形の兄のことは、やればできる、天才だとおだてて、やりたいといったことは何でもやらせたのに。

「女の子は生理がきたら成績が落ちるから」

テストでいい点をとるたび、そう言われた。

初潮がきたあとは、単に「まぐれ」と鼻で笑われた。

あたしに許されていたのは、女の子らしい服を着て、女の子らしい習い事をして、年頃になったら良家にお嫁にいき、良妻賢母になる。それだけ。

医学部どころか、女子大に進むことすら許されず、高校三年生になると見合いをさせられるようになった。相手はみんな、五、六歳年上のお金持ちのおぼっちゃま。毎回、相手から断りを入れられた。理由は明白だ。あまりにも明白だ。ブスだから、あたしが。もう非の打ちどころのないブスだから。完全無欠のブスだから。

あたしはつらかった。

ずっとつらかった。

高三の秋頃。ちょうど十回目の見合いだったと思う。顔を合わせて五秒で相手に席を立たれた。そのとき、あたしの結婚はもうあきらめてほしいと、勇気を振り絞ってあの人に伝えた。あたしはブスだから、誰も結婚はしてくれないと。それをいい加減認めてほしいと。そのかわり、医者になりたいと。頑張って勉強して東京の有名な大学病院の外科医になるからと。自慢の娘になるからと。

あの人はいつもの通り、鼻で笑うだけだった。

ところがそれから数日後、そんなに医者になりたいんだったら、知り合いの先生のところに連れていってあげる、とよくわからないことを言われた。医者なら身近に父がいるのに、と不思議に思いながらもあの人についていくと、そこは有名な美容整形外科医院で、すでに手術の予約が申し込まれていた。

隙を見て、あたしはその場を逃げだした。しゃにむに走って、それから、自分でもどうしてそんなことをしたのかわからないけれど、港から海に飛び込んだ。

もちろんそんなことで死ねるわけでもなく、たまたま漁師の集団がいてすぐにひっぱりあげられた。ただ低体温症になっていたらしく、病院に担ぎ込まれ、数日検査入院した。家に帰ると、あの人が手作りの料理を用意してくれていた。見たこともないぐらい、たくさん。

刺身盛り合わせ、イカ飯、カレイの煮つけ、マカロニサラダ。

すべて、兄の好物。

そのとき、やっと気づいた。この人は兄の母親だけど、あたしの母親ではないんだと。

あたしが頼れるのは、伯母の理恵ちゃんだけだった。親族の中で唯一、理恵ちゃんだけが、あたしを認めてくれて、好きに生きるべきだといつも言ってくれていた。当時の理恵ちゃんは付き合っていた女の人と東京で同棲しながら、イラストの仕事をしていた。ちょうどその同棲相手が転勤でアメリカにいくことになり、部屋が空くことを聞いていた。あたしは少しずつこっそりと準備をした。そして高校の卒業式の翌日、一世一代の家出をした。

それから、あの人とは一度も会っていない。

電話もない。手紙もない。

ほかの親戚は、あの人も反省しているとか、あたしによかれと思ってやったのだとか、あるいは親不孝者、自分勝手、一族の恥などといろいろなことを、電話や手紙や、あるいはわざわざ東京まで出てきて言った。

でも、あの人からは、なにもなかった。

父とは家出後も音信が続いていた。学会などで上京したときなんかに会って、一緒にご飯を食べたりもした。あたしの家出の五年後にあの人と離婚して、その半年後に癌で亡くなってしまった。

兄は医学部の受験に三度失敗した後、東京のバカ大学のバカ学部に入った。その頃は、困りごとがあるたびにあたしのところに泊まりにきた。結局、ギャンブルで数百万の借金を作り、中退して函館に帰った。

そんな兄でさえ、数年に一度は連絡がある。でも、あの人からは、一切なかった。

あたしは東京に出て、自由になった。けれど、幸せにはなれなかった。

鬼の食事制限から解き放たれたあたしの食欲は爆発した。あっという間に何十キロも太った。ブスの上にデブにもなったあたしは、ますます男性に相手にされなくなり、アルバイト先ではいじめられ、仕事も安定しない。頼りにしていた理恵ちゃんも、すぐに彼女を追ってアメリカにいってしまった。

友達は一人もできなかった。親しくなっても、すぐに嫌われる。昔から、他人と仲良くやっていくことがとても難しい。見下されたと感じると、自分を制御できなくなる。人から嫌われると、いつもあの人の顔が浮かんだ。あんたに勉強なんかできるわけがない、あんたが医者になんかなれるわけがない。そう言って笑うときの、あの人のゆがんだ笑顔。

何をやってもうまくいかないまま、どんどん月日が流れた。金をだまし取られたり、街中で突然男の集団にぶん殴られたり、職場の同僚全員に無視されたり。嫌なことばっかり。全部全部、あたしがブスでデブだからだと思った。お金をためて整形しようと思ったことも何度もある。目も鼻も何もかも直して、ついでに脂肪もとれるだけとって生まれ変わりたい。けれど、あたしは嫌だった。あのとき、あの人に無理やり美容外科につれていかれたときの十八歳のあたしが、嫌だと言っていた。整形手術を受けることは、あの人に屈服するようなことに思えたのかもしれない。

あたしの見た目は老化にともなって、ますます醜くなる。ますます人に嫌われ、怪物みたいになっていく。自分でも、自分のことはよくわかっていた。

ところがここ数年、なんだかいろいろなことが、少しずつ変わってきた。あの人の呪縛が解けてきたような気もする。東京に出てきて三十年近くも過ぎて、やっと。

他人からみたらどんなに愚かでみじめで醜くかろうと、自分で自分を認めてもいいのだと、少しずつ思えるようになった。今の仕事で出会う人たちからの影響が、大きいのだと思う。自分の見た目を好きになれず、苦しんでいる人と接しているうちに、少しずつ。

それでもときどき、気持ちが揺れ動く。

なぜ、あたしだけこんなにも醜いのか。何もかもうまくいかないのか。誰からも愛されないのか。この苦しみを誰もわかってくれない。理解してくれない。理解できない奴はバカだ。世の中はバカばかりだ。バカたちのせいで毎日イライラさせられる。あたしの人生がうまくいかないのはバカたちのせいだ。あたしは絶対に絶対に、悪くない。

あの人のことも子供の頃のことも、遠い昔のできごとのようで、そうでない。

いまだに、あの人はあたしのことが嫌いだったのか、それとも大嫌いだったのか、考えてしまう。

あたしがあの人のもとを逃げ出したのは、正しかったのか、間違っていたのか。

あのとき、あの人に従って整形手術を受けていれば、あたしは幸せな女の人生を歩めていたのだろうか。

あるいは。

あるいは、あの人は、後悔しているのか。多少の申し訳なさを感じてくれているのか。今のあたしの姿を、どう受け止めてくれるのか。あたしが生まれてよかったと思ってくれているのか。そんなことを考えている間もどんどん時間が過ぎて、そしてあたしの母親は死んだ。

ハッと目を覚ます。口から大量によだれが流れ出し、胸元に巨大な池ができていた。慌ててブランケットで拭った。窓から外を見ると、もうだいぶ地上に近づいていた。乗りこんですぐ、飲み物ももらわず眠ってしまったらしく、喉が焼け付くようにカラカラだった。

空港には理恵ちゃんが迎えにきてくれた。理恵ちゃんは二十年前にイラストの仕事を突然やめ、周囲の反対を押し切って道北のある町に広大な土地を買いとり、農場経営をはじめた。オリジナルブランドの牛乳とアイスクリームが評判で、うちにもときどき送ってくれる。

相変わらず理恵ちゃんは若々しく、七十代にはとても見えなかった。十歳年下の女性のパートナーが運転するピカピカのＢＭＷに乗り、まだまだ長い冬の中にある函館の街を走る。今日、明日と晴れだそうだ。窓から見える景色は、懐かしいというより、見慣れない感じがする。ただ、路面に残る雪を見ると、心がきゅっとした。あの頃、いつもうつむいて歩いていたせいかもしれない。あの人の遺体はついさっき、市内の葬儀場へ移されたそうだ。

遺体は葬儀場の一階の安置室にあった。入口から一分とかからない場所だ。にもかかわらず、なかなかそこにたどり着けなかった。

まず、ロビーで叔母の美樹に出くわすなり、「お前みたいなデブが小百合なわけない！出て行け！」と追い出されそうになった。そのあとあの人の一番上の兄が出てきて、誰もいない待機室に閉じ込められ、長々説教された。親不孝、裏切り者、恩知らず――そんな数々のひどい罵倒と、それを上回るひどい口臭。

その間、誰かの子供らしき小学生や中学生が入れかわりたちかわり現れて、あたしの姿を見て笑った。まもなく、あたしに「デラックス」というあだ名がつけられた。その後、再び美樹が現れて「豚肉！」と叫ばれたり（なんでブタでなく豚肉なのか。ちょっと笑ってしまった）、あの人の二番目の兄からいきなり肩をどつかれ土下座を強要されたり、挙句、葬儀場の支配人が昔の見合い相手だと判明したりと、波乱が目白押しで息つく暇もなかった。その間、あたしはほとんど無言を貫き通した。別に我慢していたというのでもなく、すべて、どうでもよかったのだ。怒りはあまりわいてこなかった。みんな悲しい人たちだと思った。誰かを憎んだり、見下したりしないと生きていけない悲しい生き物。やっと遺体にたどり着いたとき、葬儀場に到着してから優に二時間は過ぎていた。

あの人の体は、ガリガリだった。

死因は肝不全。ここ数年はアルコール依存気味で、ろくに食べていなかったらしい。

何の感慨も浮かばなかった。

自分でも、びっくりするぐらい。

「泣かないのね、小百合ちゃん」

安置室の隅に座っていた見知らぬ女が言った。むこうはあたしを知っているようだ。誰だよ。名乗れよ。

「みーんな泣いたのよ？　なんで実の娘のあなたが泣かないの？　常識というものをしらないの？」

常識。常識の定義とは。この田舎女に小一時間問い詰めたい気持ちをぐっとこらえ、あたしはもう一度、遺体の顔を見る。

やっぱり何も浮かばない。

悲しみも、喜びも。

「わたしはあなたのお母さんがかわいそうでかわいそうで、顔を見るだけで泣けて泣けて」

そう言って、女は本当に涙をぽろぽろこぼしはじめる。

「あれだけ大事に育てた娘が、こんな身勝手な人間に育って。ブクブク太った挙句に、孫の顔も見せないでねえ」

孫のことはともかく、太っていることは関係ないだろう。少し前のあたしだったらとっくに何か言い返しているところだった。でも、あたしはやっぱり何も言わなかった。どうでもよかった、心底。

この女によると、この後、湯灌、納棺し、明日には出棺して葬儀の前に火葬という函館トラディショナル方式でいくそうだ。葬儀は日取りが悪いとかで、一週間後らしい。随分長くこの街にいなければならない。うんざりした気分になった。

なんだかとても眠い。もう嫌だ。理恵ちゃんたちは納棺が終わるまでずっとここにいるというので、ロビーでソワソワしている様子の支配人に声をかけ、タクシーを呼んでもらった。タクシーを待っている間、支配人が若い従業員の女に向かって、こちらに聞こえよがしに「あの人と結婚するぐらいなら、死んだほうがマシだと思ったね」と言うのが耳に入った。

タクシーに乗り込み、午後の光に包まれた函館の街を眺めながら、あたし、変わったなと思えて、笑みがこぼれた。強くなったのかな。誰のおかげだろう。もしかして土肥か。まさか。でも、そうかもしれない。あいつがあたしを教室に再入会させようとしていなければ、今頃、どうしていたのだろう。この事態に、耐えられただろうか。

そんなことを考えている間に、実家についた。

本当はどこかホテルに泊まるつもりだったけれど、家政婦が待機しているのでこちらへ向かうようにと、理恵ちゃんに言われたのだ。

あの人はこの巨大な家に、ずっと一人で住んでいた。ときどき兄が帰ってきていたようだけれど、今はいない。出迎えた家政婦に見覚えがあるなと思ったら、中学の同級生のお母さんだった。

「うちの娘は子供三人産んで、孫は八人もいるのよ」

と聞いてもいないことを言ってきた。

持ってきた喪服を吊るし、楽な格好に着がえると、居間のソファに横になった。目を閉じてすぐ、意識を失った。

数時間後、家政婦に無理やり起こされた。

外はもう真っ暗だ。

「わたし、孫の世話もありますし、帰ります」

家政婦はツンケンした口調で言うと、まだ瞼をこすっているあたしに、ヨックモックの空き缶を押しつけてきた。

「この中に、奥様の手紙が入ってますよ。あなたに出そうとしたけど、出せなかったみたいです」

家政婦がいなくなったあとも、あたしはヨックモックの缶を膝に置いたまま、動けなかった。

手紙。

どうしよう。

あの人が、あたしに手紙。

缶はかなり重かった。相当たくさんの手紙が入っているということだろうか。

……ダメだ。到底一人では耐えられない。そうだ、土肥に電話して付き合ってもらおう。

急いでLINE電話をかける。出ない。あの男、いますぐ死んでヒメカツオブシムシに生まれ変わってオッサンが三日着たワイシャツの汗ジミでも食べればいいのに。

続けて、幸子にも電話した。が、出なかった。まだ、仕事中かもしれない。

あたしはもう一度、ヨックモックの缶を見下ろす。

このまま、缶ごと庭に埋める？

燃やす？

いや、そんなことをしたら、きっと一生引きずってしまう。

三回、深呼吸した。そして、腹をくくった。ゆっくりと、缶のふたを取った。

中に入っていたのは、大量の手紙……ではなく写真だった。その一番上に、四つに折られた便せんが一枚だけあった。

その便せんを広げて、ハッと息をのんだ。左上の隅に「小百合へ」と小さく書かれている。それだけだった。文字が震えている。それ以上は書けなかったのかもしれない。涙がぶわっと、目から飛び出してきた。アルコール依存症が進んで、もう書くこともままならなかったのか。どんな思いで、あの人はあたしの名前を書いたのだろう。どんな思いで、続きの文字を書くのを諦めたのだろう。

息が苦しい。波打つように上下する胸を押さえながら、手紙のすぐ下にあった2L判の写真を一枚、手に取る。

その瞬間、涙が止まった。

それはあたしの、ピアノの発表会のときの写真だった。中一か、中二の頃。あの人手製の赤いドレスを着て、舞台の上に立っている。その顔の部分に、雑誌から切り抜いたらしい宝塚時代の檀れいの顔が糊付けされていた。

2L判の写真はほかにもいくつかあった。確かめると、ほぼすべてのあたしの顔の上に、タカラジェンヌの顔の切りぬきが貼り付けてあった。

通常サイズのL判、主に家族写真に写るあたしの顔には、ベルマークや山崎製パンの春のパンまつりのシールが貼られていたり、あるいは単に黒く塗りつぶされているだけだったりした。

ハハハ、となんとなく笑ってみた。ハハハハ。なーんだ、やっぱりあたしのことが嫌いだったわけじゃないんじゃん。

大嫌いだったんじゃん。

しかも顔が。顔が何より大嫌いだったんじゃん。

あたしは立ち上がった。尿意を感じたので、まずトイレにいって用を足した。それから部屋着の上にコートだけ羽織り、ヨックモックの缶を持って外に出た。大通りに出るとタクシーを拾い、途中スーパーに寄ったあと、葬儀場へ向かった。

すでに午後九時を回っていたが、葬儀場は開いていた。別の誰かの通夜が行われているようで、人がたくさんいた。うちの親族の姿はなさそうだった。あたしは見知らぬ人がたくさんいる控室に勝手に侵入し、隅のテーブルにポットが三台並んでいるのを発見した。三台とも、湯がたっぷり沸いている。スーパーの袋からさっき買ったやきそば弁当、やきうどん弁当利尻こんぶだし醬油味、やきそば弁当ねぎ塩味、やきそば弁当こく甘ソース、やきそば弁当たらこ味バター風味を出し、すべて開封してかやくを投入すると、湯を入れた。

じっと、その場に立って待つ。

その間、例の支配人が声をかけてきたが、無視した。どこかの小学生が物欲しそうによってきたので、シッシッと追っ払った。あたしは、三分も待たない。二分半後、控室にあった流し台に湯を捨て、ソース等を投入し、混ぜた。本来、やきそば弁当は捨て湯でスープを作るのが正しい食べ方だが、スープ用のカップがないので、今回はやむを得ず省略した。五種のやきそば弁当が出来上がった。縦に積んで、母の安置室へ向かう。幸い、施錠はされていなかった。中に入って驚いた。理恵ちゃんが一人、ぼうっと座っていた。寝ずの番らしい。他の親族はみんなでジンギスカンを食べにいったそうだ。

「ど、どうしたの？」

どこかおびえた様子の理恵ちゃんを無視し、棺の前に座った。棺に添わせるようにして、横一列にやきそば弁当を並べた。

そして。

食った。

ただひたすら、黙々と、いやズルズルと。

最初はノーマルのやきそば弁当。一口すすって、おや、と思った。記憶にあるものと少し違う。昔はもっと麵がフニャッとしていた気がする。あのとき分けてくれた同級生が、湯切りのタイミングを間違えたのだろうか？　とにかく、思っていたよりコシがある。ソースは甘めでさっぱりしていて、ペヤングに慣れた舌には少し刺激が弱いが、これはこれでいい。

続けて、やきうどん弁当。もっちりした太麵が、見た目通りかなりモチモチしていてグッド。だしの風味が強めで優しい味わいだが、七味唐辛子がいい仕事をしている。

さらに続けてねぎ塩味。かやくはねぎのみ。しかしそのねぎが結構大きめにカットされているし、量も多くてけち臭くなくてよい。さっぱり味を想像していたが、かなりパンチのある塩味にごま油が絡みあい、かなり満足感のある一品だった。

四つ目はこく甘ソース。甘い。思っていたより甘い。それがもっちり麺とよく合う。こってりしたものが食べたいときにはこれ一択だ。個人的にはもう少しスパイシー感がほしいところ。

最後は満を持してたらこ味バター風味。一口すすって、思わず「うまい！」と声をあげてしまった。このうまさの源はバターだ。かなりバターの風味が強い。そしてこの濃厚なバター感が、たらこのうまみを最大限まで引き出している。満腹感などどこかへ吹っ飛び、気づいたら容器が空になっていた。

完食。

ああ、旨かった。

とにかく、腹いっぱいだ。

テーブルの上にあった未開封のお茶のペットボトルを勝手に開け、がぶ飲みした。ふうと息をついたあと、あたしの、紛れもなくあたしの母親の顔を、もう一度見る。

「小百合」と背後から理恵ちゃんが声をかけてきた。

「あんた一体、何がしたいの？」

「あのね。好きなものをお腹いっぱい食べられる今のあたしは幸せだなって思うの。この人の目の前で、この人があれだけ忌み嫌っていたカップ焼きそばを食べた今、あたしは本当の自由を手にしたのだと思う。十八歳のとき、ペヤングで自由への切符をつかんだつもりでいたけれど、結局あたしは、この人と、この函館で暮らしていたときの記憶に、縛られ続けていた。でも今、やき弁五種で、ついについに、あたしは自由の永久保証を手に入れた。これからはもう大丈夫。誰に何を言われたってはねつけてやる。あたしは世界で一番サイコーな女だから」

「何を言っているのかさっぱりわからない」

誰にも理解してもらえなくてもいい。

ロビーに出て、支配人に声をかけ、タクシーを呼ぶよう命じた。支配人は心底見下した目であたしを見た。にっこりと笑いかけてやると、支配人は人に追われる害虫のように逃げ出した。

ざまあみろ、みんな、ざまあみろ。

あたしは、幸せだ！

タクシーを途中で降り、人気のない港へ足を踏み入れた。路面が凍りついていて、何度も転びそうになる。冬の道を歩くのが、すっかり下手になった。

澄んだ夜の空気の中で、遠くのネオンが光り輝いていた。むき出しになった頬はひび割れそうなほど冷たい。けれど、満腹感のおかげで体の芯はカッカしていた。

脇に抱えたヨックモックの缶のふたを開け、たくさんの写真と、手紙とはいえない手紙をびりびりに破いて海にまく。

そのとき、一枚の写真が風にあおられてあたしの顔に張り付いた。ひっぺがして投げる前に、ちらっと見て、手が止まる。それは、家族四人で動物園に出かけたときの写真だった。あたしの顔の上にはもちろんベルマーク、そしてあの人の顔にも、春のパンまつりシールが張られていた。

足下に散らばった写真をいくつか手にとって確かめた。すべてではないけれど、いくつかの写真に写るあの人の顔も、なんらかのシールで隠されていた。ものによっては黒のペンで塗りつぶされている。

あの人の心にも、とれない脂肪がこびりついていたのだろう。子供のときから誰かと容姿を比較されて、否定されてきたのだろう。そのやり場のない鬱屈のはけ口があたしだったのかもしれない。

だからといって同情はしない。それはあの人自身の問題だ。

あたしがこれからすべきなのは、誰のことも比べたり否定したりしないこと。そして、同じ苦しみを持つ人を、一人でも多く助けること。それが自分を否定しないことになる。何歳でもやり直しができるのだ。遅くない。全然遅くない。

スマホが鳴っている。

土肥からのLINE電話だった。応答すると、すぐにビデオ通話に切り替わった。

「さっきは出られずすみません。どうしました？」

土肥は夜道を歩いているようだ。そのバカ面の横に、幸子の顔が見えた。二人でウォーキング中らしい。

「別に。とりあえず、明日には帰るよ」

「ええ！　大丈夫なんですか？　お葬式は？」

「お前には関係ないだろクソクソクソ童貞」

「クソは一度でいいです。心配して損しました。明日の飛行機が墜落しますように」

「新幹線で帰るし」

「新幹線が脱線して炎上しますように。他の乗客は助かってあなただけ死にますように」

「ねえ」

「なんすか」

「あたしを教室に誘ってくれて、ありがとう」

画面の向こうで土肥は驚いた顔で隣の幸子を見ている。「聞き間違いかな」と小声でつぶやく声が聞こえた。

「聞き間違いじゃねえよ、童貞。寝床で使ったティッシュが耳につまってんじゃねえのか」

「今年一番の下品な罵倒ありがとうございます」

「いいってことよ」

電話を切った。ヨックモックの缶を持って、歩き出す。お腹いっぱいだけど、ペヤングが食べたかった。

解説

寺地はるな（作家）

やっぱり南綾子さんって最高だな！

二〇一九年に、本書を単行本で読んだ際の第一声がこれだった。今回ひさしぶりに読み返した時にも同じことを言ってしまった。南綾子さんって、ほんと最高。

こんなストレートな賛辞から解説をはじめてしまうことからもわかるとおり、わたしはもともと南綾子さんのファンである。本書も長らく文庫化を待っていた。文庫なら気軽に周囲の人にプレゼントしたり、おすすめしたりできるからだ。もう読んだ？　どこが好き？　わたしはねえ、全部！　みたいなことをキャッキャと語り合いたい！　とあちこちで喋っていたらば、このたび解説を書かせてもらうという名誉にあずかった。キーボードを打つ指がブルブル震えている。これが引き寄せの法則というやつなんでしょうか。

南さんの作品の魅力はなんと言っても怒涛のユーモアだ。だがむろん、それだけではない。生きることの苦しさやままならなさがあますところなく描かれている。だから読んでいるあいだは心が忙しい。笑わされ、泣かされ、しかし読み終えると力がムクムクみなぎる。

みんながんばって生きているんだ、自分ももうすこしがんばってみよう、そんなふうに思う。中でも本書は、とりわけ力をくれた一冊だった。

わたしは十代から二十代にかけての時期を、周囲の人に「デブではないけど、けっして痩せてはいないよね」と評されるような体型で過ごしてきた。若い頃のわたしは他人の話を自分に都合のよい部分だけ聞く癖があったので、デブではないんだね！　オーケーオーケー！と、毎夕食後にジャイアントコーンを食べるなどして、それなりに幸せに生きていた。

「痩せてはいない」のほうを重要な事実として受け止めたのは、二十九歳の時だ。痩せている友だちと並んで鏡にうつった時に、自分の姿がものすごく醜く見えたのだ。

その後食事制限、ウォーキングなどに励み、最終的に身長百五十四センチだったわたしの体重は三十九キロになった。ついでに生理不順になり、風邪をひきやすくなった。その他、なぞの身体のかゆみ、便秘、慢性的な頭痛や肌荒れなど、ありとあらゆる不調に悩まされるようになったのだが、当時はそれを無茶な減量のせいだと理解していなかった。

その頃の写真を見ると、デコルテのあたりに骨がぼっこり浮き出ている。吹けば飛びそうな身体をしている。でも当時の自分は「痩せてきれいになった！」と思いこんでおり、そのくせまた鏡を見ては、でもまだまだ腕は太いとか、腹に肉がついているとかぐずぐずと悩んでいた。

近年、「ボディ・ポジティブ」という言葉をよく耳にするようになった。とにかく痩せているのが美しいという価値観に疑問を呈し、ありのままの自分の身体を愛そうという考えかたのことである。

単行本の発売当時、本書は『ダイエットの神様』というタイトルだった。ダイエットの神様とは、ダイエット教室を経営し、エステサロンやネイルサロンなどにも手を広げている実業家の女性のことである。しかし彼女は作中ほとんど姿を現さない。

彼女の会社で働くことになった彼女の甥である土肥恵太と、相棒（?）の福田小百合が、ダイエット教室を退会してしまった女性たちを再入会させるというミッションを成功させるべく奮闘し、その過程でさまざまな個性豊かな女性たちと出会う。簡単にあらすじを説明すれば、そうなる。

三十九キロ時代のわたしがもし書店でこの本を手にとり、前述のようなあらすじを知ったならば、おそらく「太っているせいでぱっとしない人生を歩んでいる女性たちが『ダイエットの神様』に出会い、痩せてきれいになった結果、輝くような幸福を得る」というような展開を期待して読んだに違いない。

だが本書は、そのような単純な物語ではない。そもそも「痩せる」と「きれい」はイコールで結ばれているものなのか。この世に生きる人すべてが「痩せてきれいになる」を目指さなければならないのか。「痩せてきれいになる」ことで得られる幸福とはなんなのか。そうした疑問の数々を、わたしたちに提示する。

ではこの作品は「ボディ・ポジティブ」の正義を謳っているのだろうか。それもまた、違うように思う。

作中、世間の人がどれほど無邪気に無分別に他人の外見について言及するのか、ということが随所で描かれる。たとえば、恵太の内面の吐露の場面において。恵太は太っている女性の外見についての言及がじつに容赦ない。たまに「醜い」とまで言っている。ひどい。ある女性が同性の友人にたいして「あなたのため」とアドバイスをする場面がある。「痩せている女が太っている女に痩せろ、さもなくば舌をかんで死ね、と迫る」(p.159)くだりなどは読んでいて胸が痛くなる。なぜって、わたしも痩せていた頃は完全にこの思考パターンだったからだ。しかも「太るのは自己管理ができていないから」、「食べたいものをがまんできないのは自制心が足りないから」、「要するに怠惰」と相手の人格を否定していた。ちょっと前まで毎日ジャイアントコーンを食べていたにもかかわらず。

他人に向けた厳しい視線は、そのまま自分自身にはねかえってくる。たまに食欲に負けて食べ過ぎた時は、罪悪感でいっぱいになった。周囲の人に「痩せすぎだよ、もっと食べなよ」と言われると、罠では? と疑った。

「自分が食いたいものを食う、それでいい。食べることに言い訳も罪悪感もいらないんだ」(p.76)

小百合の言葉に、殴られたような衝撃を受けた。彼女は続けて「あたしは自分の意思で食べる。その自分の選択の積み重ねで今のこの体型がある。それを認めるよ。あたしはデブ。このデブの体型は、あたしが作った。年齢でも環境のせいでもない。でもいい。それが自分の足で立つってことだよ」と語る。

個性的なファッションで、自由な言動を繰り返す小百合は、確固たるスタイルを持つ女性のように思える。けれども彼女は、さきに引用したセリフを涙目で語っているのだ。

この人の強さは生まれながらに備わったものではなく、なにか壮絶な格闘のすえに獲得されたものなのではないか、と読みながら思った。その答え合わせのような最終章の小百合の姿が、発する言葉のすべてが、わたしはとても好きだった。

南さんの小説に登場する女性は独特の強さと潔さを持っている。そこに、長年憧れ続けている。

強さや潔さだけではなく、弱さや偏見もひとしく描かれる。強い人と弱い人という単純な対立軸としてではなく、ひとりの人間の中にごくあたりまえに共存するものとして。

恵太は、社会的に男性が持つべきとされているもの（地位や財産など）を持たず、恋愛経験もほとんどなく、男社会でうまく立ち回ることもできない。しかし小百合やダイエット教室の元会員の女性たちと接していくうちに、変化していく。華麗に、でもなく、驚くべきスピードで、でもなく、読んでいてこちらが「え、それはまずいんじゃない」とはらはらするような言動や内面の吐露を繰り返しつつ、行きつ戻りつしながら、ゆるやかに変化していく。だんだん応援したくなってくる。なんだかんだ言ってけっこういいやつだし。

ダイエット教室に再入会した人も、しなかった人も、幸福になっていく。「痩せて、きれいになる」という方向性ではなく、小百合や恵太によってわかりやすく与えられた「気づき」によってでもなく、自分自身の選択の結果だというところが清々しい。

ところで現在のわたしはもう三十九キロではない。それどころか、かつて「痩せてはいない」と言われていた頃の体重よりもっとずっと多い。

そんなわたしに、今のままでいいよ、と言う人たちがいる。痩せなくていいよ、そのままでいいよ、ありのままの自分を愛して、と。「ボディ・ポジティブ」的な思考に即したやさしさなのかもしれない。しかしわたしに「今のままでいいよ」と寛容にも許可を与えてくださるその人たちは、いったい何様なのだろうか。

結局は縛られる規範が「痩せていなければ美しくない」から「ありのままの自分を愛さなければならない」にすり替わっただけで、他人が定めた「正解」の構図におさまらなければならない状況は変化してない。わたしたちは、とても不自由な世界を生きている。

さて、いったい、どうすればいいのか。

単行本の発売時、帯には「心の脂肪を削いで、自信のサイズを上げる!」という言葉が書かれていた。

心の脂肪とはなにか。過剰なコンプレックス。そこから来る、他者の外見について言及せずにはいられないチクチクした気持ち。わたしのこの「いったい、どうすればいいのか」という迷いもまた、心の脂肪なのだろう。

わたしたちはまず、この心の脂肪の存在を認めなければならない。そのうえで、自分がほんとうはどうしたいのかを見つめ直す。瘦せようが太ろうが、それを自分自身の選択として引き受けなければならないのだ。

とはいえ、心の脂肪をゼロにすることはきっとできない。そんなことができる人間はきっとどこにもいない。ただ心の脂肪の存在を自覚しているか否かで、生きかたは大きく変わっていくはずだ。

このさき、心がなんだか重たくなったと感じた時、わたしはきっとこの本を読み返すだろう。おそるおそる体組成計に足を乗せるようにして、ページをめくる。体脂肪率ならぬ心脂肪率を確かめるために。

まさしくわたしの心のダイエットの神様であるこの本が、ひとりでも多くの人に届きますように。そしてみんなをすこやかに、ハッピーにしてくれますように。心からそう願っている。いいや、かならずそうなると信じている。

本書は二〇一九年に刊行された『ダイエットの神様』を改題し、
加筆修正を行い文庫化した作品です。

双葉文庫

み-31-06

痩《や》せたらかわいくなるのにね？

2025年2月15日　第1刷発行

【著者】
南綾子《みなみあやこ》

【発行者】
島野浩二
【発行所】
株式会社双葉社
〒162-8540 東京都新宿区東五軒町3番28号
［電話］03-5261-4818(営業部)　03-5261-4835(編集部)
www.futabasha.co.jp（双葉社の書籍・コミックが買えます）
【印刷所】
大日本印刷株式会社
【製本所】
大日本印刷株式会社
【カバー印刷】
株式会社久栄社
【DTP】
株式会社ビーワークス

【フォーマット・デザイン】
日下潤一

ISBN978-4-575-52824-4 C0193
Printed in Japan